भीष्म साहनी

जन्म : 8 अगस्त, 1915 को रावलपिंडी (पाकिस्तान) में।

शिक्षा : हिन्दी-संस्कृत की प्रारम्भिक शिक्षा घर में। स्कूल में उर्दू और अंग्रेजी। गवर्नमेंट कॉलेज, लाहौर से अंग्रेजी साहित्य में एम.ए., फिर पंजाब विश्वविद्यालय से पी-एच.डी.।

बँटवारे से पूर्व थोड़ा व्यापार, साथ-ही-साथ मानद (ऑनरेरी) अध्यापन। बँटवारे के बाद पत्रकारिता, 'इप्टा' नाटक मंडली में काम, बंबई में बेकारी। फिर अम्बाला में एक कॉलेज में तथा खालसा कॉलेज, अमृतसर में अध्यापन। तत्पश्चात् स्थायी रूप से दिल्ली विश्वविद्यालय के ज़ाकिर हुसैन कॉलेज में साहित्य का प्राध्यापन। इस बीच लगभग सात वर्ष 'विदेशी भाषा प्रकाशन गृह', मॉस्को में अनुवादक के रूप में कार्य। अपने इस प्रवासकाल में उन्होंने रूसी भाषा का यथेष्ट अध्ययन और लगभग दो दर्जन रूसी पुस्तकों का अनुवाद किया। क़रीब ढाई साल 'नई कहानियाँ' का सौजन्य-सम्पादन। 'प्रगतिशील लेखक संघ' तथा 'अफ्रो-एशियाई लेखक संघ' से भी सम्बद्ध रहे।

प्रकाशित पुस्तकें : *चीलें, भाग्यरेखा, पहला पाठ, भटकती राख, पटरियाँ, वाङ्चू, शोभायात्रा, निशाचर, पाली, डायन, चीलें* (कहानी-संग्रह); *झरोखे, कड़ियाँ, तमस, बसंती, मय्यादास की माड़ी, कुंतो, नीलू नीलिमा नीलोफ़र* (उपन्यास); *माधवी, हानूश, कबिरा खड़ा बज़ार में, मुआवजे, सम्पूर्ण नाटक* (दो खंडों में) (नाटक); *आज के अतीत* (आत्मकथा); *गुलेल का खेल* (बालोपयोगी कहानियाँ)।

सम्मान : अन्य पुरस्कारों के अलावा *तमस* के लिए 'साहित्य अकादमी पुरस्कार' तथा हिन्दी अकादमी, दिल्ली का 'शलाका सम्मान'।

साहित्य अकादमी के महत्तर सदस्य रहे।

निधन : 11 जुलाई, 2003

पाली

भीष्म साहनी

राजकमल पेपरबैक्स

पहला पुस्तकालय संस्करण
राजकमल प्रकाशन प्राइवेट लिमिटेड द्वारा
1989 में प्रकाशित

राजकमल पेपरबैक्स में
पहला संस्करण : 2018

राजकमल पेपरबैक्स : उत्कृष्ट साहित्य के जनसुलभ संस्करण

राजकमल प्रकाशन प्रा. लि.
1-बी, नेताजी सुभाष मार्ग, दरियागंज
नई दिल्ली-110 002
द्वारा प्रकाशित

शाखाएँ : अशोक राजपथ, साइंस कॉलेज के सामने, पटना-800 006
पहली मंजिल, दरबारी बिल्डिंग, महात्मा गांधी मार्ग, इलाहाबाद-211 001
36 ए, शेक्सपियर सरणी, कोलकाता-700 017

वेबसाइट : www.rajkamalprakashan.com
ई-मेल : info@rajkamalprakashan.com

बी.के. ऑफसेट
नवीन शाहदरा, दिल्ली-110 032
द्वारा मुद्रित

मूल्य : ₹150

PALI
Stories by Bhishma Sahni

ISBN : 978-93-87462-96-0

कल्पना-वरुण को
सप्रेम

पाली

अनुक्रम

पाली

शशि आनन्द के लिए

बात कभी भी खत्म नहीं होती। जिन्दगी के छोर कभी एक दूसरे से नहीं मिलते—न जीवन में, न कथा-कहानियों में। हम केवल इस आशा में जीते रहते हैं कि एक दिन वे मिल पाएँगे और कभी-कभी हमें ऐसा भ्रम होने लगता है कि वे सचमुच मिल गए हैं।

मनोहरलाल और उसकी पत्नी को भी एक वक्त ऐसा ही भ्रम हुआ था कि एक बहुत बड़ा संकट टल गया है, और जिन्दगी में जो गुंझल पड़ गया था, वह खुल गया है। पर गुंझल न तो कथा-कहानी में पूरी तरह सुलझ पाते हैं, न जीवन में। एक खुलता है तो दूसरा पड़ने लगता है। कहानी कभी भी खत्म नहीं होती। इतनी ही गनीमत है कि जिन्दगी चलती रहती है, उसकी गति थमती नहीं और हर मोड़ पर वह अपना कोई नया रूप, और कोई नया प्रश्नचिह्न हमारी आँख के सामने प्रस्तुत करती रहती है।

मनोहरलाल और उसके परिवार की जिन्दगी का एक छोर तो दूर-पार के एक कस्बे में उस वक्त रह गया था जब देश का बँटवारा हुआ था और सैकड़ों लोगों के साथ वे भी अपना बोरिया-बिस्तर उठाए शरणार्थियों के काफिले में चलने लगे थे, और उनके कदमों की खाक से सारे माहौल में गुबार-सा भर गया था। जिस भाँति अलग-अलग नदियाँ अपने-अपने प्रवाह में सागर की ओर बढ़ने लगती हैं, शरणार्थियों के काफिले भी किसी विभाजन-रेखा की ओर बढ़ने लगे थे जो उन्हीं दिनों एक देश को काटकर दो देश बनाने के लिए खींची गई थी।

मनोहरलाल और उसकी पत्नी और दो बच्चे—छोटी बच्ची तब माँ की गोद में थी, और बड़ा, चार साल का पाली, काफिले में बाप के पीछे-पीछे चला जा रहा था। अपने-अपने गट्ठर-पोटलियाँ उठाए हर शरणार्थी की फटी-फटी आँखें रास्ता खोज रही थीं, हर शरणार्थी के कान हर राह जाते की बातों पर लगे हुए थे कि शायद कोई रास्ता सुझा दे, शायद कोई इतना ही बता दे कि चारों ओर क्या हो रहा है, और आगे क्या होगा।

और आखिरी दिन बड़े शहर का शरणार्थी-शिविर खाली होने लगा था, और शरणार्थी फिर अपने गट्ठर-पोटलियाँ उठाए कैम्प के बाहर निकल रहे थे। सड़क पर एक के पीछे एक, बहुत-सी लारियों की पाँत उन्हें विभाजन-रेखा तक ले जाने के लिए खड़ी थी। मनोहरलाल भी सिर पर गट्ठर रखे और बेटे को उँगली से लगाए, और उसकी पत्नी कौशल्या भी सिर पर गट्ठर रखे और अपनी दूध-पीती बच्ची को गोद में लिये, लारियों की ओर बढ़ रहे थे जिनमें शरणार्थी अपने-अपने गट्ठर और सन्दूकचियाँ फेंक रहे थे और कूद-कूदकर चढ़ रहे थे। जब मनोहरलाल को लगा कि उसके बेटे पाली का हाथ उसके हाथ से छूट गया है, उस समय कौशल्या लारी पर चढ़ चुकी थी और मनोहरलाल ने गट्ठर सिर पर से उतारकर उसे पकड़ा दिया था। तभी उसने देखा कि पाली वहाँ पर नहीं था। पर मनोहरलाल को उस समय अधिक चिन्ता नहीं हुई। उसने समझा, यहीं कहीं होगा। बच्चे के हाथ की गरमाइश अभी भी उसकी हथेली पर बनी थी। चारों ओर शोर ही शोर था और भीड़ ही भीड़। कैम्पों के चौधरी चिल्ला रहे थे कि जल्दी लारियों पर सवार हो जाओ, दिन ढलने से पहले हमें सीमा पार कर जाना है। लारियोंवाले भोंपू बजा रहे थे, शरणार्थी एक दूसरे पर चिल्ला रहे थे।

पर जब इधर-उधर देखने पर भी पाली कहीं नजर नहीं आया तो उसे चिन्ता हुई, और वह 'पाली! पाली!' चिल्लाता हुआ पीछे की ओर घूमा, पर कहीं से कोई उत्तर नहीं आया। इस पर वह सहसा घबरा गया और ज्यादा ऊँची आवाज में चिल्ला-चिल्लाकर बेटे को पुकारने लगा और बेसुध-सा इधर से उधर भागने लगा।

सड़क पर लारियाँ एक-एक करके छूटती जा रही थीं और जिस लारी में उसकी पत्नी, अपनी दूध-पीती बच्ची को लेकर खड़ी थी, वह भी खचाखच भर गई थी, और उसका भी भोंपू बराबर बज रहा था।

'पाली! पाली!!' चिल्लाते हुए मनोहरलाल का गला खुश्क होने लगा था, टाँगें काँपने लगी थीं और सिर चकराने लगा था। बेघर लोगों की ऐसी ही स्थिति होती है। खचाखच भरी सड़क पर मनोहरलाल चिल्लाए जा रहा था और उसे लग रहा था मानो वह किसी सुनसान बियाबान में चिल्लाए जा रहा है।

अभी वह पाली को ढूँढ़ ही रहा था कि लारी सरकने लगी थी। उसकी भयाकुल पत्नी—जिसकी आँखें भीड़ में अपने पति पर लगी थीं और अब वह भी भीड़ में खो गया था—सहसा बिफर उठी थी और रोने-चिल्लाने लगी थी। उलझे बालों की लटें चेहरे पर छितरी हुई, दूध-पीती बच्ची गोद में से लुढ़कती हुई, फूली हुई साँस धौंकनी की तरह चलती हुई।

''रोको! रोको लारी! हाय, रोको लारी!''

पर वहाँ सुनता कौन था! सभी अपनी-अपनी जगह चिल्ला रहे थे। अकेला उसी का परिवार तो घर नहीं छोड़ रहा था। किसी का आधा सामान लारी पर चढ़ाया

जा चुका था और खाट-खटोले अभी भी सड़क पर पड़े थे, किसी की बुढ़िया माँ लारी पर नहीं चढ़ पा रही थी, धक्के पर धक्का पड़ रहा था। ज्यों-ज्यों लारी आगे-आगे सरकने लगी, कौशल्या की फटी-फटी आँखें केवल एक ही आकृति को, भटकते-चिल्लाते अपने पति की आकृति को, ढूँढ़ रही थीं। फिर जब कौशल्या दहाड़ मारकर रोई—जैसे कोई पक्षी अपना घोंसला नुच जाने पर चीखता है, तब किसी के कानों में उसकी आवाज पड़ी और लारी में किसी और की आवाज भी सुनाई दी, "लारी रोको! लारी रोको!"

फिर दो-एक और भी चिल्लाए और लारी की गति थम गई।

कौन जानता है कि स्थितियाँ निर्णायक होती हैं या मनुष्य स्वयं निर्णायक होता है या भाग्य निर्णायक होता है? घटनाएँ घटती रहती हैं और जीवन की विडम्बनाएँ उनमें से झाँक-झाँककर हमारा मुँह चिढ़ाती रहती हैं। कौशल्या ने एक गठरी तो नीचे फेंक भी दी थी और चिल्लाते हुए अपनी गोद की बच्ची को भी सड़क पर खड़े शरणार्थियों के हाथ में देने जा रही थी, तभी उधर से मनोहरलाल भागता हुआ लौट आया था। बेटा उसके साथ नहीं था। न जाने किन भँवरों ने पाली को लील लिया था!

कुछ आवाजें मनोहरलाल को सम्बोधन कर रही थीं, "बच्चा यहीं कहीं होगा।" लोगों ने हाथ हिला-हिलाकर मनोहरलाल को बुलाया, "आ जाओ, आ जाओ! किसी दूसरी लारी में बैठ गया होगा। तुम आ जाओ!"

कुछ अन्य आवाजें क्रोध और झल्लाहट से भरी थी, "तुम्हारे एक बच्चे की खातिर लारी खड़ी रहेगी?...अगर बच्चा खोजना है तो उतरो लारी में से!"

कई नजरें बदल गई थीं। अगर मनोहरलाल भागता हुआ नहीं आता तो क्या मालूम, कौशल्या रोती-बिलखती लारी में से उतर जाती और अन्य शरणार्थी उसका सामान भी नीचे पटक देते। वे ठीक ही तो कहते थे, क्या उन्हें सूरज डूबने से पहले सीमा पार नहीं कर जाना था? एक बच्चे की खातिर लारी यहाँ खड़ी रहती!

शरणार्थियों के अपने दिलों में रहम के सोते सूख चुके थे। यही पाली जब एक बार अपने कस्बे में खो गया था तो सारा कस्बा उसे ढूँढ़ने निकल पड़ा था। और यहाँ कोई बार-बार चिल्लाए जा रहा था, "उतरो नीचे, बच्चा खोजना है तो नीचे उतरो!"

पति-पत्नी निश्चय नहीं कर पाए कि लारी में से उतर जाएँ या उसमें बने रहें। पाली का कोई पता नहीं चला। मनोहरलाल और कौशल्या बेसुध-से अभी भी आँखें फाड़े सड़क की ओर देखे जा रहे थे। धीरे-धीरे शहर पीछे छूट गया, चिल्लाहटें थम गईं। केवल कौशल्या अभी भी कुरलाए जा रही थी। फिर पेड़ और खेत और हरियाबल भरे मैदान आँखों के सामने आए। शहर की भीड़ों में खोया पाली दूर पड़ता गया, कौशल्या देर तक बिलखती रही और लारियों के काफिले में दिल की घबराहट पहले पागलों के-से क्रंदन में, फिर मौन में, फिर खून सोखनेवाले अवसाद

में बदलती गई। हिचकोले खाती लारियों का काफिला आगे बढ़ने लगा। धीरे-धीरे जब आसमान में से साये उतरने लगे और कहीं-कहीं पर इक्का-दुक्का तारे टिमटिमाने लगे तो धुँधलाते, अबूझ आकाश के नीचे, मनोहरलाल अपनी पत्नी को ढाँढ़स बँधाने लगा, ''मिल जाएगा, मिल जाएगा। यहीं कहीं पर होगा। वह कहीं लोप तो नहीं हो सकता न। किसी मेहरबान ने जरूर उसे किसी दूसरी लारी में बैठा दिया होगा।'' फिर कौशल्या की पथराई आँखों और चेहरे पर अंकित उसकी मूक वेदना को देखकर बोला, ''नहीं मिला तो अब क्या करें? हमारा तो फिर भी भगवान की दया से, एक बच्चा बच रहा है, लेखराज के तो तीनों बच्चे उसकी आँखों के सामने मारे गए थे। भगवान को जो मंजूर होगा, हम क्या कर सकते हैं!''

कौशल्या की सूनी-सूनी आँखें भी सड़क पर लगी थीं।

वास्तव में एक छोटे-से बच्चे का खो जाना कौन-सी बड़ी बात थी! उस पर इतना बावेला मचाने में क्या तुक! काफिलों में जाते बेघर शरणार्थी धीरे-धीरे एक दूसरे के साथ बतियाने लगे। औरतें भी बोलने-बतियाने लगीं। कहीं-कहीं पर हँसने-चहकने की भी आवाजें आने लगीं।

सीमा तक पहुँचते-पहुँचते अँधेरा पड़ने लगा था। जब एक जगह लारियाँ रुकीं तो मनोहरलाल लारी में से कूदकर सड़क पर आ गया और 'पाली! पाली!' चिल्लाता हुआ सभी लारियों के सामने अपनी गुहार लगाने लगा। उसने एक-एक लारी में झाँक-झाँककर देखा, पर कहीं से कोई उत्तर नहीं आया। आवाज़ मानो सूने बियाबानों में गूँजकर लौट आई। पाली का कहीं पता नहीं चला।

सीमा पर पहुँचकर शरणार्थी लारियों में से उतर-उतरकर दूसरी लारियों में बैठने लगे और लारियाँ रात के अँधेरे में अमृतसर की ओर बढ़ने लगीं। असंख्य तारों में जड़ा आकाश अबूझ और रहस्यमय लग रहा था। शरणार्थी चुप हो गए थे और लारी के हिचकोलों के बीच ऊँघने लगे थे या स्तब्ध और मौन शून्य में देखे जा रहे थे। पर मनोहरलाल की पत्नी सहसा चीखने लगी थी, ऐसा बिकड़ाट उसके मुँह में से निकला था कि लारी में बैठे लोगों को लगा था, जैसे औरत पगला गई है पर फिर, कुछ देर तक चीखते रहने के बाद कौशल्या हौले-हौले कुरलाने लगी थी। जब कुरलाई तो लोगों को तसल्ली हुई कि औरत पगलाई नहीं, केवल दुखी है, अपने बच्चे को भूल नहीं पा रही है। देर तक कुरलाते रहने के बाद जब वह अपने पति के कन्धे पर सिर रखकर सो गई तो मनोहरलाल ने मन-ही-मन निश्चय किया कि अगर पाली सचमुच नहीं मिला तो कोई ठौर-ठिकाना मिल जाने पर वह लौट आएगा और जैसे भी बन पाया, वह बच्चे की खोज करेगा।

भारत की ओर जाता हुआ लारियों का काफिला, अन्धकार में डूबा, आगे बढ़ता जा रहा था। आगे क्या होगा, इस बारे में किसी की सोच काम नहीं कर रही थी, मस्तिष्क जड़ हो रहे थे। भाग्य ने आँखों के सामने ऐसा काला पर्दा डाल दिया था

कि उसके पीछे किसी टिमटिमाते दीये तक की लौ नजर नहीं आती थी। बस, हिचकोले थे, थकान थी, फटी-फटी आँखें थीं, सूखे गले थे और ऊपर असंख्य झिलझिलाते तारों का भयावह वितान था।

उस रात पाली घंटों रोते-बिसूरते रहने के बाद जब जैनब की छाती से लगकर सोया तो उसकी सिसकियाँ गहरी स्निग्धता के सागर में डूबती चली गईं। मनुष्य के लिए सबसे बड़ा त्राण, स्निग्धता का सबसे बड़ा सोत स्त्री का वक्ष ही होता है। जैनब की दोनों बाँहें उसे आलिंगन में बाँधे हुए थीं। जैनब को जिन्दगी में पहली बार एक ऐसे सुख का अनुभव हो रहा था जो केवल उसी स्त्री को हो सकता है, जिसकी गोद सूनी रह गई हो। महकता हुआ छोटा-सा शरीर, उसके साथ यों सटा हुआ था मानो उसी की गोद के लिए बना हो! पहली बार जैनब को लगा, जैसे किसी भी क्षण उसके स्तनों में से दूध फूट निकलेगा। उसके सारे शरीर में व्याकुल-सा मातृत्व हिलोरें लेने लगा था।

"बोलती कुछ नहीं तू?"

पासवाली खाट पर लेटा शकूर, देर तक खुले आसमान की ओर ताकता रहा था, जो असंख्य तारों से जड़ा जैनब की उस गहरे नीले रंग की चुनरी की याद दिला रहा था जिसे ओढ़े हुए वह पहली बार, ब्याह के बाद उसके आँगन में आई थी और जिस पर सफेद झिलमिलाते सितारे टँके थे। और नीली चुनरी में से झाँकते जैनब के दमकते चेहरे को देखकर उसे सचमुच गुमान हुआ था, जैसे उसके आँगन में महताब उतर आया है!

शकूर चीनी के बर्तन बेचता था—गली-गली, डगर-डगर, सिर पर बर्तनों की टोकरी रखे। हाथ में पतली-सी घड़ी उठाए, चीनी के बर्तनों की हाँक लगाता हुआ वह बरसों से शहर की सड़कों के चक्कर काट रहा था और आज ढलती दोपहर में यह लड़का भीड़ के रेले में से फेंका हुआ, गली के सिरे पर खड़ा बार-बार 'पिताजी! पिताजी!' पुकार रहा था, जब शकूर की आँखें उस पर पड़ी थीं और वह ठिठककर खड़ा हो गया था। फिर वह उसके पास बैठकर उसे दुलारने और उसके आँसू पोंछने लगा था, और जब उसने देखा कि दुलारने से बच्चे की सिसकियाँ थमने लगी हैं, तो 'चल, मैं तुम्हें तेरे पिताजी के पास छोड़ आता हूँ' कह उसका हाथ पकड़े वह उसे धीरे-धीरे अपने साथ ले चला था। पहले वे उस स्थान की ओर गए जहाँ से शरणार्थियों की लारियाँ रवाना हुई थीं। उस वक्त सभी लारियाँ जा चुकी थीं और उड़ती धूल बहुत कुछ बैठ चुकी थी। उधर शरणार्थियों का कैम्प भी खाली पड़ा था। रात के अँधेरे में जब शकूर ने अपने टूटे-फूटे घर की ड्योढ़ी में कदम रखा था तो पाली उसके कन्धे से लगकर सो रहा था।

शकूर खुदातरस आदमी था—जिन्दगी में डर-डरकर जीनेवाला। जब से दंगे

होने लगे थे, वह उनसे किनारा ही किए रहा था। जब मंडी में आग लगी और शहर की गलियों में इक्का-दुक्का आदमी मारा जाने लगा तो 'खुदा का कहर टूटा है'—यही एक वाक्य वह बार-बार बुदबुदाता रहा था।

"तू बोलती नहीं?" शकूर ने फिर कहा।

"क्या बोलूँ?" जैनब ने अलसाई-सी आवाज में कहा और फिर चुप हो गई।

बच्चे के नन्हे-से शरीर की स्निग्धता से वह सराबोर हो रही थी। उसे लगा, जैसे जिन्दगी-भर के अवरोध भुरभुराकर ढहते जा रहे हैं और उसकी देह अलसाती जा रही है, पर फिर भी वह अपने घरवाले को बताना नहीं चाहती थी कि उसे कोई नेअमत मिल गई है कि उस अनजान बच्चे को छाती से सटाकर रखने से ही उसके शरीर में ज्वार-सा उठने लगा है।

"सभी हिन्दू-सिख घर-बार छोड़कर चले गए हैं। कैम्प खाली हो गया है। अब इधर कोई नहीं आएगा।" शकूर बुदबुदाया।

जैनब फिर भी चुप बनी रही। बच्चा नींद में कुनमुनाया, गहरी साँस ली और जैनब के वक्ष पर अपना हाथ रखे ही रखे फिर से गहरी नींद सो गया।

ऊपर आसमान को देखकर जैनब को भी लगा, जैसे उसके सौभाग्य के कारण ही सारा आकाश जगमग-जगमग कर रहा है, पर मुँह से वह भी शकूर के ही अन्दाज में बोली, "छोड़ आओ इसे वहीं, जहाँ से उठाया है। किसी बदनसीब की आह हमें क्यों लगे?"

"हमें क्यों लगेगी? हम तो पनाह दे रहे हैं," शकूर बुदबुदाया, "थाने में दिया तो वे इसे इसके माँ-बाप के पास थोड़े ही ले जाएँगे।"

दोनों एक दूसरे का दिल टोह रहे थे।

अपने गाल से बच्चे का माथा सहलाते हुए जैनब ने फुसफुसाकर कहा, "इसका नाम क्या है?"

"मैं क्या जानूँ? मैंने पूछा तो 'पाली, पाली' बोल रहा था।"

"हिन्दुओं के नाम कितने अटपटे होते हैं! पाली भी कोई नाम है! मैं तो अपने बेटे का नाम इल्ताफ रखती।"

दोनों देर तक चुपचाप लेटे रहे। जैनब अपने उद्गारों में डूब-उतरा रही थी, जबकि शकूर तरह-तरह की सोचें सोच रहा था। अगर किसी ने पूछताछ नहीं की तो जैनब की गोद भर जाएगी। आँगन में बच्चा खेलेगा। अब पूछताछ करने कोई नहीं आएगा। महमूद दर्जी ने हिन्दवानी घर में बैठा ली, अभी तक कोई पूछने नहीं आया। मीर जमान ने हमसाए दर्जी की दुकान का सारा सामान उठाकर अपने घर में रख लिया है, कोई पूछने नहीं आया। मैं तो इसे पनाह दे रहा हूँ, एक गुमशुदा रोते-बिलखते बच्चे को सहारा दे रहा हूँ...फिर भी, यह सब सोचते हुए शकूर का मन किसी-किसी वक्त शंकित हो उठता।

दूसरे दिन जब बच्चा जागा और अपने को अजनबी लोगों के बीच पाकर फिर से रोने-बिलखने लगा और 'पिताजी! पिताजी!' पुकारने लगा तो जैनब ने दूध का कटोरा उसके मुँह से लगाया, सिर पर हाथ फेरा और देर तक उसकी पीठ सहलाती रही। नन्हे पाली की फिर से रो-रोकर हिचकियाँ बँध गईं। जैनब की आँखें बार-बार बन्द दरवाजे की ओर उठ जातीं कि कहीं कोई बच्चे का रोना सुनकर अन्दर न आ जाए। बच्चा घर में आ तो गया था, पर था तो चोरी का! किसी को खबर हो गई तो? कुछ दिन तक तो हमें इसे घर में छिपाए ही रखना पड़ेगा।

जब रोना-चिल्लाना बन्द हुआ तो पाली ने चुप्पी साध ली। आँगन में एक ओर बैठा खोई-खोई आँखों से कभी एक ओर को देखता, कभी दूसरी ओर। ठंडी आहें भरता। हर बार जब ठंडी साँस खींचता तो जैनब को जाने कैसा महसूस होने लगता। बच्चे के आ जाने से वह खुद उखड़ी-उखड़ी महसूस करने लगी थी।

शकूर को विश्वास था कि दो-एक दिन में बच्चा घर पहचानने लगेगा, और उसका दिल परचने लगेगा। पर मन से वह आश्वस्त नहीं था। क्या मालूम, इसके माँ-बाप यहीं कहीं भटक रहे हों, और ढूँढ़ते-भटकते उसके घर पहुँच जाएँ? सभी के सभी शरणार्थी अभी तक गए भी तो नहीं थे। क्या मालूम, पुलिस-थानेवालों को पता चल जाए! लेने के देने ही न पड़ जाएँ!

दो दिन तो जैसे-तैसे कटे, तीसरे दिन बच्चा कुछ-कुछ खुलने लगा। एक सफेद बिल्ली जो कहीं से आकर आँगन की दीवार पर बैठी तो उसे देखकर बच्चा खिल उठा। और जब वह कूदकर नीचे फर्श पर आ गई तो वह 'बिल्ली! बिल्ली!' कहकर उसकी ओर भागने लगा। अब जैनब की जान में जान आई। तभी घर के दरवाजे को किसी ने जोर से खटखटाया। पति-पत्नी दोनों चौंक गए। दोनों का दिल धक-धक करने लगा।

"पहुँच गए हैं, जिनका बच्चा था।" जैनब के मुँह से निकला, और एक सदमा-सा उसकी आँखों में तैर गया।

"कहीं थानेवाले न हों!" शकूर बोला, और हैरान-सा दरवाजे की ओर देखने लगा।

दरवाजे पर किसी ने प्रहार किया। लगा, जैसे कोई लाठी से उसे पीट रहा है।

"खोलो दरवाजा।" बाहर से आवाज आई।

"खोल दो जी," जैनब बोली, "जो होगा, देखा जाएगा।"

शकूर हड़बड़ाकर आगे बढ़ा, "तुम इसे कोठरी में ले जाओ।"

जैनब उठी और बच्चे को उठाकर कोठरी की ओर जाने लगी।

दरवाजे के पीछे पुलिस का हवलदार नहीं था, बच्चे के माँ-बाप भी नहीं थे। मोटा-सा लट्ठ उठाए एक दाढ़ीवाले मौलवी साहब खड़े थे। उनके साथ दो लठैत और भी थे।

''काफिर का बच्चा यहाँ कौन लाया है?'' मौलवी ने आँगन में घुसते ही दहाड़कर कहा।

दोनों लठैत भी उसके पीछे आँगन में आ गए।

''कोई और काफिर भी घर के अन्दर छिपा रखा है?''

शकूर भागकर मूढ़ा उठा लाया।

''कसम कुरान शरीफ की! हमने किसी को छिपा नहीं रखा है,'' शकूर बोला, ''हमने तो सिर्फ एक यतीम लड़के को पनाह दी है।''

''कहाँ है वह लड़का?''

''जी, अन्दर सो रहा है।''

मौलवी ने शक-भरी नजर से शकूर के चेहरे की ओर देखा, फिर जोर से फर्श को लाठी से पीटते हुए बोला, ''लाओ उसे, हमारे सामने पेश करो। कौन है वह?''

इस पर जैनब स्वयं ही बालक को लेकर बाहर आ गई।

''काफिर की औलाद को पनाह दे रही हो?''

''बच्चे को गोद ही लिया है, कोई गुनाह तो नहीं किया है, मौलवी साहब!'' जैनब ने स्थिरता से कहा।

''क्या इसकी सुन्नतें करवाई हैं? इससे कलमा पढ़वाया है?''

जैनब की जान में जान आई। मौलवी लड़के को छीनने नहीं आया, वह तो केवल उसे मुसलमान बनाने आया था। पर वह चुप बनी रही।

''बोलती क्यों नहीं? काफिर की नापाक औलाद को अपनी गोद में बिठाती हो? अपना दूध पिलाती हो? क्या साँप पालने लगी हो?''

जैनब मौलवी के तर्क से झेंप गई। वह हैरान थी कि उसे इन बातों का ध्यान क्यों नहीं आया। उसे यह बालक न तो नापाक ही लगा था, न साँप का बच्चा ही।

वह कुछ कहने जा ही रही थी कि मौलवी ने फर्श पर अपना लट्ठ पटकते हुए कहा, ''इस काफिर के बच्चे को मस्जिद शरीफ में लाओ, कल सवेरे, वरना बहुत बुरा होगा।'' और दरवाजे की ओर घूम गया।

मौलवी के चले जाने के बाद जैनब ने सिर झटक दिया और मुस्कुरा दी। मौलवी कलमा ही पढ़वाना चाहता है न, सुन्नतें ही करवाना चाहता है न, वह कल क्यों, भले ही आज ही कर दे। बच्चे को हमसे छीनेगा तो नहीं न। इसमें डरने की क्या बात है? उसने सिर का सारा बोझ उतारकर फेंक दिया और बच्चे को बाँहों में भरकर उसे बार-बार चूमने लगी।

दूसरे ही दिन सुन्नतें हो गईं। नश्तर देखकर नन्हा पाली डरा और जैनब की टाँगों से जाकर चिपक गया।

सुन्नतें होने की देर थी कि मौलवी भी बच्चे को दुलारने लगा। अब तो पाली

दर्द से चीखता हुआ 'पिताजी, पिताजी' पुकारता तो भी मौलवी को बुरा नहीं लग रहा था, बल्कि वह हँस-मुस्करा रहा था।

अड़ोस-पड़ोस के लोग भी पहुँच गए थे, और मुबारकबाद दे रहे थे। मौलवी पहले ही लड़के के लिए काले बुंदेवाली लाल रंग की रूमी टोपी ले आया था। वह उसके सिर पर पहना दी गई। जैनब ने उसे मलमल का नया कुर्ता पहनाया। मौलवी ने बच्चे को उठाकर खुद जैनब की गोद में रख दिया।

''ले, अब यह तेरा बच्चा है, किसी काफिर का बच्चा नहीं है। यह अब दीन का बच्चा है।''

और बच्चे का नाम बदलकर पाली से इल्ताफ रख दिया गया।

जैनब और शकूर के लिए घर-आँगन में रोशनी छिटक गई। मुहल्ले-भर में जब मिठाई बाँटी गई तो जैनब अपने इल्ताफ को गोद में उठाए घर-घर उसे बाँटती फिरी।

धीरे-धीरे बालक अपने नए परिवेश का अभ्यस्त होने लगा। साल-भर के अन्दर नन्हा पाली, शकूर अहमद बर्तनफरोश का बेटा इल्ताफ हुसैन जाना जाने लगा। अब वह घर के आँगन में खेलता तो बाप की तरह ही बर्तन बेचने की हेंक लगाता। टोकरी में घर के बर्तन बटोरकर डाल देता और बाप की तरह सिर पर टोकरी उठाए, आँगन के चक्कर लगाता हुआ हेंक लगाता—'चीन के बर्तन! प्याले, पिर्च, प्लेटा!' जब रमजान के दिन आए तो आँगन के बीचोबीच खड़ा होकर, टीन का खाली कनस्तर बजा-बजाकर जोर-जोर से आवाज लगाने लगा—'उठो मुसलमानो, रोजा रखो...ओ...ए!' और शीघ्र ही जैनब और शकूर उसे मस्जिदवाले स्कूल में भी बैठा आए और वह अन्य बच्चों के साथ, मस्जिद के चबूतरे पर बैठा, पीठ हिला-हिलाकर कुरान शरीफ की आयतें कंठस्थ करने लगा।

जैनब और शकूर के जीवन को एक केन्द्रबिन्दु मिल गया—एक धुरी, जिस पर जिन्दगी बड़ी मस्ती से चलने लगी। पति-पत्नी के भविष्य के सपने अब नन्हे इल्ताफ के इर्द-गिर्द बुने जाने लगे। फेरी लगा-लगाकर बर्तन बेचनेवाला शकूर उस दिन के ख्वाब देखने लगा जब वह चीनी के बर्तनों की दुकान खोलेगा और दोनों बाप-बेटा उसमें बैठा करेंगे, किसी की मोहताजी नहीं होगी, अपनी नींद सोएँगे, अपनी नींद जागेंगे। और जैनब उस दिन के ख्वाब देखने लगी जब इल्ताफ की बहू छमछम करती इस आँगन में प्रवेश करेगी, आँगन में उजाला ही उजाला छिटक जाएगा।

दो साल इसी मस्ती में बीत गए।

एक दिन बर्तनफरोश घर पर नहीं था। नन्हा इल्ताफ भी मदरसे में था। अकेली जैनब, आँगन में, टाट के पर्दे के पीछे बैठी गेहूँ पीस रही थी, जब दरवाजे पर दस्तक हुई।

जैनब ने बैठे ही जवाब दिया, ''मर्द घर पर नहीं हैं। शाम को आना।''

दरवाजे के बाहर थोड़ी देर तक चुप्पी रही, फिर किसी की आवाज आई, ''शकूर अहमद के नाम समन है। थाने में बुलाया है।''

और जैनब चक्की छोड़, सिर पर पल्ला ठीक करती हुई पर्दे के पीछे आ खड़ी हुई। आशंका की एक सनसनाती हुई लहर उसके शरीर में ऊपर से नीचे तक दौड़ गई।

''क्या बात है जी?''

''कल सवेरे उसे थाने में भेज देना। जरूरी काम है।''

''क्या काम है जी?'' जैनब ने सहमी-काँपती आवाज में कहा।

''हिन्दुस्तान से बच्चा लेने आए हैं। चिट्ठी आई है।''

जैनब फिर सिर से पाँव तक लरज गई। गला सूखने लगा।

''कल थाने में भेज देना, भूलना नहीं।'' और पर्दे के पीछे लौटते कदमों की आहट आई।

कुछ सदमे ऐसे होते हैं जो दिल पर केवल जख्म करते हैं और वक्त बीतने पर जख्म भर जाते हैं, पर कुछ सदमे ऐसे भी होते हैं जो घुन बनकर अन्दर से कलेजा चाटने लगते हैं और इनसान के बस में कुछ नहीं रह जाता। कौशल्या जब अपने पति के साथ भारत पहुँची तो सूनी गोद लेकर।

उस रोज लारियों का ताँता अगर सही-सलामत सीमा तक पहुँच गया होता और मनोहरलाल और कौशल्या भी अपनी बच्ची के साथ सही-सलामत सीमा पार कर गए होते, तो ऐसे में धीरे-धीरे पाली की याद पर समय की धूल पड़ने लगती और उसके बिछड़ जाने का गम मंद पड़ जाता, पर ऐसा नहीं हुआ। शहर में से निकल आने के बाद एक और घटना घटी। लारियों का काफिला अँधेरे में आगे बढ़ता जा रहा था जब सहसा, आसपास के खेतों में से कुछ लोग निकल आए, चीखते-चिल्लाते हुए, और भागकर सड़क पर आ गए। वही चेहरों पर मुश्कें, हाथों में नेजे-भाले, और जुबान पर नारे और गालियाँ। बहुत-सी लारियाँ तो वहाँ से गुजर चुकी थीं पर पिछली तीन लारियाँ उनकी चपेट में आ गईं। रात के अँधेरे में फिर वही चीख-पुकार, और बर्छे-भाले, वही आर्त्तनाद सुनाई पड़ने लगा जिसे मनोहरलाल और कौशल्या अपने कस्बे में भोग चुके थे। चारों ओर फिर से खून के छींटे उड़ने लगे। कब कौशल्या को धक्का लगा और वह गिर पड़ी, उसे कुछ मालूम नहीं हुआ। केवल उसके कानों में मनोहरलाल की आवाज पड़ती रही थी—'ला, बच्ची को मुझे दे दे' और फिर वह भी बन्द हो गई थी, और फिर पीछे से धक्का पड़ा था और वह औंधे मुँह गिर पड़ी थी। जब उसे होश आया तो कहीं सीटियाँ बज रही थीं और घुप्प अँधेरा था, और पास ही कुछ लोगों के कराहने की आवाजें आ रही थीं। उसे अपने हाथों के नीचे, लारी के फर्श पर कुछ गीला-गीला लगा था, जो पानी भी हो

सकता था, खून भी। तभी लारी में गति आ गई थी। तारों की ओर देखते हुए उसे लगा था, जैसे तारे चलने लगे हैं। उसका गला सूख रहा था और पानी की तलब हो रही थी। फिर उसे लगा था, जैसे तारे घूमने लगे हैं, और वह फिर से बेहोश हो गई थी।

दिल्ली पहुँचने पर, मनोहरलाल को कभी-कभी लगने लगता, जैसे वह अभी भी लाशों के किसी ढेर के नीचे दबा पड़ा है और उसका दम घुट रहा है। वह उस ढेर के नीचे से निकल पाने के लिए छटपटाता। उसे लगता कि अगर वह नहीं निकला तो कुचला जाएगा। दिल्ली की सड़कों की खाक छानते हुए उसे लगता कि अगर वह सारा वक्त अपने बच्चों का रोना लिये बैठा रहा, तो दिल्ली की इन्हीं सड़कों पर वह और उसकी पत्नी भूखों मरेंगे। सैकड़ों-हजारों शरणार्थी दिल्ली की गलियों में घूम रहे थे। आसरा खोज रहे थे। अगर उसे दो जून रोटी का जुगाड़ करना है तो उसे बीते पर पीठ फेर लेनी होगी। अकेले मुझ पर नहीं बीती है, लाखों-लाख लोगों पर बीती है। कुछ लोगों ने मदद का हाथ बढ़ाया, कुछ ने आँखें फेर लीं, पर अन्त में वह ठेला लेकर एक बाजार में अपनी दुकान चलाने लगा।

पर जब वह दिन-भर की खाक छान चुकने पर घर लौटता और उसकी नीम-पागल पत्नी गुम-सुम बैठी मिलती या रात को सोए-सोए कुरलाने लगती या चीखने-चिल्लाने लगती तो उसका साहस चुक जाता। अगर औरत पगला गई तो मैं इसे कहाँ सँभालूँगा, रही-सही जिन्दगी भी अजाब हो जाएगी। मनोहरलाल कौशल्या को सहलाता, उसका हाथ अपने हाथ में लेकर समझाता, 'देख, भली लोग, मालिक ने चाहा तो अभी भी हमारे और बच्चे होंगे, तू दिल को काबू में रख।'

पर बच्चों का नाम सुनते ही वह थरथर काँपने लगती और कभी-कभी ऐसा कुरलाने लगती कि मनोहरलाल का दिल भी दहल-दहल जाता।

चुनाँचे दिन-भर अपने ठेले के पीछे खड़ा रहने के बाद वह खाली वक्त में दफ्तरों-कचहरियों, बड़े-बड़े लोगों के घरों के दरवाजे खटखटाने लगा। सरकार ने बड़े-बड़े दफ्तर खोल रखे थे—औरतों-लड़कियों को बरामद करने के, माल बरामद करने के, खोए हुए लोगों की टोह लगाने के। और इन दफ्तरों में काम करनेवाले लोग—सरकारी कर्मचारी, समाजसेवक, स्त्रियाँ-पुरुष—अक्सर इस काम से पाकिस्तान आया-जाया करते थे।

मनोहरलाल की भी दौड़-धूप तो शुरू हो गई, पर उसके पास वसीला ही क्या था! महीनों पर महीने निकलने लगे। कोई बात ठिकाने पर नहीं आती थी। कहीं कोई सुराग नहीं मिल रहा था। लाखों-लाख लोगों से भरे शहर में भटके हुए बच्चे को खोज निकालना कौन-सा आसान काम है! जब दौड़-धूप शुरू हुई थी तो उसकी आस बँधने लगी थी और उसे लगने लगा था कि बस, उस शहर में पहुँचने की देर है कि वह भागकर उस मुहल्ले में जा पहुँचेगा, जहाँ पाली का हाथ उसके हाथ से छूटकर अलग

हो गया था, और पाली किसी गली के मुहाने पर खड़ा उसकी राह देख रहा होगा और वह उसे झट से उठा लेगा और दिल्ली में आकर उसे कौशल्या की गोद में रख देगा।

पर यहाँ इस खोज का कोई कूल-किनारा ही नहीं मिल रहा था। पूरे दो साल तक मनोहरलाल का केस हवा से बातें करता रहा। बरामदी के सरकारी कर्मचारियों और समाजसेवियों की टोली पाकिस्तान जाती तो वह भी कभी-कभी अपना बुचका उठाए उनके साथ हो लेता। पर हर बार सिर धुनता हुआ ही लौटता।

पर पूरे दो साल बाद सुराग मिल गया। पता चला कि अमुक मोहल्ले में, शकूर नाम के बर्तनफरोश के घर बच्चा रह रहा है। और टोली जब रवाना हुई तो मनोहरलाल फिर से उम्मीदों का सहारा लिये, उसके साथ चल पड़ा।

जिस रोज पुलिस का हवलदार पहली बार समन लेकर शकूर अहमद के घर पर गया, उस रोज तो जैनब जल में से फेंकी हुई मछली की तरह छटपटाती रही। रोशनी से भरे आँगन में साँप मँडराने लगे और सपने चूर-चूर होने लगे।

पर शाम होते-होते उसका ढाढ़स फिर से बँधने लगा। शकूर घर आया। खबर सुनकर उसका भी चेहरा पीला पड़ गया और टाँगें थर्रा गईं, पर फिर गली-मुहल्ले के लोगों को खबर हुई। कई हमदर्द पहुँच गए। मौलवी साहब को पता चला तो वह भी लट्ठ लेकर पहुँच गए।

''इनकी ऐसी की तैसी! तुम बेफिक्र रहो। किसी की मजाल नहीं जो बच्चे को हाथ लगा जाए! अब यह दीन कबूल कर चुका है, तुम समझती हो, हम इसे काफिरों के हाथ में जाने देंगे?''

जैनब की रूह को चैन मिला। मौलवी जी ठीक कहते हैं, अब यह वह बच्चा तो नहीं है जो पहली रात मेरी बाँहों में सोया था। तब तो इसे कोई ले जाता तो ले जाता, अब कौन ले जा सकता है?

दानिशवरों की बैठक हुई। निर्णय हुआ कि पुलिसवालों को मौलवी साहब खुद समझा देंगे कि समन की तामील करवाने जो हवलदार जाए, वह खुद ही उस पर लिख दिया करे कि शकूर अहमद घर पर नहीं है, बाहर गया हुआ है। कुछ मालूम नहीं, कब लौटेगा। और अगर बार-बार बुलावे आने लगें तो कुछ दिन के लिए बच्चे को लेकर मियाँ-बीवी इधर-उधर हो जाया करें।

''इनकी ऐसी की तैसी! हम भी देख लेंगे, कैसे काफिर यहाँ से बच्चे को ले जाते हैं!'' और लट्ठ पटपटाते हुए इत्मीनान से बाहर चले गए।

फिर एक अजीब आँख-मिचौली शुरू हो गई। अब सरकारों के मुआइदे तो सरकारों के नेता करते हैं, पर उन्हें अमली जामा तो छोटे लोग ही पहनाते हैं। ऊपर से हुक्मनामा आता कि अमुक लड़के को बरामद किया जाए, थाने का सिपाही सीधा, नाक की सीध चलता हुआ सही मकान पर पहुँच जाता। दरवाजा खटखटाता, डराता-

धमकाता और रुपल्ली हाथ में दबाए वापस लौट जाता और समन पर लिख देता कि घर पर ताला चढ़ा है, घर के लोग बाहर गए हैं। कुछ मालूम नहीं, कब लौटेंगे।

यहाँ मामला छोटी-मोटी रिश्वत का न था, गोद लिये बच्चे को लौटाने का भी न था, मामला तो दीन का बनता जा रहा था। बच्चे को न भेजना दीन की खिदमत का, ईमान और सबाब का काम था।

फिर महीनों पर महीने और सालों पर साल बीतने लगे।

एक बार सारी टुकड़ी सचमुच शकूर अहमद के घर आ पहुँची, पर मकान पर सचमुच ताला चढ़ा था। रातोंरात खबर मिल जाने पर परिवार सचमुच बाहर निकल गया था। पता चला कि शकूर अहमद अपने भाई के पास शेखूपुरा गया है। पता नहीं, कब लौटकर आएँगे। टुकड़ी शेखूपुरा पहुँची तो पता चला कि एक ही दिन पहले शकूर अहमद अपने बीवी-बच्चे को लेकर लायलपुर गया है।

''जी हाँ, बच्चा भी उनके साथ था, पर उनका पता तो हमें मालूम नहीं, हमें बताकर नहीं गए हैं।''

इसी आँख-मिचौली में पूरे तीन साल निकल गए। मनोहरलाल का चेहरा स्याह पड़ने लगा, गालों पर गहरी रेखाएँ खुद गईं, बाल खिचड़ी हो गए। आँखों के सामने सारा वक्त संशय की धूल उड़ती रहती। सच क्या है और झूठ क्या है, इसका अन्दाज ही जाता रहा था। जिन्दगी मनोहरलाल को यों झिंझोड़ रही थी, जैसे बाज पक्षी को मुँह में दबोचकर झिंझोड़ता है।

अब या तो यह समझिए कि मनोहरलाल के संकल्प की दृढ़ता थी या बदनसीब कौशल्या की आहों का असर, पूरे पाँच साल बाद मनोहरलाल, शकूर अहमद के आँगन में बैठा था। साथ में खोजी टुकड़ी के और सदस्य भी थे। समाजसेविका थीं। समाजसेवक थे। सरकारी पदाधिकारी थे। पाकिस्तान की सरकार की ओर से मजिस्ट्रेट था। पुलिस के दो अधिकारी थे। वास्तव में यह उस सिफारिश का असर था जो मनोहरलाल के किसी जाने-माने सम्बन्धी ने किसी बड़े सरकारी अफसर से की थी और उस ऊँचे सरकारी अफसर ने पाकिस्तान के ऊँचे पदाधिकारी से बात चलाई थी और मामला आगे बढ़ने लगा था, और आज यहाँ तक आ पहुँचा था। आज कानूनी कार्रवाई की जानेवाली थी जिसकी रू से, अगर साबित हो जाए कि बच्चा मनोहरलाल का ही है, तो वह मनोहरलाल को मिल जाएगा।

आँगन में तनाव उभर आया था। एक ओर को, अधिकारियों से हटकर, मौलवी जी बैठे थे। घर के बाहर मुहल्ले के दस-बीस आदमी खड़े थे, और टाट के पर्दे के पीछे बरामदे में जैनब बैठी थी। चेहरा पीला, आग की लपट-जैसा और आँखें किसी उकाब की आँखों-जैसी हो रही थीं, जिसके घोंसले में से कोई उसके अंडे उठाना चाहता हो। नौ साल का पाली—अब इल्ताफ हुसैन—उसके साथ सटकर बैठा था। भौचक-सा, घबराया हुआ, और जैनब व्याकुल-सी, बार-बार उसे बाँहों में भींच रही थी।

कार्रवाई शुरू होने से पहले मौलवी तरह-तरह के वाक्य बोल रहा था कि 'कोई बच्चे को नहीं ले जा सकता, कोई काफिर उसे हाथ नहीं लगा सकता।'

भारत से आई टोली बार-बार मजिस्ट्रेट से दरख्वास्त कर रही थी कि मौलवी साहब को चुप रहने का आदेश दें, कि इससे तनाव पैदा होगा।

देश के बँटवारे के बाद, सड़कों-रास्तों पर खून के छींटे सूख तो गए थे पर उनके दाग अभी मिटे नहीं थे। जलते घरों की आग तो ठंडी पड़ चुकी थी पर उनके काले कंकाल अभी भी जगह-जगह खड़े थे। बँटवारे के समय का जुनून तो बहुत कुछ ठंडा पड़ चुका था, पर उसका बचा-खुचा प्रभाव अभी भी लोगों के जेहनों में से मिटा नहीं था।

"बच्चे को तलब करो।" मजिस्ट्रेट की आवाज आई।

इस पर जैनब छटपटाकर बोली, "हमने किसी का बच्चा नहीं चुराया है, हम क्यों बच्चे को भेजें, जी ?"

"बच्चे को तलब करो।" मजिस्ट्रेट ने फिर कहा; जिस पर शकूर अहमद टाट के पर्दे के पीछे बच्चे को लाने चला गया।

मनोहरलाल का दिल धक--धक कर रहा था। एक निर्णायक घड़ी फिर से आ पहुँची थी, जो उसकी किस्मत का फैसला करेगी। उसका दिल अपने बच्चे को फिर से देख पाने के लिए छटपटा रहा था, पर साथ ही संशय और भय भी मन को घेरे हुए थे।

बच्चा सामने आया। आँगन में लोगों की भीड़ देखकर वह और भी घबरा गया, और शकूर से चिपक गया और मुँह में उँगली दबाए, आसपास खड़े लोगों की ओर देखने लगा।

"बेटा, इधर आओ। देखो तो ये कौन हैं ? इनमें से किसी को तुम जानते हो ?" मजिस्ट्रेट ने कहा, जिस पर पुलिस अधिकारी ने ऊँची आवाज में जोड़ा "कोई भी कुछ न बोले। बच्चे को खुद पहचानने दो।"

मनोहरलाल स्वयं अपने बच्चे को नहीं पहचान पाया। नौ बरस का लड़का। ऊँचा कद-बुत, सिर पर रूमी टोपी। नीचे मलमल का कुर्ता और सलवार। मनोहरलाल की अपनी आँखें उसे धोखा देने लगी थीं। देर तक वह उसे एकटक देखता रहा, फिर ज्योंही बच्चे की पहचान उसके मस्तिष्क में कौंधी, उसका गला रुँध गया। वह चिल्लाकर कहना चाहता था, 'पाली ! बेटा पाली !' पर बड़ी कठिनाई से अपने को रोक पाया।

पिता की ओर देखकर भी बच्चे के भाव में कोई परिवर्तन नहीं आया। वह पहले से सहमा हुआ था, लोगों को देखकर और भी ज्यादा सहम गया। मनोहरलाल खड़ा उसे निहार रहा था। बच्चे का शरीर भर गया था, वह लम्बा हो गया था—बड़ा गोरा और सुन्दर लग रहा था।

मनोहरलाल को लगा, जैसे निर्णायक घड़ी आई और निकल गई और कुछ भी नहीं हो पाया। अब वह फिर जिन्दगी के बियाबानों की खाक छानता रहेगा।

चारों ओर छाई चुप्पी को तोड़ते हुए मौलवी बोला, ''देख लिया! बच्चे ने नहीं पहचाना। इनका होता तो भागकर इनके पास जा पहुँचता। बच्चा लेने आए हैं!''

समाजसेविका उद्विग्न हो उठी। बच्चे को सम्बोधित करके बोली, ''बेटा, इधर आओ तो, देखो, यह कौन हैं?''

इस पर पुलिस अधिकारी फिर से चिल्लाया, ''कोई न बोले। मैंने कह दिया, बच्चे को खुद पहचानने दीजिए।''

अन्दर जैनब दम साधे बैठी थी। उसका दिल जाने कैसा हो रहा था।

समाजसेविका ने शकूर की ओर मुँह फेरकर कहा, ''आपने तो तसलीम किया है कि बच्चा आपका नहीं है, आपने गोद लिया है?''

जवाब में शकूर अहमद कुछ कहने जा रहा ही था कि मौलवी साहब लट्ठ पटपटाकर बोले, ''यह तो हम भी मानते हैं कि लड़का गोद लिया है, पर कोई कैसे मान ले कि बच्चा हिन्दू का है और इन्हीं साहब का है?''

मजिस्ट्रेट ने सिर हिलाया, वह बड़े ध्यान से कभी बच्चे की ओर तो कभी मनोहरलाल की ओर देख रहा था। मनोहरलाल हताश होता जा रहा था। बच्चा सामने खड़ा है और वह किंकर्तव्यविमूढ़-सा केवल उसे देखे जा रहा है। जीवन की निर्णायक घड़ी उँगलियों में से फिसलती जा रही है।

''बच्चा घबरा गया है।'' समाजसेविका ने कहा।

''आप चुप रहिए।''

''बस, हो गया, और क्या देखना चाहते हैं,'' मौलवी चिल्लाया, ''तशरीफ ले जाइए।''

तभी समाजसेविका ने मनोहरलाल को सम्बोधन किया, ''वह तस्वीर कहाँ है जो आप मुझे दिखा रहे थे?''

मनोहरलाल को सबूत के नाते और तो लाने को कुछ नहीं मिला था, केवल एक छोटी-सी तस्वीर थी जो वह अपने साथ लेता आया था। बैसाखी के मेले पर कौशल्या के आग्रह पर उसने नन्हे बालक के साथ अपना और कौशल्या का फोटो-चित्र उतरवाया था। फोटो में नन्हा पाली माँ की गोद में बैठा है। पर अब उससे क्या लाभ? बच्चा इतना बड़ा हो गया है कि चित्र में दोनों की आकृति ढूँढ़े नहीं मिल सकती थी।

उसने जेब में से तस्वीर निकाली और मजिस्ट्रेट के हाथ में दे दी।

''इस तस्वीर में जो बच्चा है जनाब, वही बच्चा है, आप खुद देख लीजिए।''

इस पर शकूर अहमद उत्तेजित होकर बोला, ''तस्वीर से क्या होगा, जनाब! तस्वीर तो हमारे पास भी है।'' और उन्हीं कदमों जाकर एक फ्रेमशुदा तस्वीर अपनी

आस्तीन के साथ पोंछते हुए उठा लाया और मजिस्ट्रेट के सामने रख दी।

मनोहरलाल वाला चित्र अभी भी मजिस्ट्रेट के हाथ में था।

''इधर आओ बेटा!'' मजिस्ट्रेट ने बच्चे को अपने पास बुलाया, और चित्र उसके सामने रख दिया। वह अपनी ओर से कुछ भी नहीं बोला। वह जानता था कि बच्चा अपना चेहरा कभी भी पहचान नहीं पाएगा।

चित्र को अपने सामने पाकर बच्चा देर तक उसे ध्यान से देखता रहा, फिर अपनी तर्जनी उठाकर चित्र पर रखते हुए ऊँची आवाज में बोला, ''पिताजी!'' और फिर तर्जनी को कौशल्या के चेहरे पर रखकर उसी तरह चिल्लाकर बोला, ''माता जी!''

एक अनजानी व्याकुलता-सी बच्चे के दिल में कसमसाने लगी।

मनोहरलाल फफक-फफककर रोने लगा, और अपनी सिसकियाँ दबा पाने के लिए अपनी पगड़ी का शमला बार-बार अपने मुँह में ठूँसने लगा।

मजिस्ट्रेट ने दूसरा चित्र बच्चे के सामने रख दिया। बच्चे का चेहरा खिल उठा और वह चहककर बोला, ''अब्बा जी! अम्मी!''

शकूर के दिल में उल्लास की लहर-सी दौड़ गई।

टाट के पर्दे के पीछे बैठी जैनब की आँखें भर आईं।

मौलवी के तेवर जो अभी तक चढ़े हुए थे, बच्चे का जवाब सुनकर तनिक ढीले पड़ गए।

''अब यह मुसलमान का बेटा है, काफिर का बेटा नहीं है। अब यह कलमा पढ़ चुका है।''

''आप चुप रहिए।'' समाजसेविका ने चिल्लाकर कहा।

''चुप क्यों रहूँ? यह साहब तो इसे फेंक गए थे। पाला तो हमने।'' मौलवी ऊँची आवाज में चिल्लाया।

मौलवी की ऊँची आवाज सुनकर पहले तो लड़का शकूर मियाँ की टाँगों के साथ चिपक गया, फिर भागकर टाट के पर्दे के पीछे चला गया।

अन्दर का शोर बाहर भी जरूर सुनाई देने लगा होगा कि बाहर नारे गूँजने लगे :

'अल्लाह-ओ-अकबर!'

समाजसेविका और भारत से आए दोनों अधिकारी अपनी जगह दृढ़ता से आग्रह कर रहे थे कि अब चूँकि बच्चे ने बाप को पहचान लिया है, बच्चा उसके हवाले कर दिया जाए। पर बात बिगड़ती जा रही थी। हवा में फिर से तनाव पाया जाने लगा था। उधर बच्चा, टाट के पर्दे के पीछे, डरा हुआ, जैनब की गोद में सिर रखे, उसके इर्द-गिर्द अपनी बाँहें डाले हुए था।

बच्चा किसका है, या किसने पाला है, यह बात गौण हो चली थी, सवाल फिर से हिन्दू-मुसलमान का बनने लगा था।

मनोहरलाल को और तो कुछ नहीं सूझा, वह चुपचाप चलता हुआ टाट के पर्दे के पास जाकर खड़ा हो गया और दोनों हाथ जोड़कर बोला, ''बहन, मैं तुमसे बच्चे की नहीं, अपनी घरवाली की जान की भीख माँगने आया हूँ। वह अपने दोनों बच्चे खो चुकी है। पाली के बिना वह पागल हुई जा रही है। वह दिन-रात तड़पती रहती है। उस पर तरस खाओ!''

टाट के पर्दे के पीछे चुप्पी छाई रही। अधिकारी भी चुप हो गए और टाट के पर्दे की ओर देखने लगे। मौलवी भी उठकर खड़ा हो गया। उसे उम्मीद थी कि जवाब में पर्दे के पीछे से केवल गालियाँ ही इस आदमी को सुनने को मिलेंगी।

पर फिर एक टूटी-फूटी-सी आवाज आई, ''ले जाओ अपने बच्चे को। हम नहीं चाहते, किसी बदनसीब की बद्दुआ हमें लगे...हमें क्या मालूम, तुम्हारे दोनों बच्चे खो चुके हैं!''

मनोहरलाल का मन हुआ, टाट के पर्दे के पीछे चला जाए और उस औरत के पाँव छू ले...

लगभग घंटे-भर बाद बच्चे की बिदाई हो रही थी। जैनब और शकूर ने रोते-रोते बच्चे को उजले बढ़िया कपड़े पहनाए, जो आनेवाली ईद के लिए बनवाए गए थे। उसके सिर पर रूमी टोपी रखी और उसे बाहर भेजते हुए टाट के पर्दे के पीछे से जैनब की आवाज आई, ''पर एक शर्त पर बच्चा दूँगी...हर साल ईद के मौके पर इसे हमारे पास भेजोगे। महीना-भर यह हमारे पास रहेगा। बोलो, मंजूर है? वायदा करो?''

मनोहरलाल के बदन में झुरझुरी-सी होने लगी थी। वैसे ही हाथ जोड़े-जोड़े बोला, ''तुम्हारी दौलत है, बहन! तुमने इसे पालकर बड़ा किया है। मैं वायदा करता हूँ। मैं जन्म-जन्म तक तुम्हारा एहसान नहीं भूलूँगा।''

जिन्दगी की गाड़ी फिर से चलने लगी। फिर वही आड़े-तिरछे रास्ते, फिर वही मोड़, उतार-चढ़ाव। बात यहीं पर खत्म हो जाती तो यह समूचा दस्तावेज एक कहानी बन जाता, पर बात यहाँ पर खत्म नहीं हुई। कोई भी बात कभी खत्म नहीं होती।

समाजसेवी और अधिकारियों ने बरामद किए जानेवाले लोगों की सूची में से एक और नाम पर लकीर खींच दी, और उसे अपनी उपलब्धियों की सूची में जोड़ दिया।

सरकारी जीप तेज रफ्तार से दौड़ती चली जा रही थी। आगे की सीट पर ड्राइवर के साथ बन्दूकधारी पुलिस कांस्टेबल बैठा था। उसके साथ ही पुलिस अधिकारी भी। पीछे के हिस्से में एक ओर बाप-बेटा सटकर बैठे थे और उनके सामने समाजसेविका, समाजसेवी और भारत का एक अधिकारी बैठे थे। बालक अभी भी

भौचक्का-सा बैठा था, पर उसका शरीर पिता के शरीर के साथ धीरे-धीरे सटता जा रहा था और बच्चे के शरीर की गरमाइश से मनोहरलाल के शरीर में फिर से खून गरमाने लगा था। ममता के तार फिर से जुड़ने लगे थे।

दोपहर के वक्त उन्होंने विभाजन-रेखा पार की। पाकिस्तानी जीप में से सभी लोग उतर गए और सरकारी पर्चा, विभाजन-रेखा के पार खड़े भारतीय अधिकारियों को सौंपकर उसी जीप में वापस हो लिए। मनोहरलाल, उसका बेटा, मंडली के अन्य सदस्य दूसरी जीप में बैठ गए। जीप अमृतसर की ओर रवाना हो गई।

अभी जीप ने मैदानों में प्रवेश किया था कि पिछली सीट पर बैठी समाजसेविका को जाने क्या सूझी कि अपना दायाँ हाथ आगे बढ़ाकर बालक के सिर पर से रूमी टोपी उतारी और झट से जीप के बाहर फेंक दी। काले फुंदनेवाली, लाल रंग की रूमी टोपी उड़ती हुई, सड़क के किनारे धूल-धक्कड़ में जा गिरी।

"मेरी टोपी," बच्चे का हाथ सिर पर गया, "हाय, मेरी टोपी!"

इस पर समाजसेवी आगे की ओर झुककर बोले, "हिन्दू का बच्चा है तो मुसलमानी टोपी क्यों पहनेगा?"

इस तरह टोपी उतारकर फेंक देना मनोहरलाल को भी अटपटा लगा। बच्चे के दिल को ठेस लगी होगी। उसने धीरज से कहा, "बच्चे को क्या मालूम कि यह मुसलमानी टोपी है। आपने क्यों फेंक दी? जीप रोकिए, मैं उठा लाता हूँ।"

बालक रुआँसा हो गया था, और अभी भी सिर पर हाथ रखे, 'मेरी टोपी' 'मेरी टोपी' चिल्लाए जा रहा था।

"यह बच्चा है जी, इसे क्या मालूम," मनोहरलाल ने फिर धीरज से कहा, 'देखिए, बच्चा रो रहा है।"

"रोने दो, रोने दो, कोई बात नहीं। अब इसे रूमी टोपियाँ तो नहीं पहनाओगे न। अभी थोड़ी देर में चुप हो जाएगा।"

और जीप धूल उड़ाती आगे बढ़ गई।

दूर पार के छोटे-से नगर में, जहाँ बहुत-से शरणार्थी आकर बस गए थे, यह खबर बिजली की तरह फैल गई, जैसे कोई अनहोनी बात हो गई हो, कि मनोहरलाल और कौशल्या का बेटा लौट आया है। हाय, भगवान के घर में देर है, अन्धेर नहीं! पाँच बरस बाद लौट आया! बड़ा भाग्यवान है! स्त्रियों ने बालक का सिर चूम-चूमकर असीसें दीं और हाथ जोड़-जोड़कर मालिक का धन्यवाद किया, 'जिनकी लम्बी लिखी हो...देखो बहन, जिस बच्चे को छाती से लगाए हुए थी, वह मारा गया और जो बे-सहारा भटक गया था, वह बच गया और घर लौट आया! जा को राखे साइयाँ...'

यहाँ पहुँचकर भी, लड़का वैसे ही बिसूरता रहा, जैसे पहले दिन जैनब और शकूर के घर में बिसूरता रहा था। पहले दिन माँ को दूर से ही देखता रहा, माँ में पहले वाली माँ की कोई बात ही नहीं रह गई थी। एक बच्चा क्या भटक गया, सारी जवानी

ही ढेर हो गई। बालक के मस्तिष्क में धीरे-धीरे धूमिल-सी यादें लौट रही थीं—अस्त-व्यस्त-सी, बे-सिर-पैर की। माँ की गोद में उसे अपनी छोटी बहन याद आई, फिर उसे वह भैंस याद आई जो उनके घर के बाहर बँधी रहती थी और जिसकी पीठ पर वह चढ़ा करता था। फिर उसे वह तख्त याद आया जो उनके घर के बाहर बिछा रहता था। फिर शोर ही शोर सुनाई देने लगता।

उधर माँ की चेतना भी धीरे-धीरे लौट रही थी। उसे विश्वास ही नहीं हो पा रहा था कि यह जो सामने खड़ा मुँह में उँगली दबाए उसे घूरे जा रहा है, यह उसी का पाली है! उसके अन्दर-ही-अन्दर कुछ घुमड़ रहा था और अकुलाहट बढ़ती जा रही थी।

तीन-चार दिन इसी में बीत गए।

इतवार का दिन था। मनोहरलाल के घर के छोटे-से आँगन में ढोलक बज रही थी, और गली-मुहल्ले की स्त्रियाँ बैठी गीत गा रही थीं। आँगन में दो छोटी-छोटी दरियाँ बिछा दी गई थीं। दो-एक मूढ़े थे, दो-एक खाटें थीं। कौशल्या अब तक बहुत कुछ सँभल चुकी थी और थोड़ा-थोड़ा हँसने-बोलने लगी थी। बेटा भी अब किसी-किसी वक्त उसके पास जा बैठता था। कौशल्या ने लाल चुनरी ओढ़ रखी थी—सुनहरी किनारीवाली लाल चुनरी, परम सौभाग्य का सूचक!

मनोहरलाल कभी एक हमसाए के सामने तो कभी दूसरे हमसाए के सामने बार-बार कह रहा था, ''उन्होंने लड़के को छाती से लगाकर रखा है। मैं तो जिन्दगी-भर उनका एहसान नहीं भूल सकता।''

''बेशक, बेशक, दुनिया में नेक लोगों की कमी नहीं है।'' लोग सिर हिला-हिलाकर कहते।

आँगन लोगों से भरा हुआ था, और मनोहरलाल लड्डुओं की थाली लेकर इस शुभ अवसर पर लोगों में लड्डू बाँटने जा ही रहा था, जब लड़के—पाली—ने अजीब हरकत की। उस समय वह माँ के साथ सटकर ढोलक बजानेवाली स्त्री के सामने बैठा था। दत्तचित्र होकर ढोलक की ओर देखे जा रहा था, कि तभी वह चुपचाप उठ खड़ा हुआ, और दाएँ हाथवाली कोठरी में जाकर शीघ्र ही एक चटाई उठा लाया और उसे आँगन के एक ओर बिछाकर उस पर दोजानू होकर बैठ गया और नमाज पढ़ने लगा।

आँगन में बहुत-सी स्त्रियाँ और पुरुष बड़े कुतूहल से उसकी ओर देख रहे थे। उसे नमाज पढ़ता देखकर लोग स्तब्ध-से रह गए।

''हाय, यह क्या री कौशल्या! तेरा बेटा क्या कर रहा है?'' किसी स्त्री ने कहा।

इस पर मनोहरलाल ने पास खड़े आदमी से कहा, ''दोपहर को इस वक्त हर रोज उठकर नमाज पढ़ने लगता है। इसे अपने-आप पता चल जाता है कि नमाज का वक्त हो गया है।''

मनोहरलाल ने यह कहा तो, पर उसे झेंप होने लगी थी कि इतने लोगों के सामने

बेटा नमाज पढ़ने लगा है। आयोजन करने से पहले मनोहरलाल इस बात को भूल गया था कि उस वक्त तो बेटा नमाज पढ़ने लगेगा।

''आप इसे रोकते नहीं?'' एक आवाज आई।

''बच्चा है, इसे क्या मालूम! धीरे-धीरे अपने-आप समझ जाएगा।''

इस पर एक सज्जन जो मुहल्ले के चौधरी थे, ऊँची आवाज में बोले, ''अभी छुड़वा दोगे तो छूट जाएगा, नहीं तो यह लड़का मुसलमान ही बना रहेगा।''

जितनी देर तक बालक नमाज पढ़ता रहा, आसपास खड़े लोग मुड़-मुड़कर उसकी ओर देखते रहे। मनोहरलाल बार-बार कहे जा रहा था, मानो बेटे की ओर से सफाई दे रहा हो, ''उनका अपना बच्चा कोई नहीं था, पर उन्होंने इसे पूरे सात साल तक छाती से लगाकर रखा है। मैं तो जनम-जनम तक उनका एहसान नहीं भूल सकता।''

इस पर मुहल्ले का चौधरी चिल्लाकर बोला, ''लड़के को मुसलमान बनाकर भेजा है, फिर भी उनकी सफाई दिये जा रहे हो!''

लड़का दोजानू बैठा था और दोनों हाथों की अंजुलि बनाए उन्हें आसमान की ओर उठाए, रटी-रटाई 'इबादत' के शब्द दोहरा रहा था। तभी मुहल्ले का चौधरी, जो अभी-अभी मनोहरलाल के पास खड़ा था, बालक के पास जा खड़ा हुआ।

बच्चे ने नमाज खत्म होने पर दोनों हाथ मुँह पर फेरे ही थे कि चौधरी ने लड़के को कलाई से पकड़ा और खींचते हुए आँगन के बीचोबीच ले आया, ''यह क्या कर रहा था?''

लड़का घबरा गया था, फिर धीरे से बोला, ''नमाज पढ़ रहा था।''

इस पर चौधरी कड़ककर बोला, ''यहाँ यह नहीं चलेगा, यहाँ कोई नमाज-वमाज नहीं चलेगी।'' और आसपास खड़े लोगों को सम्बोधन करके बोला, ''मुसलों ने इसके जेहन में तास्सुब का जहर अभी से भर दिया है।'' फिर उसी तरह ऊँची आवाज में अपने किसी साथी से बोला, ''बुलाओ पंडित को, और नाई को। अभी बच्चे का मुंडन करवाओ और चुटिया रखवाओ। इनकी ऐसी की तैसी! बच्चे को मुसलमान बनाकर भेजा है।''

लड़का घबराया हुआ था और रुआँसा हो रहा था।

''क्या नाम है तेरा?''

बच्चे ने भारी-भरकम चौधरी की ओर आँख उठाकर देखा और सहमी हुई आवाज में कहा, ''इल्ताफ! इल्ताफ हुसैन वल्द शकूर अहमद।''

चौधरी का मन हुआ, कसकर चाँटा रसीद करे लड़के के मुँह पर। लड़के को अपनी कलाई पर उसकी मुट्ठी का दबाव भी महसूस हुआ, पर वह अभी भी काँपता हुआ-सा उसके चेहरे की ओर देखे जा रहा था।

''नहीं, तेरा नाम पाली है—यशपाल।''

लड़का चुप रहा। फिर धीरे से बुदबुदाया, ''इल्ताफ!''

"फिर से बोलकर तो देख यह नाम, मैं तेरी जीभ खींच लूँगा!" फिर आसपास खड़े लोगों को बोला, "देखा मुसलों का काम? इसी को तब्लीग कहते हैं।"

तभी नाई और पंडित पहुँच गए। एक और आदमी, जिसके सिर पर हवनकुंड रखा था और उसके पीछे-पीछे एक दूसरा आदमी घी का डिब्बा और सामग्री की थैली और समिधाएँ उठाए हुए चला आ रहा था।

लड़के को फिर से उसी चटाई पर बैठा दिया गया और नाई, हथेली पर उस्तरा तेज करते हुए, पंडित के आदेशानुसार विधिवत् मुंडन करने लगा। जितनी देर मुंडन होता गया, बच्चे की झुकी गर्दन के नीचे हल्की-हल्की सिसकियों की आवाज आती रही। एक बार लड़का घबराकर उठ खड़ा हुआ और 'अम्मी! अम्मी! अब्बा जी!' चिल्लाता हुआ आँगन की दीवार के साथ सटकर खड़ा हो गया। वह अपनी बड़ी-बड़ी आँखों से चौधरी की ओर इस तरह से देख रहा था, जैसे कोई त्रस्त हिरन शिकारी की ओर देखता है। अब की बार चौधरी के कहने पर मनोहरलाल उसे लाने गया, और कलाई से पकड़कर पुचकारता हुआ लड़के को फिर चटाई के पास ले आया।

घुटे हुए सिर के ऐन बीचोबीच अब चुटिया लहरा रही थी। फिर पाली को नहलाया गया; उजले धोती, कुर्ता पहनाए गए। मंत्रोच्चारण के बीच विधिवत् उसे यज्ञोपवीत पहनाया गया...

"बालक, तेरा नाम क्या है? पाँच बार बोल—पाली, पाली, पाली..."

थोड़ी देर बाद ब्रह्मचारी के वेश में बालक यशपाल दोनों हाथ जोड़ अपने पिता के साथ सटकर द्वार के पास खड़ा घर में आए मित्र-सम्बन्धियों को विदा कर रहा था और मित्र-सम्बन्धी उसके सिर पर हाथ फेर-फेरकर उसे आशीर्वाद देते हुए बाहर जा रहे थे।

उसी समय, सैकड़ों मील दूर अपने सूने आँगन में बैठे जैनब और शकूर तरह-तरह के कयास लगा रहे थे। जैनब कह रही थी, "गया तो घर की सारी रौनक ले गया। इस वक्त मैं उसे गली-मुहल्ले ढूँढ़ने निकला करती थी। कभी कहीं जा पहुँचता था, कभी कहीं।...क्यों जी, ईद पर आएगा न? उसे वे लोग भेजेंगे न? क्या हम उसे मिलने नहीं जा सकते?...तुम कहते थे न कि तुम्हारा कोई नाती बरेली में रहता है। हम उसके पास जा रहेंगे और बेटे से मिल आएँगे, क्यों जी... ?" और बार-बार अपनी आँखें पोंछ रही थी।

प्रादुर्भाव

रेडियो-स्टेशन के डायरेक्टर अपनी कुर्सी पर बैठे ही थे कि बाहर बरामदे में शोर होने लगा। कोई आदमी ऊँची-ऊँची आवाज में चिल्लाए जा रहा था। डायरेक्टर ने ध्यान से सुना, यह शोर कैसा है। वह उठकर बाहर जाने ही वाले थे कि ठिठक गए, और स्टेनो को बुलाने के लिए घंटी बजाई। फिर बाहर की आवाजों की ओर कान लगा दिये। उन्हें मामले का कुछ-कुछ भास होने लगा था।

स्टेनो आया।

''यह शोर कैसा है? दस बजेवाली रिकॉर्डिंग हो गई?''

स्टेनो तनिक मुस्कुराया, ''उसी का शोर है, सर!''

''प्रोग्राम-सहायक ने फिर गड़बड़ी कर दी जान पड़ती है। यह चिल्ला कौन रहा है?''

''कोई शिवानन्द है, सर!''

''कौन शिवानन्द?''

''एक लेखक हैं। कहानियाँ लिखते हैं। वार्ता में यह भी भाग लेने आए थे।''

''तो चिल्ला क्यों रहा है?''

पर सवाल पूछते ही डायरेक्टर खट से समझ गया और उसके चेहरे का तनाव ढीला पड़ गया। मुस्कुराते हुए बोला, ''बन्द लिफाफे में चेक नहीं दिया होगा। कई बार समझाया है, पर तुम लोग...''

शोर अब डायरेक्टर के कमरे के ऐन बाहर होने लगा था। लगता था, अभी कोई आदमी धक्का देकर दरवाजा खोल देगा और डायरेक्टर के दफ्तर में आकर धमाचौकड़ी करने लगेगा।

वही बात हुई। डायरेक्टर अपनी कुर्सी पर से उठने ही वाला था कि दरवाजा खुला और एक सज्जन, हाथ में खुला लिफाफा उठाए, तमतमाते चेहरे के साथ अन्दर दाखिल हुए, ''यह सरासर अपमान है। यहाँ हमारा अपमान करने के लिए बुलाते हैं?''

डायरेक्टर उठ खड़ा हुआ और बड़े धैर्य से बोला, ''क्यों, क्या गलती हो गई?''

''आप वार्ता के लिए चार लेखकों को बुलाते हैं और सभी को अलग-अलग पारिश्रमिक देते हैं? यह धाँधली नहीं तो क्या है?''

''आप आराम से बात कीजिए। आकाशवाणी के कुछ नियम हैं, मैं आपको समझा दूँगा।''

''आप क्या समझा देंगे? यह देखिए चेक! चालीस रुपए! और लोगों को आपने सौ-सौ रुपए के चेक दिये और मुझे चालीस...''

''कोई कारण रहा होगा, आप तशरीफ रखिए!''

पर शिवानन्द बौखलाए हुए थे, बोलते गए, ''सारी वार्ता में देवराज ने दो वाक्य नहीं बोले होंगे और उसे सौ रुपए, मैं सारा वक्त बकता रहा और मुझे चालीस रुपए... !''

डायरेक्टर का अनुमान ठीक ही निकला था। प्रोग्राम-सहायक ने गड़बड़ी की है। नया आदमी है, लेखकों के साथ किस तरह पेश आना चाहिए, नहीं जानता।

''आप तशरीफ तो रखिए, मैं दर्याफ्त करता हूँ।'' डायरेक्टर ने कहा और बड़ी विनम्रता से आगे बढ़कर मेज के साथ लगी कुर्सी को थोड़ा पीछे खींच दिया, ताकि लेखक महोदय सुभीते से बैठ सकें।

पर शिवानन्द का पारा अभी भी चढ़ा हुआ था, ''आप लोग जान-बूझकर लेखकों का अपमान करते हैं। मुझे मालूम होता कि सभी को अलग-अलग पारिश्रमिक दिया जाएगा तो मैं आता ही नहीं।''

तभी लेखक की नजर प्रोग्राम-सहायक पर पड़ी जो उनके पीछे-पीछे डायरेक्टर के दफ्तर में चला आया था।

''आपने रिकॉर्डिंग से पहले मुझसे क्यों नहीं कहा? आपने मुझसे कान्ट्रैक्ट पर दस्तखत करवाया, उस समय भी नहीं बताया!

''कान्ट्रैक्ट पर तो पारिश्रमिक कुछ भी लिखा हो, पर यह सवाल उसूल का है।'' शिवानन्द ने कहा और डायरेक्टर की ओर मुखातिब होकर बोला, ''मुझे इस बात पर एतराज नहीं कि मुझे चालीस रुपए दिये जा रहे हैं, एतराज इस बात पर है कि सभी को समान पारिश्रमिक क्यों नहीं दिया जा रहा?''

डायरेक्टर के दफ्तर में हंगामा उठ खड़ा हो, बड़ी अशोभनीय-सी बात थी। डायरेक्टर को प्रोग्राम-सहायक पर गुस्सा आ रहा था कि इसे यहाँ क्यों आने दिया। उसका मन करता था, लेखक से कहे कि आप अपनी शिकायत लिख भेजिए और यहाँ से तशरीफ ले जाइए, पर रेडियो-स्टेशन तो सरकार का जनसम्पर्क विभाग होता है। अपने क्षोभ पर काबू पाते हुए बोले, ''आप तशरीफ रखिए, मैं अभी दर्याफ्त करता हूँ। बैठिए!'' और प्रोग्राम-सहायक को सम्बोधित करते हुए बोले, ''आप चलिए मेरे साथ!''

और दोनों कमरे से बाहर हो गए।

शिवानन्द अभी भी उत्तेजित थे। डायरेक्टर के चले जाने के बाद वह स्टेनो से मुखातिब हुए, ''इसमें दर्याफ्त करने की क्या बात है? मैंने अपनी आँखों से देवराज का चेक देखा है। बात उसूल की है, आप लोग स्वयं लेखकों के बीच बड़े और छोटे का भेद करते हैं, उनमें फूट डालते हैं।''

''कहीं भूल हो गई जान पड़ती है, डायरेक्टर साहब स्वयं गए हैं, अभी दर्याफ्त करेंगे।''

''दर्याफ्त क्या करेंगे! इसमें दर्याफ्त करने को है क्या? भूल क्या हो गई है? यह आपको भूल नजर आती है?''

स्टेनो चुपचाप सुने जा रहा था। धीरे से बोला, ''आप बड़ी छोटी-सी बात पर बिगड़ रहे हैं, इतनी बड़ी बात नहीं है...।''

''अपमान छोटी बात होती है? और वह भी जब जान-बूझकर किया जाए...''

शीघ्र ही डायरेक्टर लौट आए। बड़े सन्तुष्ट नजर आते थे। स्टेनो को बाहर जाने का इशारा किया और स्वयं मेज के पीछे अपनी कुर्सी पर विराज गए।

''माफ कीजिए। मैंने फाइल मँगवाई है। अभी पता चल जाएगा कि भूल कहाँ हुई है...'' और दोनों हाथ मेज पर रखते हुए, हाथों की अँगुलियाँ एक-दूसरी में खोंसते हुए धीमे से मुस्कुराए।

लेखक को यह मुस्कुराहट जहर-सी लगी।

''इस पचड़े में आपने मेरा सारा दिन बर्बाद कर दिया। मेरा यहाँ आने का कोई मतलब ही नहीं था।''

डायरेक्टर एकटक लेखक की ओर देखता रहा, फिर धीरे से बोला, ''मैं आपको सबकुछ समझा दूँगा, आप इत्मीनान रखिए। और जहाँ भूल हुई है, वहाँ उसे ठीक करने की पूरी-पूरी कोशिश करेंगे।'' फिर तनिक बेतकल्लुफी के साथ बोला, ''चाय पिएँगे या कुछ ठंडा मँगवाऊँ?'' फिर अपना दायाँ हाथ तनिक ऊँचा उठाते हुए बोला, ''मैं आपका ज्यादा वक्त भी नहीं लूँगा। मैं जानता हूँ, सुबह के वक्त सभी लेखक काम करते हैं।''

लेखक मुँह लटकाए, मन मसोसकर बैठा रहा।

''मैं जानता हूँ,'' डायरेक्टर कहने लगा, ''इस वक्त यदि आप मेरे पास नहीं बैठे होते तो 'प्रादुर्भाव' जैसी कोई और रचना रच रहे होते।''

लेखक ने पलकें ऊपर उठाईं। उसकी आँखें तनिक फैल गईं।

डायरेक्टर ने घंटी बजाकर बाहर बैठे चपरासी से कहा, ''हाफ-सेट चाय ले आओ।'' और फिर लेखक की ओर मुखातिब हुआ, ''बड़ी अनूठी रचना है साहब, 'प्रादुर्भाव'!''

शिवानन्द अभी भी गुमसुम बैठा था—हाथ में चालीस रुपए का चेक पकड़े हुए, कुछ-कुछ असमंजस में कि उसे डायरेक्टर की मेज पर रख दे या अपनी जेब में डाल ले या इसी तरह हाथ में पकड़े रहे।

''चलिए, इसी बहाने दो घड़ी आपसे मिल-बैठने का मौका तो मिला। यहाँ तो सारा दिन दफ्तरी काम की खट-खट लगी रहती है।''

शिवानन्द ने नजर ऊपर उठाई, डायरेक्टर बड़ी श्रद्धा से उसकी ओर देख रहा था।

''जब से 'प्रादुर्भाव' पढ़ी थी, तभी से आपसे मिल पाने की बड़ी इच्छा बनी हुई है।'' फिर तनिक रुककर, गद्‌गद होते हुए बोला, ''आजकल कहानियाँ तो ढेरों लिखी जाती हैं, पर ऐसी कहानियाँ बहुत कम देखने को मिलती हैं जो दिल पर गहरा असर छोड़ जाएँ! जब पढ़ी तो आपको खत लिखना चाहता था।''

चाय आ गई। चमचमाती ट्रे में दो बढ़िया प्याले चाय से लबालब भरे हुए रखे थे। साथ में चीनी अलग।

''कितनी चीनी डालूँ?''

''एक चम्मच डाल दीजिए।'' शिवानन्द ने अनमने भाव से कहा।

''सुबह के वक्त लिखने में ज्यादा मन लगता है या रात के वक्त? राकेश तो कहा करता था कि रात के वक्त ज्यादा डूबकर काम कर पाता हूँ।''

''अपना-अपना ढर्रा-सा बन जाता है।'' शिवानन्द ने धीमे से कहा और मेज पर से चाय का प्याला उठा लिया।

''आजकल किसी उपन्यास पर काम चल रहा है क्या?''

''हाँ, थोड़ा कर रहा हूँ।''

'' 'अनासक्त' के बाद यह दूसरा उपन्यास होगा क्या?''

शिवानन्द को डायरेक्टर की जानकारी से सुखद आश्चर्य हुआ।

''हाँ, यह दूसरा उपन्यास ही है।''

''कहाँ तक पहुँचा?...लेखक से पूछना तो नहीं चाहिए, अक्सर वह इस बारे में बात करना पसन्द नहीं करता।''

''नहीं, ऐसी तो कोई बात नहीं... ।''

''मैं ठीक कहता हूँ। कुछ लेखकों को वहम रहता है कि अगर पहले से चर्चा कर दी तो रचना को हवा लग जाएगी।'' डायरेक्टर ने कहा और ठहाका मारकर हँस दिया।

लेखक ने सिर हिलाया।

''संयोग देखिए, आज ही मैंने अलमारी में से 'अनासक्त' की प्रति निकालकर रखी है और आज ही आपसे मुलाकात हो गई।''

''आपको पठन-पाठन का शौक जान पड़ता है। आम तौर पर तो डायरेक्टर लोगों को साहित्य में कोई रुचि नहीं होती।''

''शुरू-शुरू में सभी को रुचि होती है, पर आप कहिए कि कुछ हैं जो इस रुचि को बनाए रखते हैं।''

शिवानन्द का मन हुआ कि पूछे—डायरेक्टर को 'अनासक्त' उपन्यास कैसा लगा? पर वह समझ गया कि अभी उसने पुस्तक को पढ़ा नहीं है, पढ़ने के लिए निकाल रखा है, फिर भी उसने कह ही दिया, ''आपने पढ़ा होता तो आपसे पूछते कि कैसा लगा।''

''हम आपको क्या बताएँ साहब, हम तो इसलिए पढ़ते हैं कि अपने को मरने से बचाए रखें। सरकारी काम तो दलदल है, इसमें तो आदमी धँसता ही चला जाता है।''

''नहीं, नहीं, आप तो बड़े सुलझे हुए व्यक्ति जान पड़ते हैं।''

''खूब लिखिए साहब, खूब लिखिए! आप तो कलम के धनी हैं। आपको तो भगवान ने प्रतिभा दी है।'' भावुकता की रौ में बहते हुए वह बोला, ''रचना भी एक चमत्कार है, साहब! हम तो हैरान रह जाते हैं। बात मामूली-सी होती है— रोजमर्रा की जिन्दगी में से उठाई हुई, पर लेखक की कल्पना उसका कायाकल्प कर देती है। नए जीवन की सृष्टि कर देती है। मिट्टी को कंचन बना देती है। यह भी जादू से कम नहीं...आप कविता भी कहते हैं?''

''कहता हूँ, कभी-कभी!''

''मेरा अनुमान ठीक निकला। 'प्रादुर्भाव' पढ़ते समय मुझे उसमें एक खास तरह की गीतात्मकता का भास हुआ था। कहिए साहब, खूब कविताएँ कहिए। कविता निश्चय ही अवसाद में से जन्म लेती है...।''

शिवानन्द वैसा ही गद्‌गद महसूस करने लगा था, जैसा एक बार रेल-सफर के दौरान, जब 'प्रादुर्भाव' छपकर आई थी और उसने अपने ही डिब्बे में बैठी एक युवती को 'प्रादुर्भाव' पढ़ते पाया था। तब तो उसे रोमांच-सा हो आया था। उसका मन उत्सुकता से भर उठा था और वह बार-बार युवती के चेहरे की ओर देखता रहा था, यह जान पाने के लिए कि उसकी कैसी प्रतिक्रिया है। पढ़ते-पढ़ते ही युवती ऊँघने लगी थी और खिड़की के साथ ही सिर सटाकर सो गई थी, और पत्रिका उसके हाथ से नीचे फर्श पर जा गिरी थी। पर शिवानन्द इस अप्रत्याशित संयोग से इतना सराबोर हुआ था कि बावजूद इस बात के कि उसे डिब्बे में सीट नहीं मिल पाई थी, और खचाखच भरे डिब्बे में वह आधी रात तक खड़ा रहा था, एक नशा-सा सारा वक्त उस पर तारी रहा था—सारा वक्त, सारा रास्ता। उसे लगा था, जैसे उसे जीवन-भर की मेहनत का पुरस्कार मिल गया है।

डायरेक्टर कह रहा था, ''मैं ज्यादा तो नहीं जानता, परन्तु लगता है, आपकी कहानियों से हिन्दी कहानी में एक नया मोड़ आएगा। जब 'प्रादुर्भाव' पढ़ी थी, तो लगा था, जैसे एक नई आवाज सुनाई पड़ने लगी है।''

शिवानन्द के चेहरे पर एक मुलायम-सी मुस्कान खेलने लगी, जिसमें विनम्रता भी थी, दिव्य आनन्द की अनुभूति भी, 'पा लिया' जैसा भाव भी—तृप्ति का, जीवन की परिपूर्णता का...

उसने डायरेक्टर से आँख बचाकर चेक को जेब में डाल लिया।

डायरेक्टर कह रहा था, "बड़े खेद की बात है कि हमारे देश में अभी तक वह बात नहीं आई कि लेखक को सही मान्यता मिले।"

इस पर शिवानन्द चहककर बोला, "जमाना था, जब कहानी के केवल आठ रुपए पारिश्रमिक मिला करता था। हम उसी से सन्तुष्ट थे।"

"वाह, फिर भी आप लिखते ही रहते थे!"

"कुछ न मिलता तो भी लिखते साहब! लिखते नहीं तो क्या करते?"

"सच है, जो लोग सरस्वती के उपासक हैं, वे लक्ष्मी के आँगन में पाँव ही नहीं रखते। लिखिए साहिब, खूब लिखिए, अपनी साधना में रमे रहिए। आप तो जानते ही होंगे कि प्रेमचन्द ने अपने उपन्यास 'प्रेमाश्रम' की पांडुलिपि सत्तर रुपए में बेच दी थी—मात्र सत्तर में! वाह, लेखक का जवाब नहीं, साहब! दुनिया में हर व्यवसायी अपने काम को पैसे के तराजू पर तौलता है, पर अकेला लेखक ही है, जो मात्र लिखने के लिए जीता है, वाह...!"

चपरासी अन्दर आया। एक पुर्जा हाथ में पकड़े हुए था, चुपचाप डायरेक्टर की मेज पर रखकर एक ओर को खड़ा हो गया।

डायरेक्टर ने चिट को एक नजर से देखा और एक ओर खिसका दिया।

"उन्हें बिठाओ।"

चपरासी बन्दगी करके बाहर चला गया।

शिवानन्द को लगा कि वह एक व्यस्त अधिकारी के पास जरूरत से ज्यादा समय तक बैठा रहा है, उसका वक्त जाया करता रहा है।

"आप अपना काम कीजिए साहब, मैंने आपका बहुत समय लिया।"

"नहीं, नहीं, यह तो मेरा सौभाग्य है कि आपके साथ दो घड़ी बैठने का मौका मिला।"

"वह देख लीजिएगा, जब फुर्सत हो। इतनी बड़ी बात नहीं है, दो कम क्या और दो ज्यादा क्या, मुझे यों ही थोड़ा अटपटा लगा था...।" और वह उठ खड़ा हुआ।

डायरेक्टर ने कुर्सी पर से उठने का उपक्रम किया, "आपके साथ कभी लम्बी बैठक करेंगे। फुर्सत में, आनन्द के साथ बैठेंगे।" और उठ खड़ा हुआ। फिर दरवाजे तक चलते हुए आया, "मैंने फाइल मँगवाई है। आज ही दर्याफ्त करूँगा।"

"चिन्ता न कीजिए, ऐसी कोई बात नहीं।"

"आपके लिए नहीं, पर हमारे लिए तो है। हमें तो आपका सहयोग चाहिए।" डायरेक्टर ने दरवाजा खोलते हुए कहा।

‘‘बस, बस, आप तशरीफ रखिए, बाहर न आइए। आपका बहुत समय लिया।’’ कहते हुए शिवानन्द ने हाथ जोड़े, सिर नवाया और तिरते हुए-से बाहर आ गए।

अपनी मेज पर बैठते हुए डायरेक्टर ने घंटी बजाई और प्रोग्राम-सहायक को तलब किया।

‘‘आगे से यह भूल मत करना। चेक हमेशा बन्द लिफाफे में दो, ताकि एक को पता न चले कि दूसरे को क्या मिला है।’’

‘‘कान्ट्रैक्ट तो उसी वक्त दस्तखत करवाया था, सर! पहले वार्ता में इनका नाम नहीं था, दयानाथ का था। वह नहीं आए तो हमने इन्हें बुला भेजा था।’’

डायरेक्टर के होंठों पर हल्की-सी मुस्कुराहट दौड़ गई, ‘‘वक्त पर तुमसे इसकी रचनाओं के नाम पूछ लिये, कहानी का क्या नाम था—‘प्रारब्ध...’?’’

‘‘जी नहीं, ‘प्रादुर्भाव’!’’

‘‘और नॉवल का?’’

‘‘‘अनासक्त।’’’

‘‘इनकी प्रतियाँ कहीं से मिलें तो लेते आना। देखें तो कैसा लिखता है! और देखो...’’

‘‘सर!’’

‘‘इस मूजी को कुछ दिनों के लिए जरा दूर ही रखो! फिर भी कभी झगड़ा कर सकता है। और किसी लेखक के साथ कभी उलझा न करो...!’’

प्रोग्राम-सहायक अपनी सफाई में कुछ कहने जा ही रहा था, जब डायरेक्टर मेज पर रखे कागजों में व्यस्त हो गया।

झुटपुटा

दूध के बूथ के बाहर लोगों की लम्बी लाइन लगी थी। दो दिन बाद दूध मिलने की उम्मीद बँधी थी। लोग लपक-लपककर आने लगे थे, और लाइन लम्बी खिंचती चली गई थी। देखते-ही-देखते उसका दूसरा सिरा पार्क तक जा पहुँचा। लोग चुप थे। लम्बी लाइन के बावजूद माहौल में सन्नाटा था। कल दूध नहीं आया था। कल सब्जीवाले की दुकान के बाहर भी दिन-भर टाट का परदा टँगा रहा था। मक्खन-डबलरोटी की दुकानें भी कुछ देर के लिए खुली थीं, फिर बन्द हो गई थीं।

कल की तो बात ही दूसरी थी। कल तो लूट-पाट और आगजनी की घटनाएँ घटती रही थीं। इस समय प्रभात का झुटपुटा था, और कल की घटनाओं के अवशेष साफ-साफ दिखाई नहीं पड़ रहे थे। बूथ से थोड़ा हटकर ऐन चौराहे के बीचोबीच एक जली हुई मोटर का काला कंकाल-सा पड़ा था। जलानेवाले उसे आग लगाते समय, दाएँ बाजू उल्टा कर गए थे, जिससे वह और भी ज्यादा कुरूप और भयावह नजर आ रहा था। सड़क के पार दवाइयों की दुकान के भी अस्थिपंजर नजर आ रहे थे। इस समय वह दुकान काली खोह-जैसी नजर आ रही थी। साइनबोर्ड का एक सिरा टूटकर नीचे की ओर लटक रहा था, अन्दर टूटी-फूटी अलमारियाँ मलबे के ढेर-जैसी लग रही थीं। बड़ा अटपटा लग रहा था। भला कोई दवाइयाँ भी लूटता है?

प्रोफेसर कन्हैयालाल भी लाइन में डोलची उठाए खड़ा था और सोच रहा था कि कैसे एक दिन में मुहल्ले का माहौल बदल गया है। यों, सन्नाटा तो सड़कों पर कल सुबह ही छा गया था, पर फिर भी, इक्का-दुक्का आदमी आ-जा रहे थे और कुछेक दुकानें भी खुली थीं। कन्हैयालाल स्वयं एक दुकान पर से सौदा-सुलफ लाया था। हवा में अनिश्चय डोल रहा था, और दुकान के कारिन्दे ने भी कहा था—'और कुछ भी लेना हो तो अभी ले जाइए, क्या मालूम, दुकानें फिर कब खुलें!'

'क्यों, क्या बात है? क्या किसी बात का अन्देशा है?'

'क्या मालूम, कुछ भी हो सकता है।'

इसके कुछ ही देर बाद दुकानें बन्द होने लगी थीं। लगभग दस बजे सुनने में आया था कि पिछली बस्ती में आग लगी है। शायद इसकी भनक दुकानदारों को पहले से लग गई थी। तभी बची-खुची दुकानें भी सहसा बन्द हो गई थीं। प्रोफेसर कन्हैयालाल अपने घर की छत पर यह देखने के लिए चढ़ गया था कि आग सचमुच लगी है या झूठी अफवाह ही फैली है। पर उसने पाया कि आग एक जगह पर नहीं, अनेक स्थानों पर लगी थी। करोलबाग की ओर से तीन जगह से धुआँ उठ रहा था। और भी बहुत-से लोग, अपनी-अपनी छतों पर, जगह-जगह से उठते धुएँ को देखते हुए कयास लगा रहे थे कि आग कहाँ लगी होगी। इधर पीछे, मोतीनगर की ओर से भी दो जगह से धुआँ उठ रहा था। एक जगह से तो बड़ा काले रंग का घुमड़ता-सा धुआँ था जो ऊपर उठ जाने पर भी छितर नहीं पा रहा था।

जगह-जगह पर से उठते धुएँ को देखकर कन्हैयालाल के दिल में धक-सा हुआ था, और फिर जैसे उसके मस्तिष्क में जड़ता-सी आ गई थी। इससे अधिक उसकी प्रतिक्रिया नहीं हुई। उसे भी लगा, जैसे वह यंत्रवत्-सा उस दृश्य को देखे जा रहा है। प्रोफेसर कन्हैयालाल ने पहले भी अनेक बार आग के उठते शोले देखे थे—ऐसे शोले, जिनसे आधा आसमान लाल हो उठे। बाद में उन्हें याद करके वह आतंकित भी महसूस किया करता था। पर इस वक्त तो उसके जड़ मस्तिष्क में एक ही बात बार-बार उठ रही थी : दिन को लगाई गई आग और रात को लगाई गई आग में बड़ा अन्तर होता है। दिन को लगाई गई आग में दहशत नहीं होती, जबकि रात के वक्त लगाई गई आग बड़ी भयानक नजर आती है। रात की आग में धुआँ नजर नहीं आता, केवल धधकती आग की लौ नजर आती है, और साँपों की तरह ऊपर को उठते, आग के लपलपाते शोले नजर आते हैं, और आसमान लाल होने लगता है, जबकि दिन के वक्त धुआँ ज्यादा नजर आता है और आग के शोले धुएँ के बादलों में खोए-से रहते हैं। अनेक मकानों की छतों पर लोग खड़े थे, केवल सिख परिवारों के घरों की छतें खाली थीं और छज्जे भी खाली थे। कन्हैयालाल की आँखों ने यह भी देखा। बात उसके मन में बैठ गई, पर उसकी कोई विशेष प्रतिक्रिया नहीं हुई।

जब से यह घटनाचक्र शुरू हुआ था, लगभग तीन बरस पहले से, तभी से धीरे-धीरे उसके मस्तिष्क में जड़ता आने लगी थी। शुरू-शुरू में वह बड़ा उद्वेलित महसूस किया करता था। सही कौन है और गलत कौन, इसका अन्दाज भी वह अपने बलबूते पर लगा लिया करता था। वह बहसें भी करता और उद्विग्न भी होता। पर धीरे-धीरे उसके मन में रिक्तता-सी आने लगी थी और उसे लगने लगा था, जैसे कुछ है जो पकड़ में नहीं आ रहा है, जो हाथों में से छूटता-सा जा रहा है। कहीं कुछ फूट पड़ा है, जो काबू में नहीं आ रहा है। तभी वह चुपचाप और लोगों के तर्क सुनने लगा था—सभी पक्षों के, सभी मतों को सुनता रहता और केवल सिर हिलाता रहता।

उसकी अवधारणा कहीं जमने भी लगती तो तर्क-कुतर्क के एक ही थपेड़े में वह बालू की भीत की तरह ढह जाती थी। बस, इतना ही रह गया था कि जब कोई रोमांचकारी घटना घटती तो वह सिर हिलाकर कहता, 'बहुत बुरा हुआ है। च-च-च, बहुत बुरा! ऐसा नहीं होना चाहिए था।'

इससे आगे उसका दिमाग काम नहीं कर पाता था। या फिर दिमागी उधेड़बुन शुरू हो जाती थी।

लगभग दो बजे लठैतों का एक गिरोह मुहल्ले में घुसा था। मोतीनगर की ओर से वे लोग आए थे— लाठियाँ और लोहे की लम्बी-लम्बी छड़ें उठाए हुए। उस वक्त कन्हैयालाल मुहल्ले के कुछ लोगों के साथ बाहर चौक में खड़ा था। वे लोग चलते-चलते, सीधी सड़क छोड़कर बाएँ हाथ को घूम गए थे, और आँखों से ओझल हो गए थे। उनके ओझल हो जाने पर चौक में खड़े लोग कयास लगाने लगे थे कि वे किस दुकान पर वार करने गए होंगे।

वह हलवाई की दुकान थी। यही बहुत-से लोगों का कयास भी था। इसका पता धुएँ के उस बवंडर से लग गया था, जो उस ओर से शीघ्र ही उठने लगा था।

तरह-तरह की टिप्पणियाँ कन्हैयालाल के कानों में पड़ रही थीं :

'मैंने कल रात ही कहा था कि गड़बड़ होगी, मुहल्ले की एक कमेटी बना लो। जब कोई गुंडे आएँ तो उन्हें मुहल्ले के अन्दर ही नहीं घुसने दो।'

यह मल्होत्रा था, चौथे ब्लॉकवाला।

इस पर कोई नहीं बोला।

'इन सरदारों को एक चपत तो पड़नी ही चाहिए,' कोई दूसरा आदमी कह रहा था, 'इन्होंने 'अत्त' उठा रखी थी।'

इस पर भी कोई नहीं बोला।

कृष्णलाल की बूढ़ी माँ कहीं से चली आ रही थी। चौक के पास खड़ी मंडली के पास से गुजरते हुए बोली, 'वे जीण जोगियो, इन्हाँ नूँ रोक देयो। इन्हाँ नूँ मना करा।'

पर किसी ने जवाब नहीं दिया।

इस पर बुढ़िया खड़ी हो गई, 'मेरा दिल थर-थर काँपता है। मेरे तीनों बेटे अमृतसर में हैं। यहाँ तुम सिखों को बचाओगे तो कोई माई का लाल वहाँ मेरे बच्चों को भी बचाएगा।'

फिर भी किसी ने उत्तर नहीं दिया।

जमाना था जब कहीं पर भी झगड़ा हो जाने पर कन्हैयालाल उसमें कूद पड़ता था और लड़नेवालों को छुड़ा देता था। कहीं पर शोर सुन लेता तो उस ओर भाग खड़ा होता था, पर आज उसके पाँव उठ नहीं रहे थे। आँखें फाड़े केवल देखे जा रहा था। आगे बढ़ने के लिए टाँगें उठ ही नहीं रही थीं। केवल एक ही वाक्य मन में बार-बार उठ रहा था : 'बहुत बुरा हो रहा है। बहुत बुरी बात है। बहुत बुरा...'

तभी लठैतों का गिरोह फिर से सड़क पर आ गया था और मस्ती में झूमता हुआ आगे बढ़ता आ रहा था। दवाइयों की दुकान के सामने वे लोग रुक गए। साँवले रंग का एक लम्बा-सा लड़का, जिसके हाथ में लम्बी-सी लोहे की छड़ थी, सबसे पहले दुकान की ओर बढ़ा और उसने सीधे साइनबोर्ड पर वार किया। एक ही वार में साइनबोर्ड का सिरा टूट गया और वह नीचे की ओर लटक गया। फिर बाकी लोग सक्रिय हो गए। दरवाजा टूटा तो वे बड़े आराम से दुकान के अन्दर जाने लगे और जो हाथ लगा, उठा-उठाकर हँसते-चहकते बाहर निकलने लगे। कोई हड़बड़ी नहीं थी, कोई हुल्लड़ नहीं था—न दुकान तोड़ने में, न उसे लूटने में। दूर खड़े लोग इस तरह उसकी तमाशबीनी कर रहे थे, मानो मेला देखने आए हों! लूटनेवाले बड़े आराम से, एक-एक करके, मानो लाइन बनाकर लूट रहे थे। कन्हैयालाल की पड़ोसिन, भारी-भरकम श्यामा भी टहलती हुई वहाँ आ पहुँची थी और पाउडर का एक बड़ा-सा डिब्बा उठाए, हँसती-मुस्कुराती हुई बाहर निकल आई थी। रास्ते में उसे अपनी बेटी मिल गई, तो उसे डाँटते हुए बोली, 'मर जाणिए, जा, भागकर जा, देर करेगी तो कुछ भी हाथ नहीं लगेगा!' और बेटी भागती हुई गई थी और दुकान के अन्दर से किन्हीं गोलियों की बोतल उठा लाई थी। सड़क पर कोई तनाव नहीं था। केवल सरदार लोग घरों के बाहर नहीं निकले थे, सभी घरों के अन्दर चले गए थे।

'चिन्ता की कोई बात नहीं। दुकानवाले को बीमा कम्पनी मुआवजा दे देगी।' चौराहे पर खड़ी दर्शक-मंडली में से एक बोला था।

इस पर दूसरे ने इसका खंडन करते हुए कहा था, 'नहीं, फसाद में अगर लूट-पाट हो तो उसका मुआवजा कम्पनी नहीं देती।'

'क्या मालूम, उसने फसाद का भी बीमा करा रखा हो!'

इस पर कुछ लोग हँस दिये।

तभी कुछ लोग दुकान के अन्दर से एक अलमारी को घसीटकर सड़क के बीचोबीच ले आए और देखते-ही-देखते धू-धू करती आग के शोले उसमें से निकलने लगे। कुछ लोग घेरा बाँधे उसके इर्द-गिर्द खड़े हो गए थे, मानो लोहड़ी जलाई गई हो! साइनबोर्ड तोड़नेवाला अभी भी छड़ से अलमारी को पीट रहा था।

'दुकान सरदार की है मगर घर तो हिन्दू का है,' तमाशबीनों में से एक आदमी बोला, 'इसलिए अलमारी बाहर खींच लाए हैं।'

इस पर एक और आदमी ने टिप्पणी की, 'इधर पीछे ड्राइक्लीनर की दुकान को आग नहीं लगाई।'

'क्यों?'

'क्योंकि उसमें एक हिन्दू और एक सिख दोनों भाईवाल हैं।'

'यह भी अच्छी रही!' इस पर कुछ लोग हँस दिये।

'पीछे, मोतीनगर में ड्राइक्लीनर की एक दुकान किसी सिख सरदार की है। उसे जलाने गए तो किसी ने पुकारकर कहा—ओ कम्बख्तो, दुकान सिख की है, पर उसमें कपड़े तो ज्यादा हिन्दुओं के ही हैं!—इस पर उसे भी छोड़ दिया।'

अब बगलवाली सड़क से कुछ मनचले एक कार धकेलकर ला रहे थे। दो लड़के उसकी छत पर बैठे सवारी कर रहे थे। साँवले रंग का लड़का यहाँ भी अपनी छड़ बराबर चला रहा था, जिसमें कभी मोटरकार का एक शीशा टूटता, तो कभी दूसरा। कभी उसकी छत पर गहरा गड्ढा पड़ जाता, कभी पुश्त पर। दूध के डिपो के निकट, चौराहे पर पहुँचकर, छत पर बैठे लड़कों को नीचे उतारने के लिए उन्होंने कार को एक बाजू उलट दिया। दोनों लड़के छलाँग लगाकर, हँसते हुए नीचे उतर आए। फिर छड़ का एक वार मोटर की टंकी पर हुआ, जिससे फव्वारे की तरह पेट्रोल उसमें से फूट पड़ा। किसी ने माचिस से एक थिगली जलाई और उस पर फेंक दी। फिर लड़के कार के निकट से यों भागे, जैसे दीवाली के समय, पटाखों की लड़ी को दियासिलाई छुवाकर भागते हैं। धू-धू करके मोटरकार जलने लगी।

'लो, सेठी की कार तो गई!' एक आदमी बोला।

इस पर एक आदमी ठहाका मारकर हँस दिया।

'क्यों, इसमें हँसने की क्या बात है?'

'यह कार सेठी की नहीं थी। ये लोग सेठी के घर के सामने से धकेल लाए हैं। यह कार सेठी के दामाद की है जो हिन्दू है। वह गाजियाबाद में रहता है। हा, हा...!'

जलती कार में से गहरे काले रंग का धुआँ निकल रहा था। शीघ्र ही कार का रंग काला पड़ गया। अभी भी लगता नहीं था कि कोई कार जल रही है। धुआँ कम होने पर लौंडे-लपाड़े जलती मोटर पर एक और छड़ जमाते, हँसते-बतियाते आगे बढ़ गए। चौराहे के निकट खड़े लोग भी चुपचाप वहाँ से निकलने लगे। भीड़ तितर-बितर होने लगी। कन्हैयालाल भी 'च-च-च, बहुत बुरा हुआ है, बहुत बुरा' बुदबुदाता, अपने घर की ओर जाने लगा। हल्की-सी आत्म-पताड़ना की भावना उसके दिल को कचोटने लगी। पर उसने अपने को ढाँढ़स बँधाते हुए मन-ही-मन कहा, 'इन बातों को देखकर कम-से-कम मेरी आँखों में पानी तो भर आया था! मेरी हिस तो नहीं मर गई है। और लोग तो मुँह बाए देखते रह गए थे, हँसी-ठट्टा कर रहे थे।

रास्ते में वही बुढ़िया, जो सड़क पर मिली थी, श्यामा को फटकार रही थी, 'किस बदनसीब का सामान उठा लाई है। बेटी को भी ऐसे पाप करना सिखा रही है? लाख लानत है तुम पर! अभी जाओ, और जहाँ से यह सामान उठाया है, वहीं पर फेंककर आओ...'

और श्यामा, बुढ़िया की सीख को अनर्गल प्रलाप मानकर सुने जा रही थी और धीरे-धीरे मुस्कुराए जा रही थी।

घर पहुँचकर कन्हैयालाल को सभी घटनाएँ बड़ी बीहड़ और अटपटी लगीं। यह कोई दंगा तो न हुआ! दंगे में तो लोग दुश्मन को पहचानते हैं, एक-दूसरे को ललकारते हैं, एक-दूसरे का पीछा करते हैं, पर यहाँ तो सड़क खाली थी और दुकान को जो चाहे तोड़ जाए, जो चाहे जला जाए। दंगे ऐसे तो नहीं होते! लुटेरों में एक भी चेहरा पहचाना नहीं था, एक भी आदमी अपने मुहल्ले का नहीं था। क्या हम इसे दंगा कह सकते हैं?

और अब दूध की लम्बी लाइन में खड़ा वह तरह-तरह की चिमगोइयाँ, तरह-तरह के फिकरे, टिप्पणियाँ सुन रहा था। झुटपुटा पहले से कुछ साफ हुआ था। कैसी विडम्बना है, इन घटनाओं के बावजूद, एक उजला-सा दिन आने से पहले वातावरण में अपनी चाँदी घोल रहा है। यहाँ भी बहुत-सी अटपटी बातें नजर आने लगी थीं। सड़क खाली थी, दुकानें बन्द थीं, कोई आ-जा नहीं रहा था, फिर भी दूध लेनेवालों की लम्बी लाइन लग गई थी। डोलची हाथ में पकड़े कन्हैयालाल, लाइन में खड़े और लोगों के चेहरे पहचानने की कोशिश कर रहा था।

उसके पीछे खड़े दो लड़के—जो शक्ल-सूरत से घरों के नौकर जान पड़ते थे—आपस में बतिया रहे थे। एक कह रहा था, "मुँह पर लगानेवाली क्रीम होती है या नहीं? उसी की शीशियाँ मिली हैं। और तू? तू क्या लाया?"

"वह ड्राइक्लीनर की दुकान थी यार, लोगों ने कुछ उठाने ही नहीं दिया। हम तो अन्दर घुस गए थे, पर अन्दर किसी आदमी ने हमें रोक दिया : 'दुकान तो सरदार की है पर कपड़े तो सभी लोगों के हैं। अपने ही कपड़े लूटोगे? चलो, यहाँ से।' हमारे हाथ तो कुछ नहीं लगा।"

तभी चौधरी वहाँ से गुजरा। चौधरी अपने को 'सेवादार' कहता है—'पब्लिक का सेवादार'। वक्त-बेवक्त, जब भी कोई काम हो, उसके पास जाओ तो उसी वक्त हाथ जोड़कर उठ खड़ा होता है, और बात को ठीक तरह से सुने-समझे बिना साथ हो लेता है। 'हम तो पब्लिक के सेवादार हैं,' वह कहता है, 'हमारा तो जिन्दगी में कुछ बना-बनाया नहीं है। हमारा बाप यह मकान हमारे नाम लिख गया है, इसी का किराया खाते हैं और पब्लिक की सेवा करते हैं।'

आज चौधरी बड़ी भोंडी-सी टोपी पहनकर आया है। लगता है, उसकी पत्नी ने पुराने मोजों के धागे उधेड़कर बुन दी है, क्योंकि उसमें तीन-तीन रंगों की पट्टियाँ लगी हैं, और ऊपर फुदना लटक रहा है। चौधरी बिलकुल जोकर लगता है।

"चौधरी, दूध की क्या पोजीशन है—आएगा या नहीं?" ऊँचे कद का एक मद्रासी लाइन में खड़े-खड़े पूछता है।

चौधरी खड़ा हो गया और हाथ जोड़ दिये, "अभी-अभी सेंटर में टेलीफोन किया है। बाबू बोलता है—दूध तो बहुत है, आओ और आकर ले जाओ।"

''क्या मतलब ? क्या हम दूध लेने जाएँगे ? ऐसे भी कभी हुआ है ? दूध है तो भेजता क्यों नहीं ?''

''बोलता है, दूध के तो ड्रम-के-ड्रम भरे हैं, पर भेजे कैसे ?''

''क्यों ?''

''सभी ड्राइवर सरदार हैं। उन्हें नहीं भेजा जा सकता। खतरा है न।'' कहता हुआ चौधरी निकट आ गया, और मद्रासी के कान के पास अपना मुँह ले जाकर बोला, ''कोई हिन्दू यहाँ ट्रक चलाना जानता हो तो जाकर ले आए।''

''यहाँ से कौन जाएगा ? चलाना जानता भी होगा, तो भी नहीं जाएगा। रास्ते में कुछ भी हो सकता है।''

इस पर चौधरी, वहीं खड़े-खड़े ऊँची आवाज में बोला, ''इधर दूध लेने के लिए सभी दौड़े आएँगे, पर वहाँ से लेने कोई नहीं जाएगा। पब्लिक की सेवा करने में हिन्दू की माँ मरती है।'' चौधरी फिर से अपना मुँह लम्बे मद्रासी के कान के पास ले जाकर बोला, ''कल रात वकील का बेटा बहुत बोलता था—हम यह कर देंगे, हम वह कर देंगे। हमने कहा—साईं, तू क्या कर देगा ? यह मुहल्ला तो पहले ही शरणार्थियों का मुहल्ला है। यहाँ पर तो लुटे-पिटे लोग आकर सिर छिपाने के लिए बैठ गए थे, जब पाकिस्तान बना था। अब उन्हीं में से सिखों को चुन-चुनकर मारेगा!''

लम्बा मद्रासी उसकी बात सुन रहा था और आँखें बन्द किए सिर हिलाए जा रहा था। मुहल्ले-भर में चौधरी की यह सिफ्त मशहूर थी कि जो बात कहने लायक नहीं होती थी, उसे तो वह चिल्लाकर कहता था, पर जो बात बेमानी-सी होती थी, उसे पास आकर, कान में फुसफुसाकर कहता था।

''कल तू कहाँ था, चौधरी, जब लूटपाट मची थी ? लोग दुकानें जला रहे थे ? तू कहीं नजर नहीं आया!''

''क्या मुझे मरना था ? वे गुंडे, जाने कहाँ से आ गए थे! उनके मुँह लगने के लिए क्या चौधरी ही बैठा है ?'' फिर आदत के मुताबिक, मद्रासी के कान के पास अपना मुँह से जाकर बोला, ''मेरे घर में दरबार साहिब रखा है न! एक कमरे में हमने छोटा-सा गुरुद्वारा बनाया हुआ है न, साईं! अब किसी बदमाश को पता चल जाता तो मेरे घर को ही आग लगा देता। अब अपना ही कोई आदमी उन गुंडों को बता देता कि इधर दरबार साहिब रखा है, तो वे मेरे घर को ही आग लगा देते। हम हिन्दू तो एक-दूसरे को ही काटते हैं न!''

मद्रासी फिर आँखें बन्द किए चौधरी का रहस्य सुनता और सिर हिलाता रहा। फिर आँखें खोलकर बोला, ''शहर की क्या पोजीशन है ?''

''इधर पीछे, संतनगर के पास सात ट्रकों को जला दिया है। इधर भी तीन मोटरें जलाई हैं।''

"वह मोटर किसकी है? कहते हैं, सेठी की है?"

"अरे सेठी की कहाँ है! मुझसे पूछो। वह तो सेठी के दामाद की है। गाजियाबाद में रहता है। वह हिन्दू है। उसे पता चला कि शहर में खतरा है तो बेचारा गाड़ी लेकर मिलने आ गया। तो उसी की गाड़ी जला दी। सेठी की गाड़ी समझकर हिन्दू की गाड़ी जला दी।"

मद्रासी की समझ में नहीं आ रहा था कि इस घटना पर हँसे या अफसोस जाहिर करे।

"वेस्ट पटेलनगर के पीछे एक सरदार को भून डाला है।"

मद्रासी चौधरी के चेहरे की ओर देखने लगा। उसकी आँखें खुली-की-खुली रह गईं।

"कौन था वह?"

"कोई बढ़ई था। अपनी बेटी से मिलने आया था। उसे कुछ मालूम तो था नहीं, बलवाई आए तो बीच में कूद पड़ा। उन्हें रोकने लगा। अब वहाँ कौन सुननेवाला था? उसे वहीं..."

मद्रासी की आँखें खुली थीं और चेहरा पीला पड़ गया था, और वह चौधरी के चेहरे की ओर एकटक देखे जा रहा था।

चौधरी फिर अपने ढर्रे पर आ गया था।

"कल रात, वकील का बेटा कहने लगा, 'सभी सिख गुरुद्वारे में इकट्ठा हो रहे हैं। असला जमा कर रहे हैं। रात को दो बजे नंगी तलवारें लेकर बाहर निकल आएँगे।' मैंने कहा, 'अरे साईं, मेरे सामने तो एक भी सिख घर में से नहीं निकला। वे सब गुरुद्वारे में कैसे पहुँच गए? और इस वक्त असला कहाँ से लाएँगे? सभी सिख घरों के अन्दर बैठे हैं।' "

और चौधरी ने गर्दन पर हाथ फेरते हुए, अपनी रंग-बिरंगी टोपी को माथे पर धकेलते हुए कहा, "अरे साईं, इधर किसी को पता नहीं चल रहा कि क्या करे।" फिर मद्रासी के कान के पास मुँह से जाकर बोला, "अभी नासमझ हैं न, यही बात है। हिन्दू-सिख में पहले कभी झगड़ा तो नहीं हुआ न, यही बात है। अभी दोनों कच्चे खिलाड़ी हैं।" फिर हँसकर कहने लगा, "धीरे-धीरे सीख जाएँगे। हिन्दू-मुसलमान का दंगा होता है या नहीं? उसे तो हम खूब पहचानते हैं। उसे अच्छी तरह से सीख लिया है। पीछे से किसी के कदमों की आहट भी आ जाए तो पहचान लेते हैं कि हिन्दू आ रहा है या मुसलमान, क्यों साईं? पर ये तो अभी इस काम में नए हैं न!" फिर आवाज धीमी करके बोला, "मेरे पड़ोस में वह सरदार रहता है कि नहीं? वह लम्बा-ऊँचा-सा? आज सुबह मैंने दरवाजा खोला तो देखा, वह अपने घर के बाहर खड़ा था। मैंने पूछा, 'सरदार जी, सुबह-सवेरे कहाँ जा रहे हो?' तो बोला, 'थोड़ा घूमने जा रहा हूँ।' लो सुनो, शहर में क्या हो रहा है, और यह घूमने जा रहा है! मैंने

कहा, 'सरदार जी, आज के दिन घूमने कौन जाता है?' तो कहने लगा, 'घूमने की मुझे आदत है। घर पर बैठ नहीं सकता।' वह रोज सुबह पार्क में टहलने जाता है। बड़ी मुश्किल से उसे घर के अन्दर भेजा।"

फिर चौधरी बड़े फलसफाना अन्दाज में बोला, "अभी शुरुआत है, साईं, अभी शुरुआत है। जब सीख जाएँगे तो ऐसी गलतियाँ नहीं करेंगे। हम लोग अभी नौसिखुआ हैं न, इसीलिए। जब सीख जाएँगे तब तुम देखना, दूर से ही एक-दूसरे को देखकर रोंगटे खड़े हो जाया करेंगे। अभी तो बच्चा पैरों के बल खड़ा होना सीख रहा है... ।"

चौधरी फिर से गर्दन पर हाथ फेरते हुए कहने लगा, "कल साईं, जब दवाइयोंवाले की दुकान जलाई गई, तो इसी सरदार के छोटे-छोटे बेटे, पीछे दरवाजे में से भागकर निकल गए, आग का तमाशा देखने। यह तो हाल है! पीछे-पीछे माँ भागती आई।" फिर सहसा घड़ी की ओर देखकर बोला, "अच्छा, चलूँ, दूध का पता लगाऊँ।"

और वह मुड़कर, तोंद खुजलाता, वहाँ से चला गया।

लाइन में खड़े कन्हैयालाल को लगा, जैसे हम सब किसी कगार पर खड़े हैं और एक झीनी, काँच की दीवार हमें गिरने से बचाए हुए है। यह काँच की दीवार चटक गई तो बचाव का कोई भी साधन नहीं रहेगा और हम सीधे किसी अथाह गर्त में जा गिरेंगे। और उसने फिर बुदबुदाकर कहा, 'बहुत बुरा हो रहा है, बहुत बुरा, च-च-च!'

और उसे भास हुआ कि प्रत्येक संकटपूर्ण घटना की सूचना मिलने पर, वह पिछले तीन साल से एक ही वाक्य दोहराता चला आ रहा है। जब आतंकवादियों द्वारा हत्याएँ हो रही थीं, तब भी वह यही कहता था। जब स्वर्ण मन्दिर में फौजी कार्रवाई हुई तो भी उसने यही कहा। जब इंदिरा जी की नृशंस हत्या हुई तो भी वह यही कहता रहा, और अब जब उसे राष्ट्र कगार पर खड़ा लग रहा है, तो भी उसके मुँह से यही शब्द निकल रहे हैं।

बढ़ई सिख के जिन्दा जला दिये जाने की बात सुनकर उसकी टाँगें काँपने लगी थीं। यों भी वह बड़ा खिन्न और उदास महसूस करने लगा था। खड़े-खड़े वह थक भी गया था, न जाने दूध आता भी है या नहीं! उसका मन हुआ कि वहाँ से निकल जाए। तभी उसकी नजर अपने निकट ही खड़ी, अपने मित्र सक्सेना की बेटी पर पड़ी जो हाथ में तीन डोलचियाँ उठाए खड़ी थी। कन्हैयालाल को बड़ा अजीब-सा लगा। यहाँ दूध का कोई ठिकाना नहीं, न मालूम आएगा भी या नहीं और इधर यह लड़की तीन डोलचियाँ उठाए खड़ी है!

"तुम तीन डोलचियाँ उठा लाई हो, बेटी! तुमने यह लाइन देखी है? अगर सभी लोग तीन-तीन डोलचियाँ दूध लेना चाहेंगे तो कितने लोगों को दूध मिलेगा?"

लड़की झेंप गई, फिर धीरे से बोली, "एक डोलची साथवालों की है, सरदार अंकल की, दूसरी ऊपरवालों की, एक हमारी।"

'साथवाले?' तभी कन्हैयालाल के मन में कौंध गया कि वहाँ दोनों घरों में सिख परिवार रहते हैं। लड़की उनके लिए भी दूध लेने आई है।

अब कन्हैयालाल की नजर लाइन में खड़े अनेक अन्य लोगों पर भी पड़ी, जो अपने हाथ में दो-दो या तीन-तीन डोलचियाँ भी उठाए खड़े थे।

देखकर उसका मन जाने कैसा हो आया। वह उद्वेलित-सा महसूस करने लगा।

थोड़ी दूरी पर गंजे सिर का एक आदमी, लाइन में खड़े किसी व्यक्ति से, किसी घर का अता-पता पूछ रहा था। कन्हैयालाल ने उसे पहचान लिया। बलराम था, उसकी जान-पहचान का था, राजेंद्रनगर में रहता है। पर यहाँ क्या करने आया है?

"बलराम!" कन्हैयालाल ने आवाज लगाकर उसे बुलाया।

बलराम ने सिर ऊँचा किया, और लाइन में कुछ देर तक देखते रहने के बाद कन्हैया लाल को पहचान लिया और आगे बढ़ गया।

"इधर सुबह-सुबह क्या करने आए हो? कहीं आग लगाने आए हो क्या?"

बलराम मुस्कुराया, "अब यही काम करना बाकी रह गया है, यही करने आया हूँ।" फिर धीरे से बोला, "इधर किसी से मिलने आया हूँ।"

"कौन है वह?"

"एक बुजुर्ग सरदार जी हैं। पीछे पाकिस्तान से हैं, हमारे ही कस्बे के हैं। हमारे पिताजी के बड़े दोस्त थे। मैंने सोचा, उनकी खैर-खबर ले आऊँ। कल बड़ी गड़बड़ रही है न!" फिर आसपास के मकानों को नीचे-ऊपर देखकर बोला, "यहीं कहीं रहते हैं। अब मैं मकान भूल गया हूँ। बहुत दिनों से मेल-मुलाकात नहीं हुई थी।" फिर कन्हैयालाल की तरफ देखकर मुस्कुराता हुआ घूम गया, "शायद पिछली सड़क पर रहते हैं। सरदार केसर सिंह उनका नाम है, मोटर-पार्ट्स की दुकान करते हैं।" और वह पिछली सड़क की ओर घूम गया।

उसे जाते देखकर कन्हैयालाल को लगा, जैसे हम लोग इतिहास के झुटपुटे में जी रहे हैं। आपसी रिश्तों के इतिहास का पन्ना पलटा जा रहा है, दूसरा खुल रहा है। इस अगले पन्ने पर जाने हमारे लिए क्या लिखा होगा!

तभी कहीं दूर से घरघराने की-सी आवाज सुनाई दी। लाइन में खड़े सभी लोगों के कान खड़े हो गए। किसी प्रकार की भी ऊँची आवाज से लोग चौंक-चौंक जा रहे थे। फिर एक आदमी, जो किसी घर का नौकर जान पड़ता था, मोड़ काटकर भागता हुआ सामने आया, "दूध आ गया! दूध की लारी आ गई!"

और लाइन में अपनी जगह पर आकर खड़ा हो गया। दूध कैसे पहुँच गया? सभी की आँखें सड़क के मोड़ की ओर लग गईं।

लारी ने मोड़ काटा और इठलाती हुई-सी डिपो की ओर आने लगी। हिचकोले खाती, जगह-जगह से घिसी-पिटी, पर लाइन में खड़े लोगों की नजर में सर्वांग

सुन्दरी लग रही थी। लाइन में हरकत आ गई। वह टूटने-टूटने को हुई, पर शीघ्र ही सँभल गई। लम्बी लाइन एक बार टूट गई तो बावेला मच जाएगा।

ऐन डिपो के सामने बस आकर रुकी। ड्राइवर ने खिड़की में से सिर बाहर निकाला और पीछे खड़े क्लीनर को आवाज लगाई। फिर दरवाजा खोलकर पायदान पर खड़ा हो गया।

अरे, ड्राइवर तो सरदार है! यह यहाँ कैसे पहुँच गया? लम्बी लाइन में खड़े सभी लोग सिख-ड्राइवर की ओर अचम्भे से देखे जा रहे थे।

कन्हैयालाल से नहीं रहा गया। वह लाइन में से निकलकर लारी के पास जा पहुँचा।

''सरदार जी, आप कैसे... ?''

इस पर सिख-ड्राइवर मुस्कुराया और बोला, ''बाबा, बच्चों ने दूध तो पीना है न! मैंने कहा, चल मना; देखा जाएगा जो होगा। दूध तो पहुँचा आएँ।''

और फिर क्लीनर को दूध का पाइप लगाने की हिदायत करने लगा।

मरने से पहले

मरने से एक दिन पहले तक उसे अपनी मौत का कोई पूर्वाभास नहीं था। हाँ, थोड़ी खीज और थकान थी, पर फिर भी वह अपनी जमीन के टुकड़े को लेकर तरह–तरह की योजनाएँ बना रहा था, बल्कि उसे इस बात का संतोष भी था कि उसने अपनी मुश्किल का हल ढूँढ़ निकाला है और अब वह आराम से बैठकर अपनी योजनाएँ बना सकता है। वास्तव में वह पिछले ही दिन, शाम को, एक बड़ी चतुराई का काम कर आया था—अपने दिन की ललक, अपने–जैसे ही एक वयोवृद्ध के दिल में 'उँडेलने' में सफल हो गया था। पर उसकी मौत को देखते हुए लगता है, मानो वह कोई नाटक खेलता रहा हो, और उसे खेलते हुए खुद भी चलता बना हो!

एक दिन पहले, जब उसे जमीन के मामले को लेकर, डिप्टी कमिश्नर के दफ्तर में जाना था तो वह एक जगह, बस में से उतरकर पैदल ही उस दफ्तर की ओर जाने लगा था। उस समय दिन का एक बजने को था, चिलचिलाती धूप थी, और लम्बी सड़क पर एक भी सायादार पेड़ नहीं था। पर एक बजे से पहले उसे दफ्तर में पहुँचना था, क्योंकि कचहरियों के काम एक बजे तक ही होते हैं। इसके बाद अफसर लोग उठ जाते हैं, कारिन्दे सिगरेट–बीड़ियाँ सुलगा लेते हैं और किसी से सीधे मुँह बात नहीं करते। तब तुम कचहरी के आँगन में और बरामदों में मुँह बाए घूमते रहो, तुम्हें कोई पूछता नहीं। इसीलिए वह चिलचिलाती धूप में पाँव घसीटता, जल्दी से जल्दी डिप्टी कमिश्नर के दफ्तर में पहुँच जाना चाहता था। बार–बार घड़ी देखने पर, यह जानते हुए भी कि बहुत कम समय बाकी रह गया है, वह जल्दी से कदम नहीं उठा पा रहा था। एक जगह, पीछे से किसी मोटरकार का भोंपू बजने पर, वह बड़ी मुश्किल से सड़क के एक ओर को हो पाया था। जवानी के दिन होते तो वह सरपट भागने लगता, थकान के बावजूद भागने लगता, अपना कोट उतारकर कन्धे पर डाल लेता और भाग खड़ा होता। उन दिनों भाग खड़ा होने में ही एक उपलब्धि का–सा भास हुआ करता था—भागकर पहुँच तो गए, काम भले ही पूरा

हो या न हो, पर अब तो वह बिना उत्साह के अपने पाँव घसीटता जा रहा था। प्यास के कारण मुँह सूख रहा था और मुँह का स्वाद कड़वा हो रहा था। धूप में चलते रहने के कारण, गर्दन पर पसीने की परत आ गई थी, जिसे रूमाल से पोंछ पाने की इच्छा उसमें नहीं रह गई थी। अगर पहुँचने पर कचहरी बन्द मिली, डिप्टी कमिश्नर या तहसीलदार आज भी नहीं आया तो मैं कुछ देर के लिए वहीं बैठ जाऊँगा—किसी बेंच पर, दफ्तर की सीढ़ियों पर या किसी चबूतरे पर—कुछ देर के लिए दम लूँगा और फिर लौट आऊँगा। अगर वह दफ्तर में बैठा मिल गया तो मैं सीधा उसके पास जा पहुँचूँगा—अफसर लोग तो दफ्तर के अन्दर बैठे-बैठे गुर्राते हैं, जैसे अपनी माँद में बैठा कोई जन्तु गुर्राता है—पर भले ही वह गुर्राता रहे, मैं चिक उठाकर सीधा अन्दर चला जाऊँगा।

उस स्थिति में भी उसे इस बात का भास नहीं हुआ कि उसकी जिन्दगी का आखिरी दिन आ पहुँचा है। चिलचिलाती धूप में चलते हुए एक ही बात उसके मन में बार-बार उठ रही थी—काम हो जाए आज नहीं तो कल, कल नहीं तो परसों, बस, काम हो जाए।

उससे एक दिन पहले, तहसीलदार की कचहरी में तीन-तीन कारिन्दों को रिश्वत देने के बावजूद उसका काम नहीं हो पाया था। कभी किसी चपरासी की ठुड्डी पर हाथ रखकर उसकी मिन्नत-समाजत करता रहा था, तो कभी किसी क्लर्क-कारिन्दे को सिगरेट पेश करके!...धूप ढलने को आई थी, कचहरी के आँगन में वीरानी छाने लगी थी और वह तीनों कारिन्दों की जेब में पैसे ठूँस चुका था, फिर भी उसका काम हो पाने के कोई आसार नजर नहीं आ रहे थे तो वह दफ्तर की सीढ़ियों पर आ बैठा था। वह थक गया था और उसके मुँह में कड़वाहट भरने लगी थी। उसने सिगरेट सुलगा ली थी, यह जानते हुए कि भूखे पेट, धुआँ सीधा उसके फेफड़ों में जाएगा। तभी सिगरेट के कश लेते हुए वह अपनी फूहड़ स्थिति के बारे में सोचने लगा था। अब तो भ्रष्टाचार पर से भी विश्वास उठने लगा है, उसने मन-ही-मन कहा। पहले इतना तो था कि किसी की मुट्ठी गर्म करो तो काम हो जाता था, अब तो उसकी भी उम्मीद नहीं रह गई है। और यह वाक्य बार-बार उसके मन में घूमता रहा था।

तभी उसे इस सारी दौड़-धूप की निरर्थकता का भास होने लगा था : यह मैं क्या कर रहा हूँ? तिहत्तर वर्ष का हो चला हूँ, अगर जमीन का टुकड़ा मिल भी गया, उसका स्वामित्व भी मेरे किस काम का? जिन्दगी के कितने दिन मैं उसका उपभोग कर पाऊँगा? बीस साल पहले यह मुकदमा शुरू हुआ था, तब मैं मंसूबे बाँध सकता था, भविष्य के बारे में सोच सकता था, इस पुश्तैनी जमीन को लेकर सपने भी बुन सकता था कि यहाँ छोटा-सा घर बनाऊँगा, आँगन में फलों के पेड़ लगाऊँगा, पेड़ों के साये के नीचे हरी-हरी घास पर बैठा करूँगा। पर अब? अव्वल तो यह जमीन

का टुकड़ा अभी भी आसानी से मुझे नहीं मिलेगा। घुसपैठिए को इसमें से निकालना खाला जी का घर नहीं है। मैं घूस दे सकता हूँ तो क्या घुसपैठिया घूस नहीं दे सकता, या नहीं देता होगा? भले ही फैसला मेरे हक में हो चुका है, वह दस तिकड़में करेगा। पिछले बीस सालों में कितने उतार-चढ़ाव आए हैं। कभी फैसला मेरे हक में होता तो वह अपील करता। अगर उसके हक में होता तो मैं अपील करता। इसी में जिन्दगी के बीस साल निकल गए, और तिहत्तर साल की उम्र में मैं उस पर क्या घर बनाऊँगा?

फिर मकान बनाना कौन-सा आसान काम है? और किसे पड़ी है कि मेरी मदद करे? अगर बना भी लूँ तो भी मकान तैयार होते-होते मैं पचहत्तर पार कर चुका होऊँगा। मेरे वकील की उम्र इस समय अस्सी साल की है, और वह बौराया-सा घूमने लगा है। उसकी सूझ-बूझ भी शिथिल हो चली है, बैठा-बैठा अपनी धुँधलाई आँखों से शून्य में ताकने लगता है। कहता है, उसे पेचिश की पुरानी तकलीफ भी है, घुटनों में भी गठिया है। यह आदमी अस्सी वर्ष की उम्र में इस हालत में पहुँच चुका है, तो इस उम्र तक पहुँचते-पहुँचते मेरी क्या गति होगी? मकान बन भी गया तो मेरे पास जिन्दगी के तीन-चार वर्ष बच रहेंगे। क्या इतने भर के लिए अपनी हड्डियाँ तोड़ता फिरूँ? क्यों नहीं मैं इस पचड़े में से निकल आता? मुझसे ज्यादा समझदार तो वह वकील ही है, जिसने अपनी स्थिति को समझ लिया है और मेरे साथ तहसील-कचहरी जाने से इनकार कर दिया है, 'बस, साहिब, मैंने अपना काम पूरा कर दिया है, आप मुकदमा जीत गए हैं, अब जमीन पर कब्जा लेने का काम आप खुद सँभालें।' उसने दोटूक कह दिया था...यही कुछ सोचते-सोचते, उसने फिर से सिर झटक दिया था—क्या मैं यहाँ तक पहुँचकर किनारा कर जाऊँ? जमीन को घुसपैठिए के हाथ सौंप दूँ? यह बुजदिली नहीं होगी तो क्या होगा? किसी को अपनी जमीन मुफ्त में क्यों हड़पने दूँ? क्या मैं इतना गया-बीता हूँ कि मेरे जीते-जी कोई आदमी मेरी पुश्तैनी जमीन छीन ले जाए और मैं खड़ा देखता रहूँ? और अब तो फैसला हो चुका है, अब तो इसे केवल हल्का-सा धक्का देना बाकी है। तहसील के कागजात मिल जाएँ, इंदराज की नकलें मिल जाएँ, फिर रास्ता खुलने लगेगा, मंजिल नजर आने लगेगी।...सोचते-सोचते एक बार फिर उसने अपना सिर झटक दिया। ऐसे मौके पहले भी कई बार आ चुके थे। तब भी यही कहा करता था—एक बार फैसला हक में हो जाए तो रास्ता साफ हो जाएगा। पर क्या बना? बीस साल गुजर गए, वह अभी भी कचहरियों की खाक छान रहा है। 'साँप के मुँह में छछूँदर! खाए तो मरे, छोड़े तो अन्धा हो।' न तो मैं इस पचड़े में से निकल सकता हूँ, न ही इसे छोड़ सकता हूँ।

डिप्टी कमिश्नर दफ्तर में नहीं था। वही बात हुई। किसी ने बताया कि वह किसी मीटिंग में गया है, कुछ मालूम, नहीं कब लौटेगा; लौटेगा भी या नहीं।

वह चुपचाप एक बेंच पर जा बैठा। कल ही की तरह सिगरेट सुलगाई और अपने भाग्य को कोसने लगा। मैं काम करना नहीं जानता, छोटे-छोटे कामों के लिए खुद भागता फिरता हूँ। ये काम मिलने-मिलाने से होते हैं, खुद मारे-मारे फिरने से नहीं, मैं खुद मुँह बाए कभी तहसील में तो कभी जिला कचहरी में धूल फाँकता फिरता हूँ। मेरी जगह कोई और होता तो दस तरकीबें सोच निकालता। सिफारिश डलवाने से लोगों के बीसियों काम हो जाते हैं और मैं यहाँ मारा-मारा फिर रहा हूँ।

तब डिप्टी कमिश्नर के चपरासी ने भी कह दिया था कि अब साहिब नहीं आएँगे और दफ्तर के बाहर, दरख्वास्तियों के लिए रखा बेंच उठाकर अन्दर ले गया था। उधर कचहरी का जमादार बरामदे और आँगन बुहारने लगा था। सारा दिन यों बर्बाद होता देखकर वह मन-ही-मन तिलमिला उठा था। आग की लपट की तरह एक टीस-सी उसके अन्दर उठी थी—हार तो मैं नहीं मानूँगा, मैं भी अपनी जमीन छोड़नेवाला नहीं हूँ। मैं भी हठ पकड़ लूँगा, इस काम से चिपक जाऊँगा। ये लोग मुझे कितना ही झिंझोड़ें, मैं छोड़ूँगा नहीं। इसमें अपने दाँत गाड़ दूँगा। जब तक काम पूरा नहीं हो जाता, मैं छोड़ूँगा नहीं...

वह जानता था कि मन में उठनेवाला यह आवेग उसकी असमर्थता का ही द्योतक है कि जब भी उसे कोई रास्ता नहीं सूझता, तो वह ढिठाई का दामन पकड़ लेता है। इस तरह वह अपने डूबते आत्मविश्वास को धृष्टता द्वारा जीवित रख पाने की कोशिश करता रहता है।

पर उस सुबह, जिला कचहरी की ओर जाने से पहले उसकी मन:स्थिति बिलकुल दूसरी थी। तब वह आश्वस्त महसूस कर रहा था, नहा-धोकर, ताजादम घर से निकला था और उसे पता चला था कि डिप्टी कमिश्नर दफ्तर में मिलेगा, कि वह भला आदमी है, मुंसिफ-मिजाज है। और फिर उसका तो काम भी मामूली-सा है। अगर उससे बात हो गई और उसने हुक्म दे दिया तो पलक मारते काम हो जाएगा। शायद इसीलिए जब वह घर से निकला था तो आसपास का दृश्य उसे एक तस्वीर-जैसा सुन्दर लगा था, जैसे माहौल में से बरसों की धुन्ध छँट गई हो और विशेष रोशनी-सी चारों ओर छिटक गई हो! एक हल्की-सी झिलमिलाहट, जिसमें एक-एक चीज—नदी का पाट, उस पर बना सफेद डंडहरोंवाला पुल, और नदी के किनारे खड़े ऊँचे-ऊँचे भरे-पूरे पेड़—सभी निखर उठे थे। सड़क पर जाती युवतियों के चेहरे खिले-खिले। हर इमारत निखरी-निखरी, सुबह की धूप से नहाई। और इसी मन:स्थिति में वह उस बस में बैठ गया था जो उसे शहर के बाहर दूर, डिप्टी कमिश्नर के दफ्तर की ओर ले जानेवाली थी।

फिर शहर में से निकल जाने पर वह बस किसी घने झुरमुट के बीच, स्वच्छ,

निर्मल जल के एक नाले के साथ-साथ चली जा रही थी। उसने झाँककर बस की खिड़की में से बाहर देखा था। एक जगह पर नाले का पाट चौड़ा हो गया था, और पानी की सतह पर बहुत-सी बतखें तैर रही थीं, जिससे नाले के जल में लहरियाँ उठ रही थीं। किनारे पर खड़े बेंत के छोटे-छोटे पेड़ पानी की सतह पर झुके हुए थे और उनका साया, जालीदार चादर की तरह पानी की सतह पर थिरक रहा था। अब बस किसी छोटी-सी बस्ती को लाँघ रही थी। बस्ती के छोटे-छोटे बच्चे नंगे बदन नाले में डुबकियाँ लगा रहे थे। उसकी नजर नाले के पार, बस्ती के एक छोटे-से घर पर पड़ी जो नाले के किनारे पर ही लकड़ी के खम्भों पर खड़ा था। उसकी खिड़की में एक सुन्दर-सी काश्मीरी लड़की, अपनी छोटी बहन को सामने बैठाए उसके बालों में कंघी कर रही थी। थोड़ी देर के लिए ही यह दृश्य उसकी आँखों के सामने रहा था और फिर बस आगे बढ़ गई थी। पर उसे देखकर उसके दिल में स्फूर्ति की लहर दौड़ गई थी—एक छोटा-सा घर तो बन ही सकता है। मन में एक बार निश्चय कर लो तो, जैसे-तैसे काम पूरा हो ही जाता है। बेंत के पेड़ के नीचे, आँगन में, कुर्सी बिछाकर बैठा करूँगा, पेड़ों की पाँत के नीचे मैं और मेरी पत्नी घूमने जाया करेंगे। पेड़ों पर से झरते पत्तों के बीच कदम बढ़ाते हुए मैं हाथ में छड़ी लेकर चलूँगा, मोटे तले के जूते पहनूँगा, और ठंडी-ठंडी हवा गालों को थपथपाया करेगी। जिन्दगी-भर की थकान दूर हो जाएगी...मकान बनाना क्या मुश्किल है! क्या मेरी उम्र के लोग काम नहीं करते? वे फैक्टरियाँ चलाते हैं, नई फैक्टरियाँ बनाते हैं, मरते दम तक अपना काम बढ़ाते रहते हैं।

पर अब, ढलती दोपहर में, खचाखच भरी बस में हिचकोले खाता हुआ, बेसुध-सा, शून्य में देखता हुआ वह घर लौट रहा था। पिंडलियाँ दुख रही थीं और मुँह का जायका कड़वा हो रहा था।

उसे फिर झुँझलाहट हुई—अपने पर, अपने वकील पर जिसने ऐन आड़े वक्त में मुकदमे से पीठ फेर ली थी—अपने सगे-सम्बन्धियों पर, जिनमें से कोई भी हाथ बँटाने के लिए तैयार नहीं था। मैं ही मारा-मारा फिर रहा हूँ। सबसे अधिक उसे अपने पर क्रोध आ रहा था—अपनी अकर्मण्यता पर, अपने दब्बू स्वभाव पर, अपनी असमर्थता पर।

बस में से उतरते ही उसने सीधे अपने वकील के पास जाने का फैसला किया। वह अन्दर-ही-अन्दर बौखलाया हुआ था। फीस लेते समय तो कोई कसर नहीं छोड़ते, दस की जगह सौ माँगते हैं और काम के वक्त पीठ मोड़ लेते हैं। तहसीलों में धक्के खाना क्या मेरा काम है? क्या मैंने तुम्हें उजरत नहीं दी?

कमिश्नरी का बड़ा फाटक लाँघकर वह बाएँ हाथ को मुड़ गया, जहाँ कुछ दूरी पर अर्जीनवीसों की पाँत बैठती थी। बूढ़ा वकील कुछ मुद्दत से अब यहीं बैठने लगा

था। उसने नजर उठाकर देखा, छोटे-से लकड़ी के खोखे में वह बड़े इत्मीनान से लोहे की कुर्सी पर बैठा था। उसका चौड़ा चेहरा दमक रहा था और सिर के गिने-चुने बाल बिखरे हुए थे। उसे लगा, जैसे बूढ़े वकील ने नया सूट पहन रखा है और उसके काले रंग के जूते चमक रहे हैं।

वह अपने बोझिल पाँव घसीटता, धीरे-धीरे चलता हुआ, वकील के खोखे के सामने जा पहुँचा। बूढ़ा वकील कागजों पर झुका हुआ था, और एक नोटरी की हैसियत से अर्जियों पर किए गए दस्तखतों की तसदीक कर रहा था, और नीचे, जमीन पर खड़ा, अधेड़ उम्र का उसका कारिन्दा, हाथ में नोटरी की मोहर उठाए, एक-एक दरख्वास्त पर दस्तखत हो जाने पर ठप्पा लगा रहा था।

''आज भी कुछ काम नहीं हुआ,'' खोखे के सामने पहुँचते ही उसने करीब-करीब चिल्लाकर कहा। वकील को यों आराम से बैठा देखकर उसका गुस्सा भड़क उठा था। खुद तो कुर्सी पर मजे से बैठा, दस्तखतों की तसदीक कर रहा है, और पैसे बटोर रहा है, जबकि मैं तहसीलों की धूल फाँक रहा हूँ!

वकील ने सिर उठाया, उसे पहचानते ही मुस्कुराया। वकील ने उसका वाक्य सुन लिया था।

''मैंने कहा था न?'' वकील अपनी जानकारी बघारते हुए बोला, ''तहसीलों में दस-दस दिन लटकाए रखते हैं। मैं आजिज आ गया था, इसीलिए आपसे कह दिया था कि अब मैं यह काम नहीं करूँगा।''

''आप नहीं करेंगे तो क्या मैं तहसीलों की खाक छानता फिरूँगा?'' उसने खीजकर कहा।

''यह काम मैं नहीं कर सकता। यह काम जमीन के मालिक को ही करना होता है।''

उसका मन हुआ, बूढ़े वकील से कहे, बरसों तक तुम इस मुकदमे की पैरवी करते रहे हो, मैं तुम्हें मुँह-माँगी उजरत देता रहा हूँ, और अब, जब आड़ा वक्त आया है तो तुम इस काम से किनारा कर रहे हो, और मुझसे कह रहे हो कि जमीन के मालिक को ही यह काम करना है?

पर उसने अपने को रोक लिया, मन में उठती खीज को दबा लिया; बल्कि बड़ी संयत, सहज आवाज में बोला, ''वकील साहब, आप मुकदमे के एक-एक नुक्ते को जानते हैं। आप ही की कोशिशों से हम यहाँ तक पहुँचे हैं। अब इसे छोटा-सा धक्का और देने की जरूरत है, और वह आप ही दे सकते हैं।''

पर बूढ़े वकील ने मुँह फेर लिया। उसकी उपेक्षा को देखते हुए वह मन-ही-मन फिर तमक उठा। पर उसकी नजर वकील के चेहरे पर थी—अस्सी साल का बूढ़ा, शून्य में देखे जा रहा था। अपने दम-खम के बावजूद वकील की आँखें धुँधला गई थीं, और बैठे-बैठे अपने-आप उसका मुँह खुल जाता था। इस आदमी से यह

उम्मीद करना कि यह तहसीलों-कचहरियों के चक्कर काटेगा, बड़ी बेइंसाफी-सा लगता था। और अगर काटेगा भी तो कितने दिन तक काट पाएगा?

उसे फिर अपनी निःसहायता का भास हुआ। कोई भी और आदमी नहीं था जो उसका बोझ बाँट सके। उसे साँस तक ले पाने की मोहलत दे सके। बेटे थे तो एक बम्बई में जा बैठा था तो दूसरा अंबाला में, और मैं इस उम्र में श्रीनगर में झख मार रहा हूँ। आज हूँ, कल नहीं रहूँगा। मैं आँखें बन्द कर लूँगा तो अपने-आप जमीन का मसला सुलझाते फिरेंगे।

''वकील साहब, आप ही इस नाव को पार लगा सकते हैं।''

उसने कहना शुरू ही किया था कि वकील झट से बोला, ''मैं कहीं नहीं जा पाऊँगा, आप मुझे माफ करें, अब यह मेरे बस का नहीं है।''

फिर अपने खोखे की ओर इशारा करते हुए बोला, ''आपने देख लिया, यह काम कैसा है। यहाँ से मैं अगर एक घंटे के लिए भी उठ जाऊँ तो कोई दूसरा नोटरी मेरी कुर्सी पर आकर बैठ जाएगा।'' फिर क्षीण-सी हँसी हँसते हुए कहने लगा, ''सभी इस ताक में बैठै हैं कि कब बूढ़ा मरे और वे उसकी कुर्सी सँभालें...मैं अपना अड्डा नहीं छोड़ सकता। मेरी उम्र ज्यादा हो चुकी है, और यहाँ पर बिना भाग-दौड़ के मुझे दो पैसे मिल जाते हैं, बुढ़ापे में यही काम कर सकता हूँ।''

''मुश्किल काम तो हो गया, वकील साहब, अब तो छोटा-सा काम बाकी है।''

''छोटा काम बाकी है?'' वकील तुनककर बोला, ''जमीन का कब्जा हासिल करना क्या छोटा-सा काम है? यह सबसे मुश्किल काम है।''

''सुनिए, वकील साहब...'' उसने कहना शुरू ही किया था कि वकील ने हाथ जोड़ दिये, ''आप मुझे माफ करें, मैं कहीं नहीं जा पाऊँगा...''

सहसा, वकील के चेहरे की ओर देखते हुए एक बात उसके दिमाग में कौंध गई। वह ठिठक गया, और कुछ देर तक ठिठका खड़ा रहा। फिर वकील से बोला, ''नहीं, वकील साहब, मैं तो कुछ और ही कहने जा रहा था।''

''कहिए, आप क्या कहना चाहते हैं?''

वह क्षण-भर के लिए फिर सोच में पड़ गया, फिर झट से बोला, ''अगर आप जमीन पर कब्जा हासिल करने की सारी जिम्मेदारी अपने ऊपर ले लें, तो कब्जा मिलने पर मैं आपको जमीन का एक-तिहाई हिस्सा दे दूँगा।''

उसने आँख उठाकर बूढ़े वकील की ओर देखा। वकील जैसे सकते में आ गया था, और उसका मुँह खुलकर लटक गया था।

''पर इस शर्त पर कि अब इस काम में मैं खुद कुछ नहीं करूँगा। सब काम आप ही करेंगे।'' वह कहता जा रहा था।

''मैंने तो अर्ज किया न, मेरी मजबूरी...'' बूढ़ा वकील बुदबुदाया।

''आप सोच लीजिए। एक-तिहाई जमीन का मतलब है, करीब चार लाख रुपए...''

यह विचार उसे अचानक ही सूझ गया था, मानो जैसे कौंध गया हो! अपनी विवशता के कारण रहा हो, या दबी-कुचली व्यवहार-कुशलता का कोई अधमरा अंकुर सहसा फूट निकला हो, पर इससे उसका जेहन खुल-सा गया था।

''आप नहीं कर सकते तो मैं आपको मजबूर नहीं करना चाहता। आप किसी अच्छे वकील का नाम तो सुझा सकते हैं जो दौड़-धूप कर सकता हो? मुकदमे की स्थिति आप उसे समझा सकते हैं,'' उसने अपनी व्यवहार-कुशलता का एक और तीर छोड़ते हुए कहा, ''आप मुकदमे को यहाँ तक ले आए, यही बहुत बड़ी बात है।''

उसने बूढ़े वकील के चेहरे की ओर फिर से देखा। बूढ़े वकील का मुँह अभी भी खुला हुआ था और वह उसकी ओर एकटक देखे जा रहा था।

''अब कोई वकील ही यह काम करेगा...''

बूढ़े वकील की आँखों में हल्की-सी चमक आ गई थी और उसका मुँह बन्द हो गया था।

''मैं आपसे इसलिए कह रहा हूँ कि केस की सारी मालूमात आपको है। अपना सुझाव सबसे पहले आपके सामने रखना तो मेरा फर्ज बनता है। आपके लिए कुछ भी मुश्किल नहीं है, और अदालत का फैसला हमारे हक में हो चुका है। अब केवल कब्जा लेना बाकी है...''

अपनी बात का असर बूढ़े वकील के चेहरे पर होता देखकर वह मन-ही-मन बुदबुदाया : लगता है, तीर निशाने पर बैठा है।

''लेकिन मैं अपने पल्ले से अब और कुछ नहीं दूँगा। न पैसा, न फीस, न मुआवजा, कुछ भी नहीं। बस, एक-तिहाई जमीन आपकी होगी, और शेष मेरी...''

बोलते हुए उसे लगा, जैसे उसके शरीर में ताकत लौट आई है, और आत्म-विश्वास लहराने लगा है। उसे लगा, जैसे अगर वह इस वक्त चाहे तो भाषण दे सकता है।

''पटवारी, तहसीलदार, घुसपैठिया, जिस किसी को कुछ देना होगा तो आप ही देंगे...''

फिर, बड़े ड्रामाई अन्दाज में वह चलने को हुआ, और धीरे-धीरे बड़े फाटक की ओर कदम बढ़ाने लगा।

''अपना फैसला आज शाम तक मुझे बता दें,'' फिर पहले से भी ज्यादा ड्रामाई अन्दाज में बोला, ''अगर मंजूर हो तो मैं अभी मुआहिदे पर दस्तखत करने के लिए तैयार हूँ।''

और बिना उत्तर का इन्तजार किए, बड़े फाटक की ओर बढ़ गया।

दूसरे दिन, अपनी मृत्यु के कुछ ही देर पहले, वह पार्क में एक बेंच पर बैठा,

हल्की-हल्की धूप का आनन्द ले रहा था और पिछले दिनों की थकान उतार रहा था। वह मन-ही-मन बड़ा आश्वस्त था कि उसे एक बहुत बड़े बोझ से छुटकारा मिल गया है। अब वह चैन से बैठ सकता है और फिर से भविष्य के सपने बुन सकता है।

इस प्रस्ताव ने दोनों बूढ़ों की भूमिका बदल दी थी। जिस समय वह धूप में बैठा अधमुँदी आँखों से हरी-हरी घास पर चमकते ओस के कण देख रहा था, उसी समय तहसील की ओर जानेवाली खचाखच भरी बस में, डंडहरे को पकड़कर खड़ा वकील अपना घर बनाने के मनसूबे बाँध रहा था। दिल में रह-रहकर गुदगुदी-सी उठती थी। जिन्दगी-भर, किराए के मकान में, तीसरी मंजिल पर टँगा रहा हूँ। किसी से कहते भी शर्म आती है कि सारी उम्र काम करने के बाद भी अपना घर तक नहीं बना पाया। बेटे बड़े हो गए हैं और दिन-रात शिकायत करते हैं कि तुमने हमारे लिए क्या किया है?...इधर खुली जमीन होगी, छोटा-सा आँगन होगा, दो-तीन पेड़ फलों के लगा लेंगे, छोटी-सी फुलवाड़ी बना लेंगे, जिन्दगी के बचे-खुचे सालों में कम-से-कम रहने को तो खुली जगह होगी; संकरी गली में, तीसरी मंजिल पर लटके तो नहीं रहेंगे...स्फूर्ति की एक लहर, एक पुलकन-सी, एक झुरझुरी-सी उसके बदन में उठी और सरसराती हुई सीधी, रीढ़ की हड्डी के रास्ते सिर तक जा पहुँची। खुली जमीन का एक टुकड़ा, लाखों की लागत का, बैठे-बैठाए मुफ्त में मिल जाएगा। न हींग लगे, न फिटकरी! अच्छा हुआ जो लिखा-पढ़ी भी हो गई, मुवक्किल को दोबारा सोचने का मौका ही नहीं मिला।

इसी गुदगुदी में वह बस पर चढ़ा था। पर कुछ फासला तय कर चुकने पर, बस में खड़े-खड़े बूढ़े वकील की कमर दुखने लगी थी। अस्सी साल के बूढ़े के लिए बस के हिचकोलों में अपना संतुलन बनाए रखना कठिन हो रहा था। दो बार वह गिरते-गिरते बचा था। एक बार तो वह नीचे सीट पर बैठी एक युवती की गोद में जा गिरा था, जिस पर आसपास के लोग ठहाका मारकर हँस दिये थे। पाँव बार-बार लड़खड़ा जाते थे, पर मन में गुदगुदी बराबर बनी हुई थी।

पर कुछ ही देर बाद, बस में खड़े रहने के कारण, घुटनों में दर्द उठने लगा। पहले दाएँ घुटने में एक टीस-सी उठी। वह समझ गया कि यह दर्द अब बढ़ेगा। तहसील अभी दूर है और वहाँ तक पहुँचते-पहुँचते मैं परेशान हो उठूँगा। दर्द बढ़ने लगा और कुछ ही देर बाद उसे लगने लगा, जैसे किसी जंतु ने अपने दाँत उसके शरीर में गाड़ दिये हैं, और उसे झिंझोड़ने लगा है। न जाने तहसील तक पहुँचते-पहुँचते मेरी क्या हालत होगी?...बैठे-बैठाए मुसीबत मोल ले ली। जाए भाड़ में जमीन और जमीन का मालिक! और वह जहाँ पर खड़ा था, वहीं घुटने पकड़कर बस के फर्श पर हाय-हाय करता बैठ गया।

उस समय बस उस बस्ती को पार कर रही थी जहाँ बेंत के पेड़ों के झुरमुट के बीच, नाले के किनारे-किनारे सड़क चली जा रही थी और जहाँ पानी की सतह पर लहरियाँ बनाती हुई बतखें आज भी तैर रही थीं।

उधर, पार्क के बेंच पर जमीन का मालिक, थकान दूर हो जाने पर, धीरे-धीरे ऊँघने लगा था। उसकी मौत को कुछ ही मिनट बाकी रह गए थे। वह अभी भी आश्वस्त महसूस कर रहा था—चलो, इस सारी चिख-चिख और फजीहत में से निकल आया हूँ। उसे यह सोचकर सुखद-सा अनुभव हुआ कि वह आराम से बेंच पर बैठा सुस्ता रहा है जबकि वकील इस समय तहसील से जमीन के कागज निकलवाने के लिए भटक रहा होगा।...पर जमीन का ध्यान आते ही उसके मन को धक्का-सा लगा। सहसा ही वह चौंककर उठ बैठा। यह मैं क्या कर बैठा हूँ? एक-तिहाई जमीन दे दी! अदालत का फैसला तो मेरे हक में हो चुका है। अब तो केवल कब्जा लेना बाकी था। जमीन तो मुझे मिल ही जाती। लाखों की जमीन उसके हवाले कर दी और लिखत भी दे दी। कहाँ तो वकील को ज्यादा से ज्यादा पाँच सौ-हजार की फीस दिया करता था, वह भी चौथे-पाँचवें महीने, और कहाँ एक-तिहाई जमीन ही दे दी। लूटकर ले गया, बैठे-बैठाए लूटकर ले गया। उसके मन में चीख-सी उठी। यह मैं क्या कर बैठा हूँ? न किसी से पूछा, न बात की। देना ही था तो एकमुश्त कुछ रकम देने का वादा कर देता। अपनी जमीन कौन देता है? बैठे-बैठाए मैंने कागज पर—वह भी स्टाम्प पेपर पर दस्तखत कर दिये। यह मैं क्या कर बैठा हूँ! और स्टाम्प पेपर की तस्वीर आँखों के सामने खिंच गई। तभी कहीं से जोर का धक्का आया और दर्द-सा उठा, पहले एक बार, फिर दूसरी बार, फिर तीसरी बार, और वह बेंच पर से लुढ़ककर नीचे, ओस से भीगी हरी-हरी घास पर औंधे मुँह जा गिरा।

सेमिनार

"मैं अब भी कहता हूँ कि सेमिनार करने का खयाल छोड़ दो। यह हमारे बस में नहीं है।" उसने अपने मोटे-मोटे चश्मों में से झाँककर कहा, "अभी भी इसमें से निकल आओ। हमारी थोड़ी-सी भद्द होगी, कोई बात नहीं, सह लेंगे, पर सेमिनार का सारा प्रबन्ध करना अब हमारे बस का नहीं रह गया है।"

इस पर मैं बिफर उठा था।

"तुम तो घर बैठे ही सोग मनाने लग गए हो! यों भी कभी हुआ है? अब बीड़ा उठाया है तो करेंगे। जैसे भी होगा, करेंगे।"

इस पर उसने फिर से सिर हिलाया और मुहर्रमी आवाज़ में बोला, "सेमिनार में केवल पाँच सप्ताह का समय रह गया है और फूटी कौड़ी तुम्हारी जेब में नहीं है। सेमिनार क्या खाक करोगे?"

मैंने छूटते ही कहा था, "हम किसी पार्क में दरी बिछाकर सेमिनार कर लेंगे। कलाकारों को किसी धर्मशाला में ठहरा देंगे। हमें आडम्बर करने की जरूरत ही नहीं है।"

इस पर वह मुस्कुराया, ऐसी मुस्कुराहट जिसमें तेजाब घुला होता है। कहने लगा, "दरी बिछाकर ही सेमिनार करो, पर क्या लाउडस्पीकर का इन्तजाम नहीं करोगे? तीन घंटे की मीटिंग के लिए लाउडस्पीकर वाला तुमसे दो सौ रुपए लेगा। सेमिनार की खबर अखबारों में नहीं दोगे? तुम तो जन-जन तक पहुँचने की बात करते हो, तो क्या लोगों को बुलाने के लिए कार्ड नहीं छपवाओगे? किन्हीं जाने-माने वरिष्ठ कला-सेवियों को नहीं बुलाओगे? और अगर उन्होंने टैक्सी-किराया माँग लिया तो क्या उनके सामने हाथ जोड़ दोगे? तुम किस दुनिया में रह रहे हो? सेमिनार करोगे तो कम-से-कम उन्हें एक वक्त का भोजन नहीं खिलाओगे? चाय-पानी नहीं पिलाओगे?"

अभी मैंने जवाब देने के लिए अपना मुँह खोला ही था कि उसने अपना ब्रह्मास्त्र चलाया, "और जो विदेशी मेहमानों को बुला बैठे हो, उनका क्या करोगे? उन्हें भी धर्मशाला में ठहराओगे? हम सबकी नाक कटवाओगे?"

मोटे चश्मेवाला हमारा साथी सदा ठोस वास्तविकता की बात करता है, पर मेरे संस्कार दूसरे प्रकार के हैं। जब से सेमिनार की बात चली थी, मुझे अन्दर-ही-अन्दर झुरझुरी-सी महसूस होने लगी थी। मेरा पुराना उत्साह जाग उठा था। जमाना था, जब हमने कलाकारों का एक संगठन बनाया था और मैं और मेरे साथी रात-भर शहर की दीवारों पर इश्तहार लगाते फिरे थे। बरसों बाद फिर वही भावना मेरे अन्दर कसमसाने लगी थी।

''हाँ, ठहरा लेंगे!'' मैंने उत्तेजित होकर कहा था, ''वे जान लेंगे कि हमारे पास साधन नहीं थे और बढ़िया होटलों में ठहराने का मतलब ही क्या है? हम जो जन-सम्पर्क की दुहाई देते रहते हैं, तो क्या जन-सम्पर्क होटलों में होता है?''

इस पर मीटिंग में बैठे हमारे अन्य साथियों के बीच खुस-फुस होने लगी थी। मुझे लगा कि मैंने कुछ ज्यादा ही बेतुकी बात कह दी है।

''धर्मशाला में न सही, हम एक-एक विदेशी मेहमान को अपने घरों में ठहरा लेंगे।''

इस पर वह छूटते ही बोला, ''और सेमिनार पर उन्हें पैदल ले जाओगे? या साइकिल-रिक्शा पर बैठाकर ले जाओगे? एक मेहमान जामा मस्जिद के इलाके में ठहरेगा, दूसरा मॉडल टाउन में, तीसरा ओखला में...कुछ होश की बात करो। यार, दिल का उछाह बड़ी अच्छी चीज है, पर आज के जमाने में इससे सेमिनार नहीं होते। इसके लिए पैसे दरकार होते हैं और काम करनेवालों की जरूरत रहती है।''

इस पर मेरा पारा चढ़ गया।

''जिसके दिल में उछाह है, उसके पास सबकुछ है। तुम बात क्या करते हो! अन्दर से उछाह उठे तो लोग हिमालय की चोटियाँ पार कर जाते हैं। यह तो छोटा-सा सेमिनार है। उछाह हो तो लोग फाँसी के तख्ते पर झूल जाते हैं...''

इस पर कुछ लोग हँसने लगे थे।

''इसे कुछ समझाओ यार, यह पागल हुआ जा रहा है...'' उसने कहा और अपनी जगह पर बैठ गया।

मुझे उस वक्त समझ जाना चाहिए था कि साधनों के बिना हम एक कदम भी आगे नहीं बढ़ सकते। आजकल हर चीज को आग लगी हुई है। जहाँ पहले एक रुपया देते थे, अब दस देते हैं। पर जब से सेमिनार की चर्चा होने लगी थी, मेरी आँखों के सामने पुराने दिन घूमने लगे थे, जब हम इस तरह के काम नशे की-सी हालत में किया करते थे। पैसे की जरूरत पड़ती तो दर्शकों और श्रोताओं के सामने झोली फैला देते थे। जैसे-तैसे खर्च के पैसे निकल ही आते थे। कितने ही दृश्य आँखों के सामने घूमने लगे थे—तब दरियाँ भी हम ही बिछाते थे और उन्हें लपेटते भी हम ही थे। कई-कई रातें पंडाल में ही सोकर बिता दी थीं।

सारा वक्त हम गीत गाते रहते थे। तब भी तो पैसे नहीं हुआ करते थे। तब सेमिनार और जलसे कैसे कर लिया करते थे?

जब मैंने फिर से अतीत में से सुनहरी मिसालें देना शुरू कीं तो वह बिगड़ उठा था।

''पुरानी बातों का बहुत ढोल नहीं पीटा करो! हम जानते हैं, तुम कैसे काम किया करते थे। न तरतीब, न व्यवस्था। जो आदमी तरतीब से काम करे, उसे तुम लोग नौकरशाह कहते थे। समाजसेवी तो वह माना जाता था जिसकी टोपी ढीली, पाजामा ढीला, मुँह पर दो दिन का शेव, जो वक्त-बेवक्त घर से निकल जाए, घर पर कह जाए कि घंटे भर बाद लौटूँगा और लौटे रात गए। जिसका न खाने का कोई ठिकाना, न पहनने का। जो बहस शुरू करे तो घंटों बहस ही करता जाए। ऐसा आदमी 'समाजसेवी' ही नहीं, त्यागमूर्ति कहलाता था। कभी इधर भाग रहा है, कभी उधर। न होश, न ठिकाना। इसी कारण आज तुम्हारा हुलिया बिगड़ा हुआ है।''

मैंने फिर कुछ कहने के लिए मुँह खोला, पर वह अपनी तर्जनी हिलाता हुआ बोला, ''कब से हम सेमिनार की तैयारी करने लगे हैं?''

''मुझसे क्या पूछते हो? तुम भी जानते हो, और मैं भी जानता हूँ।''

''हमारी पहली तैयारी-मीटिंग में कितने लोग आए थे?'' उसने फिर से अपनी तर्जनी पिस्तौल की तरह दागते हुए पूछा। पर मेरी ओर से कोई उत्तर न पाकर स्वयं ही बोला, ''पहली मीटिंग में सोलह सदस्य आए थे। जब हमने कार्यक्रम की रूपरेखा बनाई थी और काम बाँट दिये थे और यह नाटा (मेरी ओर तर्जनी बढ़ाकर) अपनी नाट्यमंडली के पुराने गीत हमें गा-गाकर सुनाता रहा था। पर फिर, दूसरी मीटिंग में कितने लोग पहुँचे थे? केवल सात। और आज कितने आए हैं? केवल चार! कोई बीमार पड़ गया है, किसी के घर में मेहमान आ गए हैं, किसी को चंडीगढ़ जाना है...यह सही है या नहीं?''

''कहो, कहो, जो कहना है।'' मैं अन्दर-ही-अन्दर खीज रहा था, पर उसके तथ्य और आँकड़े सभी सही थे।

''पहली मीटिंग में हमने 'स्मारिका' निकालने का निश्चय किया था। कितने विज्ञापन मिल पाए हैं? किसी ने पाँच विज्ञापन लाने का वचन दिया था, किसी ने सात। अभी तक कुल अढ़ाई विज्ञापन मिले हैं, और वे भी रिश्तेदारों से। और सेमिनार में पाँच सप्ताह बाकी रह गए हैं। अब बोलो, क्या कहते हो? किसी को इश्तहार माँगने में झेंप होती है। कोई कहता है, धनी व्यापारियों से हम इश्तहार नहीं माँगेंगे।'' तब भी उसने हमें खबरदार करते हुए कहा था, ''अभी भी वक्त है, इसमें से निकल जाओ। मेहमानों को तार दे दो कि सेमिनार को किन्हीं कारणों से स्थगित करना पड़ रहा है। बाद में आपको सूचित करेंगे।''

सभी साथी चुप हो गए थे। कहता तो ठीक था।

''सरकार से हम अनुदान लेना नहीं चाहते। और ले भी क्यों? अपने बलबूते पर क्यों न करें? पर कहाँ है हमारा बलबूता?''

मेरे मुँह से फिर निकल गया, "इसीलिए तो मैं कहता हूँ, किसी पार्क में दरी बिछाकर...।"

इस पर वह झुँझला उठा था, "अक्ल की बात करो, यार, तुम्हारे बाल सफेद होने को आए हैं।"

देर तक बहस होती रही थी। अन्त में फैसला हुआ था कि दो सप्ताह तक और देख लो और इस बीच एड़ी-चोटी का जोर लगाओ कि कहीं से पैसा मिल जाए। कारखानेदारों के पास जाओ, व्यापारियों के पास जाओ, सार्वजनिक संस्थाओं के पास जाओ, कहीं कोई दाता मिल जाए जो हमारी डूबती नौका को मँझधार में से निकाल दे! जिसका जो धनी सम्बन्धी है, उसी का दरवाजा खटखटाओ।

चुनाँचे हमारे गिने-चुने साथियों ने फिर से झोले लटकाए और निकल पड़े।

पर बार-बार निराशा ही हाथ लगी। एक से मिले, जो किसी जमाने में हमारे साथ सहगान-मंडली में गाया करता था, अब जगह-जगह उसके ट्रक चलते थे। मिला भी बड़े प्यार से, पुराने दिनों के किस्से भी बड़ी हिलोरें ले-लेकर याद करता रहा, पर जब चन्दा देने को कहा, तो जेब से दस रुपए का नोट निकालकर बढ़ा दिया।

एक और सज्जन से मिले। उससे भी पुरानी जान-पहचान थी। वह भी अब धनी व्यापारी बन गया था। मुझ पर नजर पड़ते ही वह उपदेश झाड़ने लगा, "तुम अभी भी इस काम में घिसट रहे हो? बुरा नहीं मानना, पर यह जलसे-वलसे करना एक तरह की हरामखोरी है।"

एक घर से दूसरे घर, एक दफ्तर से दूसरे दफ्तर हम लोग जाते रहे। एक और पुराने साथी का दरवाजा खटखटाया। यह वही साथी था, जिसने हमारे साथ मिलकर नगर की दीवारों पर पोस्टर लगाए थे। इसका भी इकबाल अब बहुत ऊँचा पहुँच चुका था। पैसे के साथ-साथ नेतागीरी भी करता था। पहले तो बड़े उपयोगी सुझाव देता रहा, "सेमिनार किसी विश्वविद्यालय के हॉल में क्यों नहीं कर लेते? विश्वविद्यालय के किसी अधिकारी को अपनी समिति में ले लो। तुम्हारा काम मुफ्त में हो जाएगा।"

पर जब हमने अनुदान की चर्चा की तो हँसकर बड़ी बेतकल्लुफी से बोला, "हमसे भाषण करवा लो, अध्यक्षता करवा लो, किसी मिनिस्टर से मिलने चलना हो तो मैं साथ चल पड़ूँगा..." फिर परामर्श के ही लहजे में हमें समझाते हुए वह बोला, "मुझसे सौ-पचास ले भी लोगे तो इससे तुम्हें कितनी मदद मिलेगी?"

हम चुपचाप, अपना-सा मुँह लेकर, वहाँ से भी निकल आए थे।

उसके घर में से निकले कि मोटे चश्मेवाले हमारे साथी ने सड़क पर खड़े-खड़े ही कहा, "सेमिनार के झंझट में से अभी भी निकल आओ। कुछ लोगों ने पैसे दे भी दिये तो इससे क्या बनेगा? हफ्ते-भर से भटक रहे हैं और अभी तक केवल तीन

सौ रुपए ही इकट्ठा कर पाए हैं। अभी भी वक्त है, इसे स्थगित कर दो। बाद में सोच-समझकर, अच्छी तैयारी के साथ सेमिनार करेंगे।''

जमाना सचमुच बदल गया था, और स्थिति हमारी पकड़ में नहीं आ रही थी। हम बुरी तरह फँस गए थे। सेमिनार का सारा उत्साह अब चिन्ता और घबराहट में बदलने लगा था। काम का बीड़ा उठानेवाले गिने-चुने लोग और वह भी ढलती उम्र के। और अब हमारे बीच तू-तू, मैं-मैं होने लगी थी।

तभी एक दिन उससे मेरी मुलाकात हो गई।

शनिवार का दिन था। सर्दी का मौसम। हवा में धुन्ध छाई थी। कुछ-कुछ वैसी ही, जैसी मेरे दिमाग में छाई थी और आसपास की वास्तविकता को रहस्यपूर्ण बना रही थी। मैं कन्धे पर थैला लटकाए अभी घर के बाहर डोल रहा था और निश्चय नहीं कर पा रहा था कि किस ओर का रास्ता लूँ, जब उसकी कार मेरे सामने से गुजरी। मैंने ध्यान नहीं दिया, केवल बचाव के लिए थोड़ा पीछे हट गया। पर कार की रफ्तार धीमी पड़ गई, उसमें बैठे किसी आदमी ने मुझे पहचान लिया था, क्योंकि थोड़ी ही दूरी पर वह कार रुक गई और एक लम्बा-ऊँचा आदमी, सूट-बूट पहने, उसमें से निकलकर मेरी ओर आता दिखाई दिया।

अब तक मेरी यह आदत बन चुकी थी कि जो भी परिचित मुझे मिलता, मैं सबसे पहले उससे विज्ञापन माँगता, अपने सेमिनार की चर्चा करता, देश के पुनर्जागरण में कला की भूमिका की बात करता—कुछ-कुछ वैसे ही, जैसे दवाइयाँ बेचनेवाले सड़क के किनारे खड़े अपनी दवाइयों का गुणगान करते हैं। वे भी मेरी तरह कन्धे से झोला लटकाए रहते हैं।

मोटर में से सेठी निकला था—मेरा पुराना सहपाठी। बरसों बाद मिल रहा था। उसे पहचानते ही मेरे अन्दर से आवाज आई—माँग लो, माँग लो, विज्ञापन माँग लो। विज्ञापन नहीं देगा, चन्दा दे देगा, यह इनकार नहीं करेगा।

हम बगलगीर हुए। उसने मेरे खिचड़ी बाल देखे, मैंने उसके। हमारी नजर एक-दूसरे के टूटे-अधटूटे दाँतों पर गई, फिर कुशल-क्षेम और बाल-बच्चों की चर्चा हुई।

मैं विज्ञापन के बारे में कुछ कहने ही वाला था कि वह बोला, ''कुछ बुझे-बुझे नजर आ रहे हो, क्या बात है? घर में जूते पड़े हैं या गली-बाजार में?''

जवाब में मैंने भी कुछ ठिठोली की, पर फीकी-फीकी। इसके बाद मुझे सिर से पाँव तक देखते हुए वह बोला, ''तुम तो कुछ कला-वला के क्षेत्र में मुँह मारते हो न! तुम्हारा नाम गाहे-बगाहे पढ़ते रहते हैं। क्या करते हो? तस्वीर बनाते हो? किताबें लिखते हो? नाचते हो? आजकल सरकस के भाँड भी अपने को कलाकार कहने लगे हैं।''

फिर वह मुस्कुराया, वही बड़प्पन-भरी मुस्कुराहट, जिसे देखकर मेरी आँखें

अपने-आप उसकी नेकटाई, सूट की जेब में झाँकते रूमाल और उसकी चमचमाती शख्सियत पर जा पहुँची।

तभी मैंने सेमिनार की चर्चा की और यह भी कह दिया कि मैं विज्ञापन हासिल करने निकला हूँ।

"मैं सब जानता हूँ। तुम बीसियों के पास जा भी चुके हो, पर मेरे पास नहीं आए।"

तभी मुझे खटका हुआ कि यह आदमी मेरी सरगर्मियों के बारे में पहले से बहुत कुछ जानता है।

मैंने विस्तार से अपनी परेशानी कह सुनाई। वह सरपरस्ती के ऊँचे शिखर पर खड़ा, नीचे की ओर देखता, मुस्कुराता हुआ सुनता रहा।

"मैं भी विज्ञापनों का ही काम करता हूँ।" उसने कहा। फिर मेरी बाँह पकड़कर बोला, "चल बैठ, मेरे साथ।" और मुझे अपनी मोटर-कार की ओर ले गया।

मुझे उसकी आत्मीयता अच्छी लगी। जो आदमी इतना अपनापन दिखा रहा है, वह एकाध विज्ञापन तो जरूर देगा।

रास्ते में मुझसे बोला, "कितने पैसे इकट्ठा कर चुके हो?"

"कुछेक विज्ञापन मिले हैं। और कुछ अनुदान।"

"विज्ञापन पैसे नहीं होते। विज्ञापन पैसे देने का आश्वासन मात्र होता है, इतना भी नहीं जानते? इस तरह माँगने से तू कितने इश्तिहार बटोर पाएगा?" फिर सरपरस्ती के-से अन्दाज में बोला, "अच्छा है, तेरे-जैसों के साथ ऐसा ही सुलूक होना चाहिए!"

जब मोटर रुकी तो वह एक दफ्तर के सामने खड़ी थी।

"उतर, चल मेरे दफ्तर में।"

"विज्ञापन देगा?"

"विज्ञापन दूँगा भी और तेरे से विज्ञापन लूँगा भी।"

दफ्तर क्या था, देवदार ही देवदार, बलूत ही बलूत। दीवारें टीक के लकदक तख्तों से ढकी हुईं, मेज चमचमाती हुई। सभी लकदक। आँखें चुँधियाने लगीं।

उसने कॉफी पिलाई, बढ़िया सिगरेट। फिर जब मैंने दूसरी बार विज्ञापन की चर्चा की तो उसने मेज पर ही लगा एक बटन दबाया, जिससे दूसरे ही क्षण दरवाजे पर एक थुलथुल-सा, साँवले रंग का आदमी नमूदार हो गया।

"इनका काम कर दो भाई, जो कहते हैं, कर दो। यह मेरे पुराने दोस्त हैं। इनकी जरूरत समझ लो।"

मन को बड़ी राहत मिली। चलो, एक विज्ञापन तो मिला। मैंने मन-ही-मन कहा और उस आदमी के पीछे-पीछे हो लिया।

साँवले रंग का थुलथुल बड़ा कामकाजी निकला। साथवाले कमरे में एक

छोटी-सी मेज के पीछे जा बैठा, और मोटे-मोटे हाथ मेज पर रखकर, अपने मालिक की ही तरह रहस्यपूर्ण ढंग से मेरी ओर देखते हुए मुस्कुराया, ''कहिए, क्या हुक्म है?''

उसने मेज का दराज खोला और उसमें से हल्के नीले रंग का एक मोटा-सा कागज निकाला और उसे अपने सामने मेज पर रख लिया।

''फरमाइए!''

मेरी समझ में नहीं आया कि वह क्या कर रहा है। फिर भी, मैंने अपने सेमिनार की चर्चा की। छोटा-सा ब्यौरा दिया, दो दिन का प्रोग्राम है, कुछ विदेशी अतिथि आएँगे, विचार-विनिमय होगा, कविता-पाठ, सांस्कृतिक कार्यक्रम, कला-प्रदर्शन...वह बड़े ध्यान से सुनता रहा। मैंने सोचा, उसकी भी कला-साहित्य में रुचि रही होगी।

''हो जाएगा।'' उसने कहा।

मैं चौंका। क्या हो जाएगा? मैं उसके चेहरे की ओर देखने लगा।

''कर देंगे।'' उसने फिर कहा।

''मैं आपका मतलब नहीं समझा?''

''अब आप हमारे पास आ गए हैं, समझिए कि आपका काम हो गया।''

मैं समझे बैठा था कि हल्के नीले रंग का जो कागज उसने दराज में से निकाला था, उसका सम्बन्ध उस विज्ञापन से होगा जो सेठी मुझे देने जा रहा था, पर मैंने देखा कि उस पर वह कुछ आँकने-लिखने लगा है।

स्थूलकाय होते हुए भी वह फुर्तीला-सा आदमी निकला। लगातार मेज पर रखी चीजों को तरतीब दे रहा था। कभी पेंसिल को उठाकर कलमदान में रख देता, कागज उठाकर एक जगह से दूसरी जगह रख देता, या फिर अपने साँवले, मोटे-मोटे हाथों की अँगुलियाँ एक-दूसरी में खोंसकर, दोनों हाथ मेज पर रखकर मुझसे सवाल पूछने लगता। बरसों की ट्रेनिंग ने उसे मशीन की तरह फुर्तीला बना दिया था।

''सेमिनार कितने दिन का होगा?'' उसने पूछा।

''दो दिन का। पर एक दिन हम मेहमानों को घुमाना-फिराना भी चाहेंगे।''

उसने कलमदान में से नोकदार पेंसिल उठाई और नीले कागज पर कुछ दर्ज करने लगा।

''बाहर से कितने लोग आएँगे?''

''चार-पाँच विद्वान आएँगे।''

''चार या पाँच?''

''पाँच ही समझ लीजिए।''

उसने फिर स्पष्टता के लिए पूछा, ''चार या पाँच?''

''अ...अ...पाँच!''

''सेमिनार किस जगह पर करना चाहेंगे?''

''एक जगह पर हमने हॉल के लिए बात तो कर रखी है, पर पेशगी किराया अभी जमा नहीं करवा पाए।''

''हम पता लगा लेंगे! कितने सत्र होंगे?''

''दो-दो, प्रति दिन। शाम को चाय-पार्टी या सांस्कृतिक कार्यक्रम...''

''जिन लोगों को आमंत्रित करना होगा, उनकी सूची आप देंगे या...हमारे पास बहुत-सी सूचियाँ मौजूद हैं। हमारे पास दिल्ली के कलाकारों-लेखकों की सूचियाँ भी हैं। आप कुछ विशिष्ट नाम देना चाहें तो दे दें।''

क्या मतलब? क्या यह सेमिनार का प्रबन्ध करने जा रहा है? मेरे कन्धों पर से बोझ उतरता हुआ-सा महसूस हुआ। पर अभी भी स्थिति मेरी समझ में नहीं आ रही थी।

''अध्यक्ष एक होगा या अध्यक्षमंडल होगा?''

मैं फिर चौंका। इस प्रश्न का उत्तर मैं अभी दे नहीं पाया था कि उसने कहा, ''कौन-कौन-से विषयों पर विचार-विनिमय होगा?''

मैंने छोटा-सा ब्यौरा दिया, जिस पर वह बोला, ''इन विषयों पर कुछ लिखे-लिखाए लेख भी हमारे पास मौजूद हैं। अगर चाहें तो उनका इस्तेमाल कर सकते हैं।''

फिर फार्म पर खानापूरी करते रहने के बाद उसने आँखें ऊपर उठाईं।

''सांस्कृतिक कार्यक्रम में क्या रखना चाहेंगे—भरतनाट्यम? ओडिसी? शाम-ए-ग़ज़ल? राजस्थानी लोकगीत? लोकनृत्य...?''

मैं सकते में आ गया।

''क्या इसका प्रबन्ध भी आप ही करेंगे?''

''सेठी जी का हुक्म है।'' उसने मुस्कुराकर कहा। फिर हाथ में पेंसिल उठाकर बोला, ''सेमिनार का रुझान किस ओर होगा?''

''क्या मतलब?''

''वामपक्ष? नीम वामपक्ष? उदारवादी? दक्षिणपक्ष? हमारे पास सभी प्रकार की सामग्री तैयार हैं।''

फिर मेरी ओर देखकर बड़ी शिष्टता से बोला, ''आप संयोजक हैं न! आप अपना भाषण तैयार करना चाहेंगे या हमें जुटाना होगा?''

मैं अचम्भे में पड़ गया।

मेरी झेंप को देखकर मुझे आश्वासन देते हुए बोला, ''सब कुछ दर्ज कर लेना जरूरी है। एक बार सब बात साफ हो जाए तो बाद में परेशानी नहीं होती।''

फिर कलम की नोक अगले खाने पर रखते हुए बोला, ''और प्रस्ताव! कुछ प्रस्ताव भी होंगे क्या?...भाषा के सवाल पर...सैक्युलरिज़्म पर...बहुराष्ट्रीय कम्पनियों के बारे में...नहीं, नहीं, यह तो अर्थशास्त्रियों के सम्मेलन के लिए है...देश की एकता

के सवाल पर, पंजाब की स्थिति पर... !'' फिर स्वयं ही सिर हिलाकर बोला, ''पर ये विषय तो सम्मेलनों के लिए हैं। आप तो कलाकारों, साहित्यकारों का सेमिनार करने जा रहे हैं!''

फिर उसने नीचे की ओर हाथ बढ़ाकर, मेज के दराज में से एक और सुरमई रंग का कार्ड निकाला, ''स्वातंत्र्योत्तर कविता? आलोचना के नए मानदंड? आज की कहानी? हिन्दी में अच्छे नाटकों का अभाव—समस्या और समाधान? हिन्दी-उर्दू का सवाल? क्या उत्तर प्रदेश की दूसरी सरकारी भाषा उर्दू होनी चाहिए?''

फिर मेरी ओर देखकर बोला, ''आपने क्या कहा था, कितने सत्र होंगे?''

''चार।''

''फिर तीन ही विषय रखिए।'' उसने स्वयं ही फैसला करते हुए कहा और कार्ड पर 'टिक' कर दिया।

धीरे-धीरे, मुझसे पूछने के बजाय वह स्वयं ही मेरा मार्गदर्शन करने लगा था, स्वयं ही सुझाव देकर कागज पर दर्ज करने लगा था।

''सेमिनार में वाद-विवाद तो होगा, पर क्या तनातनी, मुठभेड़, गाली-गलौज, झगड़ा-फसाद, सिर-फुटौवल...आप क्या चाहेंगे?''

''क्या मतलब?''

''पहले से पूछ लेना हमारा फर्ज है।'' उसने कहा और स्वयं ही कार्ड पर कुछ दर्ज कर दिया।

''आपने क्या आँका है?''

''मैंने मात्र 'तनातनी' लिखा है। इतना भी न हो तो सेमिनार फीका-फीका-सा रह जाएगा। आगे आप जैसा कहें।''

उस साँवले, थुलथुल आदमी ने सब नोट कर लिया। कितने गजरे फूलों के होंगे, कैसे बैज बनेंगे, फोल्डर, कार्यक्रम की सूची, विषय-परिवर्तन, समर्थन, विरोध, चाय-कॉफी, सांस्कृतिक कार्यक्रम...

तभी सेठी अपने केबिन का दरवाजा खोलकर सामने आ खड़ा हुआ।

''सब काम हो गया?'' उसने पतलून की जेबों में हाथ डाले-डाले ही लापरवाही से पूछा।

''यार, यह क्या चक्कर है? क्या सचमुच तुम्हारा दफ्तर मेरा सेमिनार कर देगा?''

''हम यहाँ बैठे किसलिए हैं?''

''पर सुनो, इस सब पर खर्च कितना बैठेगा? हमारे पास तो इतने...'' मैंने झिझकते हुए पूछा। बात वहीं पर पहुँच गई थी—पैसे पर।

''तुम्हारे पास देने को है क्या? अढ़ाई इश्तहार तो तुम बटोर पाए हो!'' फिर, साँवले थुलथुल को सम्बोधन करते हुए बोला, ''आपने हिसाब लगाया है?''

''जी!'' थुलथुल बोला, पर वह कागज उठाकर सेठी की ओर बढ़ाने जा ही रहा था, जब सेठी बोला, ''इन्हें विशिष्ट श्रेणी में रख दो!''

मैंने इसरार किया तो मेरे कन्धे पर हाथ रखकर बोला, ''हमें सेवा का मौका दो। तुम्हारा संगठन जाना-माना संगठन है, तुम और तुम्हारे साथी भी जाने-माने कलाकार हैं। हमारे लिए यह क्या कम गौरव की बात होगी कि हम तुम्हारे लिए सेमिनार का प्रबन्ध कर रहे हैं? हमारा तो यह रोज का धंधा है।...चलो, आओ, ठंडा पियोगे या गर्म?''

और वह मुझे साथ लेकर फिर से अपने केबिन में चला गया।

मेरा सिर चकरा गया था, पर साथ ही साथ, मैं बड़ा हल्का भी महसूस करने लगा था। वह आदमी मुझे जादूगर-सा लगा, जिसने मेरे कन्धों पर अपनी छड़ी के स्पर्श मात्र से मेरा सारा बोझ उतार फेंका था।

''अब बताओ, मुझे क्या करना होगा?'' मैंने कहा।

''तुम घर जाकर सोए रहो। तुम्हारा सेमिनार आसानी से हो जाएगा।''

क्षण-भर के लिए वह फिर से मुझे अजनबी लगा। इस आदमी का कला-साहित्य से क्या वास्ता? और फिर आजकल कौन किसी का दोस्त है? स्वार्थ के बिना कौन किसी का काम करता है?

''सुनो, तुम्हें इसमें क्या मिलेगा?''

''पहले तुम्हें तो मिल जाए! मुझे भी मिलता रहेगा।'' उसने झट से जवाब दिया।

मैं वहाँ से चला आया। पाँव जमीन पर टिकते ही नहीं थे। मैं भागा हुआ अपने दोस्तों के पास गया जो अभी भी कन्धे से थैला लटकाए कहीं चन्दा तो कहीं इश्तहार माँग रहे थे। मैंने सारा किस्सा कह सुनाया।

उन्होंने बहुत-से सवाल पूछे—अविश्वास और संशय में बुझे हुए। मोटे चश्मे वाले ने तो यहाँ तक कह दिया, ''संगठन को व्यापारियों के हाथ बेच आए हो, और क्या!''

उनके वाक्वाण देर तक चलते रहे। पर मुझे लगा कि इस आड़े वक्त में से हम निकल आए हैं। आगे जो होगा, देखा जाएगा।

सेमिनार का दिन नजदीक आने लगा। सेमिनार से एक सप्ताह पहले अखबारों में हमारे सेमिनार की पूर्व सूचना छप गई। तीन दिन बाद एक लेख सेमिनार के आशय और विचाराधीन विषयों के बारे में छप गया। हफ्ता-भर पहले निमंत्रण-पत्र भी मिल गए—बढ़िया कार्ड, बढ़िया छपाई। साथ में कार्यक्रम, बड़े करीने से छपा हुआ। दो-एक बार मैंने सेठी के दफ्तर में फोन भी किया। चोंगा हर बार थुलथुल ने उठाया, ''सेठी साहिब का हुक्म है। आप क्यों चिन्ता कर रहे हैं?''

सेमिनार से दो दिन पहले, अखबारों में मेरी तस्वीर के साथ एक बयान भी छप गया। उसमें विचाराधीन विषयों और बाहर से आनेवाले मेहमानों की चर्चा थी। प्रमुख वक्ताओं का परिचय भी था। एक दिन पहले कार्यक्रम की रूप-रेखा फिर से छप गई।

हम लोग सचमुच निश्चिन्त हो गए थे। रेस्तराँ में बैठकर चाय की चुस्कियाँ लेते रहते, वरना इस समय हम सिर पटक रहे होते, बुद्धिजीवियों के घर-घर जाकर उनसे सेमिनार में भाग लेने का आग्रह कर रहे होते, उनसे बहसें कर रहे होते, भाग-भागकर सेमिनार के बीसियों काम कर रहे होते। अब यह बात नहीं थी कि सेमिनार का दिन आ पहुँचा और अभी तक कोई प्रबन्ध नहीं हुआ है। अब तो सेमिनार से आधा घंटा पहले बड़े ठाठ से हॉल में पहुँच जाएँगे।

सेमिनार की सुबह को हम हॉल का जायजा लेने गए। सेठी के कर्मचारी हॉल को सजा रहे थे। कहीं तोरण लगाए जा रहे थे तो कहीं बन्दनवार, तो कहीं गुलदस्ते रखे जा रहे थे। कुछ लोग दीवारों पर कपड़े के लम्बे-लम्बे बैनर लगा रहे थे। बैनरों से तो सारा हॉल अटा पड़ा था, जगह-जगह बैनर। हॉल ही नहीं, गलियारे भी, हॉल के बाहर का आँगन भी। बीसियों बैनर रहे होंगे, और बैनरों का एक ढेर अभी फर्श पर पड़ा था, जिन्हें लगाना बाकी था।

सभी बैनरों पर आदर्श-सूत्र अंकित थे। एक पट पर बड़े-बड़े नीले अक्षरों में लिखा था—'कलाकार और जनता का हाड़-मांस का सम्बन्ध है।'

और नीचे लाल अक्षरों में लिखा था—'मार्तंड च्यवनप्राश का सेवन कीजिए।'

दूसरे पट पर लिखा था—'कलाकार समाज के आगे-आगे चलने वाली मशाल है।'

नीचे लिखा था—'टावर के बल्ब दुगुनी रोशनी देते हैं।'

एक और पट पर लिखा था—'उपभोक्ता संस्कृति कला का गला घोंट रही है।'

नीचे लिखा था—'गले की सब बीमारियों का इलाज, मेहताजी का जुशांदा पीजिए।'

इसी तरह एक और पट पर लिखा था—'जन-जन के सपने साकार हों।'

नीचे लिखा था—'कामधेनु चूर्ण का सेवन कीजिए।'

ऐसे ही—'धर्मनिरपेक्षता, प्रजातंत्र, समाजवाद!'

नीचे अंकित था—'अन्तर्राष्ट्रीय एंटरप्राइजेज के सौजन्य से।'

इसी तरह—'संघर्षमयी जनता, जिन्दाबाद।'

और नीचे—'जनरल इंश्योरेंस से जिन्दगी का बीमा कराइए, सुख पाइए।'

हम देखते रह गए। हमारे दो-एक साथी तो सिर पकड़कर बैठ गए।

"यह क्या है, यार! यह कैसा सेमिनार होने जा रहा है?" मोटे चश्मेवाला हमारा साथी बोला।

जवाब में मुझसे इतना ही बन बड़ा, ''हम भी तो विज्ञापन ही माँग रहे थे। मेरे मित्र ने जुटा दिये।'' पर अन्दर-ही-अन्दर से मैं बड़ा अटपटा महसूस कर रहा था। इतने में थुलथुल अपने दो कारिन्दों को लिये किसी काम से अन्दर आया तो मैंने पूछा, ''यह आपने क्या करवा दिया?''

मेरे सवाल पर वह बड़ा हैरान हुआ, ''क्यों साहब, हमने तो चुन-चुनकर आदर्श-सूत्र लिखवाए हैं।''

''पर यार, यह च्यवनप्राश और जुशांदा और कामधेनु...''

वह ढाँढ़स बँधाते हुए बोला, ''पढ़नेवाले की नजर पहले तो आदर्श सूत्रों पर ही जाएगी, नीचे तो इश्तहार है, कोई पढ़े, न पढ़े!'' फिर मुस्कुराकर, अपने मोटे-मोटे हाथों की हथेलियाँ खोलते हुए बोला, ''आपने अपनी बात तो कह ली। आपके सेमिनार के भी तो यही आदर्श सूत्र हैं न?''

तभी सेठी वहाँ पहुँच गया, हमेशा की तरह पतलून की जेब में हाथ डाले हुए। हॉल की सजावट और बीसियों वाक्य-पट देखकर बड़ा आश्वस्त हुआ। मेरी पीठ पर हाथ मारते हुए बोला, ''देखा? तेरा काम चुटकियों में कर दिया!''

पर जब मैंने इन विज्ञापनों का जिक्र किया तो बोला, ''वे तो मानते ही नहीं थे। मैंने बड़ी मुश्किल से उन्हें राजी किया। मैंने उन्हें समझाया, 'ऊपर कुछ लिखा होगा, तभी लोग तुम्हारा विज्ञापन पढ़ेंगे। यों कौन पढ़ेगा? तुम ऊपर के वाक्य को किसी सुन्दरी की तस्वीर समझो।' तब बात उनकी समझ में आई।'' फिर फुसफुसाकर बोला, ''तुम्हारा काम हाथ में लेने से पहले मुझे तीन ऑर्डर मिल चुके हैं—सभी सांस्कृतिक आयोजनों के; बल्कि मैं तो तुम्हें धन्यवाद देनेवाला था।''

हम लौट आए। चारा भी क्या था! सारा रास्ता हम लोग चुप बने रहे। अपनी-अपनी उधेड़बुन में थे कि ठीक हुआ या गलत।

यह तो हुआ, सो हुआ, पर जो कुछ बाद में हुआ, उसका जवाब नहीं।

सेमिनार सायं पाँच बचे आरम्भ होनेवाला था। पर किस्मत का खेल, ऐन तीन बजे, सेमिनार से केवल दो घंटे पहले, बादल घिरने लगे। यों तो सुबह से ही बादल छाए हुए थे, पर साढ़े तीन बजते-बजते उन्होंने भयंकर रूप धारण कर लिया था। घने-घनेरे बादल, जो बरसकर ही रहेंगे। उधर जाड़ों की शाम, जब पाँच बजते ही अँधेरा पड़ने लगता है। सेमिनार से ऐन आधा घंटा पहले बादल फट पड़े और मूसलाधार बारिश होने लगी।

मेरा दिल बैठ गया। अब कुछ नहीं हो सकता। सब चौपट हो गया। क्षुब्ध और उत्तेजित, मेरी समझ में नहीं आ रहा था कि अब क्या करूँ। केवल एक ही बात से ढाँढ़स मिल पाती थी कि यह हमारी मेहनत बरबाद नहीं हो रही है, सेठी के दफ्तर की मेहनत पर पानी फिर रहा है। पर फिर भी, सेमिनार तो हमारा ही खराब हुआ।

मैं चार बजते-बजते ही घर में से निकल पड़ा। जैसे भी हो, हॉल में पहुँचे। यह भी मेरी मूर्खता थी, क्योंकि बाद में मुझे पता चला कि सेठी ने मुझे लाने के लिए मोटर भेज दी थी। पर मैं, कहीं पैदल चलकर तो कहीं स्कूटर पकड़कर जैसे-तैसे हॉल के बाहर पहुँच गया, पर तब तक पाँच बज चुके थे। मेरे अन्य साथी भी—कुछ पहले, कुछ बाद में—पहुँच गए।

सड़कों पर पानी बहने लगा था, जब मैं हॉल के बाहर, स्कूटरवाले को पैसे दे रहा था। बारिश इतनी तेज थी कि हॉल के अन्दर तक पहुँच पाना नामुमकिन हो रहा था।

पर हॉल के पास पहुँचकर मुझे तालियों की गड़गड़ाहट सुनाई दी। अरे, क्या? क्या इस मूसलाधार बारिश में भी लोग पहुँच गए हैं?

मैं बगलवाले दरवाजे में से हॉल के अन्दर दाखिल हुआ। अन्दर पहुँचते ही आँखें चुँधिया गईं। स्टेज पर खूब रोशनी थी, जबकि बाकी हॉल में अँधेरा था। स्टेज पर तीन विदेशी मेहमान, गले में बड़े-बड़े गेंदे के फूलों के हार पहने बैठे थे और जिस जगह वक्ता खड़े होकर भाषण देते हैं, वहाँ सेठी खड़ा था और श्रोताओं को विदेशी मेहमानों का परिचय दे रहा था। और बारी-बारी से, सुन्दर साड़ियों में सजी युवतियाँ, फूलों के बड़े-बड़े हार उनके गले में डाल रही थीं। हॉल खचाखच भरा था और स्टेज के पीछे की ओर साँवला थुलथुल खड़ा था।

मैं दरवाजे के निकट ही अँधेरे में खड़ा हो गया। वहीं खड़े-खड़े मैंने हॉल के अन्दर बैठे लोगों पर नजर दौड़ाई। केवल अगली पंक्ति में बैठे दो-तीन चेहरे पहचाने-से लगे। ये वे लोग थे जो बारिश हो या आँधी-तूफान, हर सेमिनार में जरूर पहुँचते हैं। पिछली पाँतों में बैठे लोग अँधेरे में थे। उन्हें पहचान पाना कठिन हो रहा था। तभी मुझे याद आया, हॉल की ओर आते समय मैंने चार बड़ी-बड़ी बसें सड़क के किनारे खड़ी देखी थीं। क्या सेठी ने श्रोताओं का भी प्रबन्ध कर लिया था?

परिचय कराने के बाद झट से स्टेज पर रोशनी बदल गई और स्टेज पर आड़ी-तिरछी रंग-बिरंगी किरणें-सी पड़ने लगीं और उनके बीच युवकों और युवतियों की एक मंडली स्टेज पर आई। युवकों ने पीले रंग के रेशमी कुर्ते और लाल रंग की किश्ती टोपियाँ पहन रखी थीं, जबकि युवतियाँ लाल किनारीवाली सफेद साड़ियों में थीं।

युवा मंडली ने ऐसा गीत गाया कि बड़े-बड़े रागी क्या गाएँगे! देशप्रेम से ओतप्रोत गीत था। उसमें क्रान्ति थी, भावना का पुट भी था, उठो-जागो का आह्वान था और अन्तिम पंक्ति पर जब युवक-युवतियों ने भींची मुट्ठियाँ तानकर ऊँची उठाईं, जैसे क्रांति की शपथ ले रहे हों, तब रंग-बिरंगी, आड़ी-तिरछी किरणों की जगह लाल किरणें एक-दूसरी को काटती हुई गिरने लगी थीं।

मेहमानों का परिचय करा चुकने के बाद सेठी ने हॉल के अन्दर झाँककर दाएँ-बाएँ देखा। मैं समझ गया कि वह मुझे खोज रहा है। मेरे कपड़े भीग गए थे, फिर भी, यह सोचकर कि इस समय स्टेज पर जाना जरूरी है, मैं आगे बढ़ने ही वाला था, जब सेठी हाथ में किसी भाषण की प्रति लेकर पढ़ने लगा। यह स्वागत भाषण था। वास्तव में मुझे सेमिनार में स्वागत भाषण पढ़ना था, पर मेरा अपना स्वागत भाषण मेरी जेब में ही मुचड़ा पड़ा था।

पर भाषण का अच्छा स्वागत हुआ। ऐन सही स्थलों पर हॉल में तालियाँ बजने लगतीं। मैं हैरान रह गया। इतने सूझ-बूझवाले श्रोता हमारे सेमिनार में क्यों नहीं आते? मैंने सिर टेढ़ा करके सेठी की ओर देखा। तभी तेरी नजर थुलथुल पर पड़ी। वह स्टेज के पीछे से हटकर, पर्दे की ओट में, एक कोने में खड़ा था। भाषण की प्रति उसके हाथ में भी थी। दाएँ हाथ में भाषण की प्रति थी और बायाँ हाथ तनिक उठा हुआ था। भाषण में लिखे वाक्यों के अनुरूप, किसी-किसी वक्त वह बायाँ हाथ हल्के-से उठा देता, जिस पर हॉल में तालियों की गड़गड़ाहट होने लगती।

विदेशी अतिथियों में से दो-एक ने मुझे पहचान लिया और स्टेज पर बैठे-बैठे ही हाथ हिला-हिलाकर अभिवादन करने लगे। उनके चेहरे पर संतोष झलक रहा था। लगता था, इस आतिथ्यपूर्ण स्वागत से वे बहुत प्रभावित हुए हैं।

भाषण की समाप्ति पर हॉल में बिजलियाँ जल उठीं। दस मिनट का अन्तराल घोषित किया गया था।

बिजलियाँ जल जाने पर खचाखच भरे हॉल में बैठे लोग झेंपने लगे थे। कुछेक ने समझा, उनका काम खत्म हो गया है और वे उठने को हुए पर जब सेठी के दफ्तर का आदमी उन्हें बैठे रहने का इशारा करने लगा तो कुछेक ने वहीं बैठे-बैठे बीड़ियाँ सुलगा लीं। आगे की सीटों पर बैठे फोटोग्राफर और पत्रकार उठ-उठकर विदेशी अतिथियों को घेरने लगे। उत्सव का-सा समाँ था। पीछे नेपथ्य में, फिल्मी धुनें बजने लगीं। हम भी आगे बढ़कर अपने मेहमानों से बगलगीर होने लगे।

देवेन

दस और ग्यारह बजे का वक्त रहा होगा, जब मुझे फाटक के पास देवेन का डोलता साया नजर आया। मैंने खिड़की में से ध्यान से देखा। देवेन ही था। फाटक के पास अनिश्चय की-सी स्थिति में खड़ा था, मानो असमंजस में हो कि अन्दर आए या नहीं आए।

देवेन को देखते ही, सबसे पहले दिल में कुछ अकुलाहट-सी महसूस होती है। न जाने आज कौन-सी परेशानी उसे खींच लाई है! सड़क पर उसे चलते हुए देखो तो उसकी चाल-ढाल से लापरवाही झलकती है। लगता है, जैसे टहलने निकला है। कुछ उसके लिबास से भी बेगानापन-सा झलकता है। रूखे उड़ते बाल, मैले-से कुर्ते के बटन खुले हुए, कभी दाढ़ी बनाई हुई, कभी नहीं। एकाकीपन में आदमी का जैसा हुलिया बन जाता है, वैसा ही हुलिया उसका बन चुका था। कुछ इसलिए भी मन को धक्का-सा लगता कि देवेन कभी भी मन-बहलाव के लिए गप-शप करने के लिए नहीं जाता था। वह बैठकबाज नहीं था, बल्कि बैठकों से दूर रहता था। ज्यादा वक्त वह अपने में ही सिमटा रहता था। इसलिए जब भी घर में आता तो यही विचार सबसे पहले मन में उठता, किसी मजबूरी में यहाँ आया होगा कि कोई परेशानी उसे खींच लाई होगी। यह भी मुमकिन था कि यों ही चला आया हो, बिना किसी विशेष प्रयोजन के, यह सोचकर कि अन्दर की कोई गाँठ घर के बाहर निकलने पर, शायद अपने-आप ही खुल जाए। कभी-कभी ऐसा भी होता था कि वह देर तक बैठा रहता, बातें भी करता, पर दिल की बात दिल में ही लेकर लौट जाता।

फाटक लाँघकर वह आँगन में आ गया था, पर वहाँ भी खड़ा डोल रहा था, जिससे मुझे लगा कि वह जरूर किसी गहरी उधेड़बुन में है।

''आओ यार, बाहर खड़े क्या कर रहे हो?'' मैंने दरवाजा खोलते हुए कहा।

''काम कर रहे हो?'' उसने मेरी मेज पर नजर डालते हुए अनमने ढंग से कहा, मानो उसकी नजर में मेरे काम की या किसी भी काम की कोई विशेष सार्थकता न

हो, उसने मात्र रस्मी तौर पर ऐसा कह दिया हो! उसका ध्यान सचमुच किसी दूसरी ओर था।

कमरे में आकर भी वह मेरी मेज के सामने ठिठका खड़ा रहा। उसकी नजर मेज पर थी, पर वह जैसे कुछ भी देख नहीं रहा था।

''मैं बाहर जा रहा हूँ,'' उसने खड़े-खड़े ही कहा, ''कहीं निकल जाना चाहता हूँ। कम-से-कम कुछ दिनों के लिए। मेरे लिए यह बड़ा जरूरी हो गया है।''

''कहाँ जाओगे?''

मेरे सवाल पर उसने पहली बार मेरी ओर देखा, मानो अभी तक वह अपने-आपसे बात करता रहा हो!

''कहीं भी निकल जाऊँगा...शायद किसी पहाड़ पर।''

''मुझे क्यों नहीं बताते! मैं तुम्हारा पीछा करने तो नहीं आऊँगा।''

उसकी आँखों में हल्का-सा कम्पन हुआ, जैसे मेरे वाक्य से उसे अप्रत्याशित-सा झटका लगा हो, जैसे किसी की आहट पाकर आँखें सतर्क-सी हो जाएँ। वह क्षण-भर मेरी ओर देखता रहा, फिर कुर्सी पर बैठते हुए बोला, ''नहीं, अभी फैसला नहीं किया है।''

पिछली बार भी, लगभग दो वर्ष पहले वह पहाड़ों में निकल गया था, और जब लौटा था तो मेरे लिए काठ का एक खिलौना लेता आया था। वहाँ वह किसी निर्जन स्थान में पड़ा रहा था, जहाँ कोई पहाड़ी नाला था और कोई धुएँ-भरा ढाबा था जिसमें वह भोजन किया करता था। कुछेक और छोटी-मोटी घटनाएँ उसके साथ घटी थीं, जिन्हें मैं भूल चुका हूँ। पर साथ में वह एक उपन्यास भी लिखकर लाया था, छपने पर जिसकी खासी चर्चा हुई थी।

''क्या अबकी बार फिर छाती का बोझ हल्का करने जा रहे हो? दिमाग में फिर से कुछ घुमड़ने लगा है?''

उसने कोई उत्तर नहीं दिया, केवल मेरी ओर देखता रहा, और उसकी आँखों में दूरी आ गई, मानो कहना चाहता हो कि काश, ऐसा हुआ होता!

फिर वह कुर्सी पर तनिक ढीला होकर बैठ गया।

''मैं अपने-आपसे भागकर जा रहा हूँ।'' उसने कहा और अपनी पुरानी आदत के मुताबिक अपना दायाँ हाथ उठाकर हौले-हौले अपना सिर खुजलाने लगा। ''जिन्दगी की पेचीदगियों से पीठ मोड़ लेना ही सही तरीका है वरना वे आदमी का गला घोंट देंगी। मुझसे तो कोई मामला सँभाले नहीं सँभलता।''

मेरा अनुमान ठीक निकला। वह किसी परेशानी में आया था, जैसे किसी गहरे गुंझल में फँसा हो!

''पर मुझे डर भी लगता है। मेरी माँ को पीछे कोई मार ही नहीं डाले। आजकल ऐसी घटनाएँ अक्सर घटती रहती हैं।''

उसने माँ का जिक्र किया तो उसकी माँ का चेहरा और उसकी दुबली-सी काया मेरी आँखों के सामने आ गई। उसकी माँ से मैं कई बार मिल चुका था। पहली बार जब मैंने उसे देखा तो वह लकड़ी की एक सीढ़ी पर धीरे-धीरे चढ़ रही थी। हर बार देवेन के कमरे तक पहुँचने के लिए उसे यह सीढ़ी चढ़नी पड़ती थी। उस पुरानी सीढ़ी पर डंडहरे नहीं थे, और बुढ़िया के घुटनों में गठिया का दर्द बैठा हुआ था। उसके बाद जब भी देवेन अपनी माँ का जिक्र करता तो मेरी आँखों के सामने वही चित्र उभर आता था।

देवेन और उसकी माँ में एक गुण समान रूप से पाया जाता है। अन्दर से भले ही कितने परेशान क्यों न हों, उनकी आवाज में उत्तेजना का कहीं लेशमात्र नहीं होता। उसकी माँ को अन्दर से भले ही रुलाई आ रही हो, पर वह बड़ी समतल, संतुलित और सुलझी हुई भाषा में ठहर-ठहरकर बात करती थी, और जब बात करती तो उसकी बात बड़ी विवेकपूर्ण और तर्कसंगत लगती थी। यह गुण देवेन में भी था। पर शायद माँ की इसी समतल, तर्कसंगत आवाज से देवेन ऊब उठता था।

'इसे कुछ समझाओ,' वह मुझसे कहा करती, 'मेरी खातिर कुछ न करे, पर अपनी जिन्दगी को तो सँभाले। यह तो उलटा अपनी जिन्दगी को बरबाद करने पर तुला है।'

और जब मैं कहता कि नहीं, देवेन तो बड़ा समझदार है, तो वह मेरी बात काटकर कहती, 'दिमाग तो इसके बाप का भी बहुत अच्छा था, पर 'न किसी कोर न मसले'...यह खुद भी खाक छान रहा है और मुझे भी इस उमर में तड़पा रहा है।'

ऐसे समय में बुढ़िया का चेहरा तमतमा रहा होता। यह रक्तचाप के कारण रहा हो या आन्तरिक क्षोभ के कारण, पर उसकी आवाज बराबर समतल बनी रहती।

यह पुराना किस्सा था। माँ वर्षों से चाहती थी कि देवेन अपना घर बसाए। 'खुद भी चैन से रहे और मुझे भी दो दिन चैन के नसीब हों,' पर उसका यह आग्रह भी धीरे-धीरे शिथिल पड़ता जा रहा था, क्योंकि देवेन अब घर बसाने की उम्र पार कर चला था और माँ भी जान गई थी कि जो अभी तक नहीं हुआ, वह अब क्या होगा!

वैसी समतल, तर्कसंगत आवाज में देवेन भी अपनी माँ की चर्चा करते हुए कहता, 'अगर वह मेरी शादी की बात करती है तो वह मेरे खुद का नहीं सोचती। वह चाहती है कि मैं बहू को घर में ले आऊँ ताकि यह मुझे काबू में रख सके, ताकि वह बहू पर भी हुकूमत कर सके।'

एक अन्य प्रसंग में भी देवेन ने अपनी माँ के बारे में ऐसा ही कुछ कहा था, 'वह पैसे को दाँतों से पकड़ती है। वह समझती है, मैं घर-बार बेच-बाचकर कहीं भाग जाऊँगा। उसे सारा वक्त इसी बात की चिन्ता लगी रहती है।'

मुझे खटका हुआ, इस बात का नहीं कि माँ-बेटे के बीच तनाव बढ़ने लगा है, इस बात का कि देवेन की आन्तरिक यातना बढ़ने लगी है। वह समझता था कि माँ

के बारे में इस तरह से बात करते हुए वह कटुता से बात नहीं कर रहा है, वह केवल माँ के चरित्र का विश्लेषण कर रहा है। यह भी इस बात का संकेत था कि देवेन का मानसिक तनाव बढ़ रहा है। ऐसी स्थिति में मैं उसे पहले भी देख चुका था। जितना तटस्थ उसका विश्लेषण होता, उतनी ही अधिक अन्दर से उसकी लाचारगी बढ़ रही होती और स्थिति उसके काबू से बाहर होती जान पड़ती।

परेशानियाँ उसकी जिन्दगी में तरह-तरह की थीं और बहुत थीं। इस पर उसकी कल्पना अपनी समस्याओं को लेकर उन पर अपना ही ताना-बाना बुनती रहती थी, यहाँ तक कि कभी-कभी उसे स्वयं पता नहीं चल पाता था कि वास्तव में क्या घटा था और क्या नहीं घटा था। उसकी कल्पना वास्तविक स्थिति में अपने ही रंग भरती रहती थी, जिससे उसकी यातना और भी बढ़ जाती थी। वह अपने भाई को मन-ही-मन तरह-तरह की स्थितियों में देखा करता और हर बार उसकी बेचैनी बढ़ जाती। वह सोचता कि उसके भाई को कहीं बन्द कर रखा है, कि बन्द दरवाजों के पीछे उसका भाई हताश और बेसुध, अभी भी इस इन्तजार में बैठा है कि किसी दिन उसका भाई आकर उसे बचा लेगा। या वह मन-ही-मन देखता कि दो बड़ी-बड़ी मूँछोंवाले आदमी, बाजार के बीचोबीच उसके भाई को हाँके लिये जा रहे हैं, उसके भाई के हाथ पीठ-पीछे बँधे हैं, और आँखें दाएँ-बाएँ रह-रहकर अपने भाई को ढूँढ़ रही हैं।

उसके पुश्तैनी मकान का भी झगड़ा चल रहा था। उसके बारे में भी सोचकर उसके हाथ-पाँव फूल जाते थे। वह महीनों तक उससे आँखें चुराए रहता। फिर सहसा उत्तेजित-सा होकर उससे जूझने की कोशिश करता। कुछ दिन के लिए बड़ी दौड़-धूप करता—इससे मिल, उससे मिल, पर शीघ्र ही थककर हार जाता, और फिर महीनों तक कुम्भकरण की नींद सो जाता था। एक बार तो एक वकील तक के पास जा पहुँचा था। दो दिन तक बराबर उसके पास जाता रहा था, पर फिर उस मामले को ऐसा भूला कि पूरे छह महीने तक वकील को अपना मुँह नहीं दिखाया। यहाँ तक कि अपनी फाइल भी वकील के दफ्तर में ही छोड़ आया था।

कोई दूसरा आदमी होता तो बड़े इत्मीनान से अपनी बहुत-सी समस्याओं को दृढ़ता से सुलझा लेता, पर देवेन तो उस मिट्टी का बना नहीं था। उसे तो कोई सरकारी चिट्ठी आ जाती तो वह विचलित हो उठता था। हाँ, तर्क-वितर्क में, विश्लेषण करने में, निष्कर्ष निकालने में वह बड़े सन्तुलित, विवेकशील, बड़े निश्चेष्ट ढंग से बात करता था। पर जब उस पर यथार्थ जीवन की परेशानियाँ हावी हो जातीं तो वह अपना सन्तुलन खो बैठता। जिस तरह वह फाटक पर मँडराता रहा था, और दाएँ-बाएँ देखता रहा था, उससे लगता था, जैसे वह गलियों में से भागता हुआ मेरे घर तक पहुँचा है, जैसे पीछे से उस पर पत्थर पड़ रहे हैं! अन्दर आ जाने पर भी वह देर तक मेरी ओर फटी-फूटी आँखों से देखता रहा था।

“मैं पागल हो जाऊँगा, अगर मैं कुछ दिनों के लिए बाहर नहीं चला गया।” उसने फिर से कहा।

“कहाँ जाने की सोच रहे हो?”

“कहीं भी निकल जाऊँगा।” उसने कहा, फिर बुदबुदाता हुआ-सा बोला, “अपने-आपसे कुछ देर के लिए पिंड छुड़ाना जरूरी हो गया है।”

“और माँ? क्या उन्हें भी साथ ले जाओगे?”

“मैं उससे भी भागकर जाना चाहता हूँ।” उसने कहा, फिर अपनी तर्कसंगत, समतल आवाज में बोला, “बुढ़िया मुझे पकड़े रहना चाहती है। बूढ़े लोग चिपट जाना चाहते हैं। वह एक ही राग सारा वक्त अलापती रहती है। मैं तंग आ गया हूँ। रोज सीढ़ियाँ चढ़कर मेरे कमरे में पहुँच जाती है। पहले घंटों एक ही बात की रट लगाए रहती थी, ‘शादी करो, अपना घर बसाओ।’ अब सारा वक्त अपने बुढ़ापे का रोना रोती रहती है, ‘देखो, मुझे गठिया का रोग है, मेरे लिए सीढ़ियाँ तक चढ़ना मुश्किल है। मैं किसी दिन चक्कर खाकर गिर पड़ूँगी। तुम मुझे बुढ़ापे में खुद तो क्या दोगे, उलटा मुझे नोच-नोचकर खा रहे हो।’ ”

हमारी आँखें मिलीं। क्षण-भर के लिए हम एक-दूसरे की ओर देखते रहे। फिर देवेन बोला, “मैं जानता हूँ, तुम क्या कहोगे। यही न कि माँ तभी भली लगती है जब हम उसे खो बैठते हैं! परे ये सब कहने की बातें हैं।” फिर वह मुझे समझाते हुए बोला, “माँ को मेरी जरूरत नहीं है। माँ ठीक-ठाक है, चिन्ता की कोई बात नहीं है। मुहल्ले में दसियों लोगों के साथ उसका उठना-बैठना है। वह हर रोज बिल्ली की तरह दस घरों का चक्कर काट आती है। नहीं जानता तो मैं किसी को नहीं जानता।” फिर शायद मेरे चेहरे पर संशय का भाव देखकर बोला, “बड़ी पुख्ता औरत है। तुम क्या जानो, बाप तो हमारा जवानी में मर गया था। इसने हम बहन-भाइयों को इस तरह हिफाजत से रखा है, जैसे चील अपने घोंसले पर बैठकर अपने बच्चों की हिफाजत करती है। हमारी तरफ कोई आँख उठाकर देख तो जाए, माँ अंतड़ियाँ भी निकाल ले!”

“तब तो वह जवान थी न, पर अब बात दूसरी है।”

“अब भी वही बात है, जहनियत उसकी अभी भी वही है। वह चाहती है, मैं घर पर बैठूँ ताकि वह मेरे सिरहाने चील की तरह आकर बैठ जाया करे। आकर घंटों व्याख्यान दे सके।”

“हर व्यक्ति और किसी पर रहम करे या नहीं करे, अपने पर रहम जरूर करता है।”

“मैं कुछ और दिन यहाँ बना रहा तो जरूर पागल हो जाऊँगा। मुझे लगता है, जैसे जिन्दगी मुझे अपने दाँतों में पकड़कर झिंझोड़ रही है। या तो मुझे मार डालेगी, या लहूलुहान करके छोड़ेगी।” उसकी कल्पना फिर से अपनी स्थिति में तरह-तरह के रंग भरने लगी थी।

फिर मुझे आश्वासन देते हुए बोला, ''चिन्ता नहीं करो, दो-एक महीने की ही तो बात है।''

''मैं तुम्हारे पीछे उनकी खबर लेता रहूँगा,'' मैंने कहा, ''तुम यदाकदा उन्हें खत लिखते रहना।''

''यह मुझसे न होगा।'' उसने छूटते ही कहा।

''क्यों? क्या इतना भी नहीं कर सकते?''

''मैं कुछ दिनों के लिए सबकुछ भूले रहना चाहता हूँ। बुढ़िया की काठी मजबूत है...अभी बहुत दिन तक जिएगी।''

देवेन मेरे मुँह से मेरा मत सुनने नहीं आया था। वह तो जैसे केवल सूचना देने आया था। थोड़ी देर तक मेरे सामने बैठे रहने के बाद वह उठा और बिना दुआ-सलाम की औपचारिकता निभाए कमरे से बाहर निकल गया।

दूसरे दिन प्रभातवेला में देवेन अपने कमरे में से निकला और सीढ़ियाँ उतरकर नीचे आया। बगल में ही माँ का कमरा था। माँ फर्श पर चटाई बिछाए उस पर पड़ी थी। गठिया के दर्द के कारण उसने अपने दुपट्टे से अपना दायाँ घुटना बाँध रखा था। उसका शरीर तपने लगा था। बुखार और दर्द में हौले-हौले कराहते जाओ तो ध्यान दूसरी ओर बँट जाता है और उससे थोड़ी राहत मिलती है।

उसे बेटे के कदमों की आहट मिली तो वह चुप हो गई। यह जो सीढ़ियाँ उतरकर आया है तो लगता है, इसका मन बहल गया है, इसे मेरी चिन्ता हुई है। है तो बड़ी अकड़वाला, सदा मनमानी करनेवाला, पर अब जो हौले-हौले चला आ रहा है तो लगता है, इसे पछतावा हुआ है, मेरी सुध लेने आ गया है।

देवेन की काया कमरे के खुले दरवाजे में प्रकट हुई। माँ ज्यों-की-त्यों दम साधे लेटी रही। देवेन क्षण-भर के लिए कमरे की दहलीज पर खड़ा रहा, फिर उसकी गहरी खरज आवाज सुनाई दी, ''माँ, मैं जा रहा हूँ। दो महीने बाद लौटूँगा। अपना खयाल रखना।''

और उन्हीं कदमों दरवाजे में से हट गया।

माँ ने सिर उठाकर देखा, बेटे के कन्धों पर से दो झोले लटक रहे थे, सिर पर टोपी भी पहने हुए था।

उसके दिल में हूक-सी उठी। इस कसाई को मुझ पर तनिक भी दया नहीं आई। बुचका उठाकर चल दिया है।

''तेरे बहाने तो समझ...तेरी माँ मर गई।'' माँ ने बिफरकर कहा और फिर से कराहने, हाय-हाय करने लगी।

पर देवेन रुका नहीं। दरवाजे की चौखट में से उसकी काया हट गई थी और अब वह छोटा-सा बरामदा पार कर दूसरी सीढ़ियों की ओर जा रहा था जो नीचे आँगन में उतरती थीं।

कराहती माँ के कान बेटे के कदमों की ओर लगे थे। सीढ़ियाँ उतरने की धीमी-धीमी आहट आ रही थी। सहसा वह व्याकुल हो उठी। उसके मन में फिर उथल-पुथल मचने लगी। सीढ़ियों पर से उतरता देवेन उसे बेहद अकेला लगा—निपट अकेला। न जाने कहाँ भटकता फिरेगा! मुझे सुख नहीं देता तो आप कौन-सा सुखी है! हर राह जाता उसे परेशान करता है। दर-दर की ठोकरें खाता फिरता है।

वह उठ बैठी और दोनों घुटने पकड़े धीरे-धीरे चलती हुई बरामदे में आ गई, "अब जा रहा है तो अच्छा काम करके लौटना। मेरी परवाह नहीं करना। अपने खाने-पीने का इन्तजाम कर लेना। मुझे बोलता तो मैं साथ ले जाने के लिए घी का डिब्बा ले आती, पर तेरे लिए मैं जैसे हुई न हुई।"

देवेन ने मुड़कर नहीं देखा। ठिठका भी नहीं। दो थैलों को उठाए, एक में केवल कागज थे—कोरे कागज, सस्ते, जो स्कूली बच्चों को कम दाम पर जुटाए जाते हैं, और दूसरे थैले में एक गर्म जाकेट, दो-तीन कपड़े, साबुन, तौलिया...

बुढ़िया लौट आई और फिर से कराहती हुई चटाई पर पड़ रही।

अड्डे पर से बस के छूटने की देर थी कि देवेन के तन-बदन में स्फूर्ति की लहर दौड़ गई। खट से जैसे उसका नाता अपने सन्दर्भ से कट गया। ऐसा देवेन के साथ हमेशा होता था। सहसा वह स्वच्छन्द-सा महसूस करने लगा। सभी बन्धन कट गए, बेड़ियाँ कट गईं। सचमुच हवा में हिलोर-सी आ गई—एक नई ताजगी।

उसने झाँककर बाहर देखा। दिन धीरे-धीरे खुल रहा था, पीली पुताईवाले घरों की लम्बी पाँत थी, जिसे देखकर उसे स्निग्धता का भास हुआ। (बन्द दरवाजों के पीछे जिन्दगी धड़क रही है।) बच्चे स्कूलों को जाने लगे थे, ताजादम, खिले, हँसते चेहरे। देवेन को लगा, जैसे वह पहली बार यह निखरा-निखरा दृश्य देख रहा है। पतंग जब कटकर आसमान में तैरती फिरती होगी तो उसे अपार सुख का अनुभव होता होगा—न कोई निश्चित दिशा, न कोई उसे नीचे खींचनेवाला। बस हवा की लहरों पर तैरती हुई सड़क पर उतरेगी तो उसके पीछे भागते लड़के ही उसे नोंच डालेंगे। पर यह थोड़ी देर के लिए हवा की लहरों पर इठलाना, असीम सुख के गिने-चुने क्षण। देवेन को लगा, जैसे वह भी कटी पतंग की तरह ही तिरता चला जा रहा है।

बस शहर में से निकलकर लम्बी सड़क पर आ गई। दृश्य और भी अधिक सुहावना हो चला था, इसमें नए-नए रंग भर गए थे।

दूर-दूर तक फैले खेतों में सरसों लहलहा रही थी। बहती हवा के कारण खेतों में लहरिए उठ रहे थे। खेत का खेत झुक-झुक जाता। फिर समूचे खेत में सिहरन-सी उठती। सारी प्रकृति किसी हिलोर में मतवाली हो रही थी। तभी जगह-जगह खड़े पेड़ उसे नर्तकों-जैसे लगे—प्रत्येक पेड़ अपनी विशिष्ट मुद्रा में किसी लय पर

नाचता हुआ। उसे लगा, जैसे सृष्टि का अपार सौन्दर्य उसे गहरे आलिंगन में बाँध रहा है। उसे अपना रहा है, अपने में समो रहा है।

मंत्रमुग्ध-सा वह बाहर का दृश्य देखे जा रहा था। हर पल प्रकृति अपने किसी नए रूप पर से घूँघट उठा रही थी।

बस अब किसी गाँव के निकट पहुँच रही थी। एक ऊँचे चबूतरेवाले कुएँ पर स्त्रियों का झुरमुट उसे नजर आया। रंग-रँगीले घाघरे पहने कुछ स्त्रियाँ, छलछलाते घड़े उठाए, कुएँ के चबूतरे पर से उतर रही थीं। स्त्रियों की एक और पाँत, खेत लाँघती हुई कुएँ की ओर बढ़ रही थी। चबूतरे पर खड़ी स्त्रियाँ हँस-बतिया रही थीं, कोई पानी खींच रही थी, कोई सिर पर घड़ा रख रही थी। उसे लगा, जैसे उनकी एक-एक भंगिमा भी उसी लय पर चल रही है, जिस पर खेतों में लहरिए उठ रहे हैं, जिस पर पेड़ नर्तकों की भाँति नाच रहे हैं। सृष्टि का समूचा सौन्दर्य उनमें सिमट आया है। देवेन को लगा, पुरुष के जीवन में स्त्री प्रकृति का सारा रूप-लावण्य लेकर आती है। पुरुष उसकी ओर इसीलिए आकृष्ट होता है क्योंकि उसमें उसे प्रकृति की छवि नजर आती है। पुरुष के लिए स्त्री, प्रकृति का ही प्रतिरूप है...मंत्रमुग्ध-सा वह एक के बाद एक दृश्य निहारता चला जा रहा था।

जिस दिन देवेन अपना बुचका उठाकर निकल गया था, उसके दो-तीन दिन के बाद ही उसकी माँ मुझे मार्केट के पास मिली थी। सुबह के लगभग ग्यारह बजे होंगे। उसके हाथ में बड़ा-सा डिब्बा था। उसकी धुँधली आँखें रास्ते को शायद ठीक तरह से देख नहीं पा रही थीं। डिब्बे को छाती से सटाए, धीरे-धीरे रास्ता टटोलती हुई वह आगे बढ़ती जा रही थी।

ऐन जब मैं उसके पास से गुजर रहा था तो उसकी धुँधली आँखें मेरी ओर मुड़ीं और मेरे चेहरे पर ठिठक गईं। और वह मुस्कुराकर खड़ी हो गई।

''देवेन तो चला गया है, तीन दिन हुए उसे,'' फिर हल्की-सी शिकायत के-से लहजे में बोली, ''मुझे तो कुछ बताकर नहीं गया कि कहाँ गया है। मुझे तो वह बेवकूफ समझता है।'' फिर हाथ में उठाए डिब्बे की ओर आँखें फेरकर बोली, ''मिट्टी का तेल लेने जा रही हूँ। दो जून रोटी तो पेट में डालनी है न!'' फिर मेरी ओर देखकर मुस्कुराई, ''तुम्हें चिट्ठी लिखता है? मुझे तो वह चिट्ठी भी नहीं लिखता। पिछली बार जब गया था तो ढेरों रुपए खर्च कर आया था। मैं इधर पैसा-पैसा जोड़ती रहती हूँ, और वह उजाड़ने पर लगा हुआ है...वह अपना घर बसाता, मुझे भी दो दिन चैन के नसीब होते...तुम्हीं उसे कुछ समझाओ, तुम्हारी बहुत मानता है। मेरा न करे, अपना तो कुछ खयाल करे।''

वह एक बार फिर धीरे से मुस्कुराई और अपना रास्ता टटोलती हुई मार्केट की ओर बढ़ गई।

नई जगह पहुँचकर दो-एक दिन तो देवेन कहीं रह पाने के लिए जगह की तलाश में भटकता रहा। आखिर एक जगह उसे मिल गई। छोटी-सी कोठरी थी, पर साफ-सुथरी और सड़क से हटकर ऊपर की मंजिल पर थी। नीचे दो छोटी-छोटी दुकानें थीं। कोठरी में पिछली खिड़की खेत पर खुलती थी, जिसके पार, पहाड़ी के दामन में एक सोता बहता था। बड़ी मुनासिब जगह थी। एक छोटी-सी मेज भी उसे मिल गई थी। मेज न भी मिलती तो वह फर्श पर पालथी मारकर काम कर सकता था।

दूसरे दिन वह लिखने बैठा। उस समय सुबह की उजली-उजली धूप पेड़ की टहनियों में से छन-छनकर उसके कमरे में पड़ रही थी। देवेन का मन संयत था, वह बहुत कुछ सन्तुष्ट भी था, पर अजीब बात है, उसकी कलम नहीं चली। कलम उठाई ही थी कि जैसे मन खाली हो गया। जिस नॉवल का पूरा-का-पूरा मसौदा उसके दिमाग में था, वह सारा-का-सारा जैसे रफूचक्कर हो गया। उसके छिटपुट अंश उसे याद आते, पर जब उन्हें कलमबन्द करने लगता तो वे इतने बेमानी, इतने तुच्छ और निरर्थक लगते कि उन्हें कलम पर लाना ही उसे यातना-सी लगने लगी। दसियों कागज काले किए और फाड़ डाले। मन को एकाग्र करने की कोशिश की तो वह कहीं पर टिक ही नहीं पा रहा था। देवेन का कहना है कि वह उठ खड़ा हुआ और बाहर घूमने निकल गया। पहले दिन तो वह दिन-भर घूमता रहा। कभी खेत की मेड़ पर, कभी पेड़ों के झुरमुट में, बहुत-सी देर वह नाले के किनारे बैठा रहा।

वह दिन तो कोरे कागज की तरह खाली निकल गया। दूसरा दिन भी वैसे ही बीता, तीसरा दिन भी, यहाँ तक कि उसे कोफ्त होने लगी और वह बेचैन हो उठा। फिर देवेन का कहना है कि वह चौथे या पाँचवें दिन, निष्प्रयोजन ही खिड़की के सामने खड़ा था और निश्चय नहीं कर पा रहा था कि मेज पर बैठने की चेष्टा भी करे या नहीं करे कि उसकी आँखों के सामने एक बुढ़िया, लाठी हाथ में लिये, घास-पात के गट्ठर को पीठ पर लादे, धीरे-धीरे खेत की मेड़ पर चलती हुई आई। वह कुछ बुदबुदा रही थी। रह-रहकर रुकती, दम लेने के लिए दोनों हाथ लाठी पर रखे, थोड़ी देर तक झुकी खड़ी रहती। फिर धीरे-धीरे पग-पग आगे बढ़ने लगती। उसके होंठ बराबर फरफरा रहे थे। उसे देखकर एक अजीब-सी टीस देवेन के मन में उठी। फिर उसे याद नहीं, वह कब मेज पर बैठा, कब उसने कलम उठाई, और कब उसके मन में ज्वार-सा उठने लगा। एक लहर पर दूसरी लहर, एक से दूसरी अधिक प्रबल और वेगवती। दिल का दर्द बढ़ता जाता, मन में उद्वेग और अशान्ति और दर्द, कोई अन्त ही नहीं था। बुढ़िया कब खेत पार कर गई, कब उसकी छवि उसकी आँखों के सामने से ओझल हो गई, उसे कुछ मालूम न था। बस, एक कसक थी और कागज पर दौड़ती उसकी कलम। एक के बाद एक दरवाजे खुलने लगे, दिल था कि खाली होने में नहीं आ रहा था, भरता ही जाता था, भरता ही जाता था! मन सिर

उठाने को करता ही नहीं था। लगता था कि सिर उठाया तो हाथ में से कुछ फिसल जाएगा। उसे कुछ मालूम नहीं था कि वह क्या लिखे जा रहा है, केवल एक ही बात का भास था कि जो कुछ कलम पर उतर रहा है, उसे उतरना ही है, उसे रोकना बहुत बड़ा अपराध होगा।

पन्द्रह दिन में दिल का घटक खाली हुआ और वह उसी दिन बुचका उठाकर घर लौट आया।

जब लौटकर घर पहुँचा तो माँ सचमुच सीढ़ी पर से गिरकर दाईं जाँघ की हड्डी तोड़ चुकी थी।

जब अपने वचनानुसार, मैं माँ की सुध लेने उनके घर गया तो बुढ़िया की जाँघ पलस्तर में थी, उसका हाथ देवेन के हाथ में था और देवेन उसे हँसाने की कोशिश कर रहा था।

"अच्छा, अब बहुत बोल नहीं, तू बोलती बहुत है।"

"अब भी नहीं बोलूँ? इतने दिन तक तो दीवारों को ताकती रही हूँ।" फिर हँसकर बोली, "अच्छा हुआ जो जाँघ की हड्डी टूट गई। अब कुछ दिन तू घर पर तो रहेगा।" पर कहते-कहते उसकी आँखें भर आईं, "तुम्हें ज्यादा दिन तक नहीं रोकूँगी बच्चा। तू जल्दी ही आजाद हो जाएगा। फिर जहाँ मन आए, जाते रहना। पहाड़ों की सैरें करना..."

आवाजें

मुहल्ला अब रच-बस गया है। इसका रूप निखरने-निकलने लगा है। दो-तीन पीढ़ियों का समय निकल जाए, नई पौध सिर निकालने लगे, बच्चे-बूढ़े-जवान—सभी गलियों में घूमते-फिरते नजर आने लगें, तो समझो, मुहल्ला रच-बस गया है। शुरू-शुरू में तो केवल जमीन तैयार की जाती है, अंकुर तो बरसों बाद ही फूटते हैं। जब तीन-तीन पीढ़ियाँ एक साथ रहने लगें, एक पीढ़ी ढलने लगे, दूसरी नई नवेली चहकने-बोलने लगे, आए दिन नए-नए किस्से सुनने को मिलें, कहीं सिर-फुटौवल हो तो कहीं ढोलक बजे, तो समझो, मुहल्ला रच-बस गया है।

इसी इलाके में, दसियों साल पहले, दिन को सुअर घूमते थे और रात को सियार बोलते थे। तब यहाँ पर कच्ची सड़कें थीं—मटमैली-सी, जिन पर मुहल्ले के गिने-चुने निवासी साँझ पड़ने पर, धीरे-धीरे चहलकदमी करते थे। तब तो यहाँ बिजली भी नहीं थी—कहीं पर टिमटिमाते हरीकेन लैम्प तो कहीं पर टिमटिमाती मोमबत्तियाँ अँधेरे में जूझती नजर आती थीं। हर शाम, मुहल्ले में इसी बात की चर्चा रहती कि कब बिजली आएगी। खम्भे लग चुके थे। उन पर तारें भी बिछ चुकी थीं, पर बिजली का कहीं पता नहीं था।

मुहल्ले के सभी निवासी एक-दूसरे से अपरिचित थे, कोई सिन्ध से आया था, कोई पश्चिमी पंजाब से। कोई किसी लहजे में बात करता, कोई किसी लहजे में। कोई मुलतान की बोली बोलता, कोई शिकारपुर की। कोई पोठोहार की, कोई गुजराँवाला की। वे अभी तक अपनी पोशाक भी नहीं बदल पाए थे। कहीं पर ढीली पगड़ी, सलवार, कहीं पर वास्कट, कहीं पर कोट। कोई पेशावरी ढंग से पगड़ी बाँधता, कोई लाहौरी ढंग से। पगड़ी की बनावट से ही अनुमान लगा लिया जाता कि यह आदमी कहाँ से आया होगा। घुटनों तक लम्बा कोट और टेढ़ी पगड़ी ही बता देती कि यह आदमी जेहलम में दुकानदार रहा होगा! कुछ लोग अभी भी नीचे सलवार और ऊपर गले में नेकटाई बाँधते थे; देखते ही पता चल जाता है कि किसी छावनी में सरकारी कारिन्दा रहा होगा। कुछ मूँछों के अन्दाज से पता चल

जाता—घनी, लटकती मूँछोंवाला आदमी आढ़ती रहा होगा और चुस्त मूँछोंवाला साहिबे-जायदाद।

सभी अपने-अपने संस्कार लेकर आए थे। पश्चिमी पंजाब के देहात से आनेवाला मक्खनलाल अभी भी मुहल्ले में तहमद बाँधे घूमता था—घुटा हुआ सिर, बलगमी देह, नीचे तहमद और देसी जूती। सस्ती 'पोपट' मार्का सिगरेट पीता, चुटकी बजाकर राख झटकता और आँखें बन्द करके कश खींचता। न जाने यह हुआ कैसे, पर पाकिस्तान से वह अपनी गाय और बछड़ा भी लेता आया था। सलोनी-सी किरमची रंग की गाय और छोटा-सा चितकबरा बछड़ा, जो सारा वक्त अपनी माँ के आसपास कूदता रहता था। मुहल्ले में वही एक आदमी था जिसके आँगन में गाय बँधी रहती थी।

कहता, "भांडा-टिंडर, कपड़ा-लत्ता सब वहाँ छोड़ आए हैं, पर अपनी बुलबुल गाय को नहीं छोड़ सकते थे न! क्यों जी? हम ही जानते हैं, हम कैसे इसे ला पाए हैं। हमने सोचा, और नहीं, घर का दूध-दही तो होगा, गौ-माता की सेवा तो करेंगे। बाजार का दूध तो निरा पानी होता है, उसे कौन पिए!"

वकील माणिकलाल ने उससे कहा भी, "देखो मक्खनलाल, इन नई बस्तियों में सरकार गाय-भैंस नहीं रखने देगी।"

इस पर मक्खनलाल ने गाय के गले में हाथ डालकर उसे दुलारते हुए कहा था, "इस बुलबुल को तो यहाँ से कोई निकाल नहीं सकता जी, इसके दूध की लस्सी तो आप सबको भी पिलाएँगे!"

यों, संस्कारों की बात है, मक्खनलाल अपने आँगन की दीवार के पास पेशाब करने भी बैठ जाता था। वकील माणिकलाल और मक्खनलाल दोनों मिंटगुमरी से आए थे, हालाँकि इस मुहल्ले में पहुँचकर ही उनका परिचय एक-दूसरे से हुआ था।

एक दिन जब माणिकलाल ने उससे कहा कि देखो मक्खनलाल, इस तरह गली में पेशाब नहीं करते, तो वह बड़ी सादगी से बोला था, "क्यों जी, अपने ही घर के सामने तो करता हूँ, किसी दूसरे के घर के सामने तो नहीं करता। आप इत्मीनान रखें, मजाल है किसी दूसरे के घर के सामने करूँ!" और अपने दोनों कानों पर हाथ रखकर आश्वासन देता रहा, "तौबा करो जी, ऐसा कभी हो सकता है!"

कुछेक परिवार सिन्धियों के थे। सिन्धी 'सादी'—सफेद कमीज और चौड़े पायँचोंवाला चमचमाता सफेद पाजामा पहनते। सिर पर काले रंग की किश्तीनुमा टोपी। लगता, जैसे आते समय पाकिस्तान से नए कपड़े सिलवाकर लाए हैं! कमीज पर सुनहरे बटनों की लड़ी। बिरले ही कोई होगा जिसने कमीज में सुनहरे बटन न लगा रखे हों! सिन्धी स्त्रियाँ घरों में से निकलतीं तो शोख कपड़ों में। कहीं पर अधकटे बाल कन्धों पर झूलते, कहीं पर लिपस्टिक, रंग-रोगन। लगता, हिन्दुस्तानी लड़कियों को उनके पिछड़ेपन से 'आजाद' कराने आई हैं।

दिन-भर ये लोग न जाने कहाँ-कहाँ भटकते रहते, पर शाम को बस्ती में रौनक होती। शाम के वक्त ये एक-दूसरे से परिचय बढ़ाते, भविष्य के बारे में अटकलें लगाते, म्युनिसिपैलिटी और सरकार को बुरा-भला कहते। हर कोई अपनी जगह ऐंठता भी। बिरले ही कोई यह कहने से चूकता हो—सिवाय शायद मक्खनलाल के—कि पीछे पाकिस्तान में उसके कितने घर थे, कितनी दुकानें थीं, कितने नौकर-चाकर थे।

अपनी किस्मत की दुहाई तो मक्खनलाल भी देता, पर साथ ही ठहाका मारकर यह भी कहता, "क्यों जी, पाकिस्तान नहीं बनता तो हम दिल्ली की सैर कहाँ कर पाते? वहीं, कस्बे में ही पड़े सड़ते रहते। वाह गुरु महाराजा, तेरियाँ बरकताँ, तूने दिल्ली दिखा दी। अब सारी उम्र तेरी दिल्ली की सैर करेंगे, क्यों जी?"

पता नहीं चल पाता कि हँसी में कह रहा है, या व्यंग्य में।

वकील माणिकलाल को सड़क के बीचोबीच चलने की आदत थी। छाती तानकर और मुँह ऊँचा करके चहलकदमी करता, और सदा अकेला चहलकदमी करता, जैसे ताँगे में से खोल दिये जाने पर घोड़ा सड़क के बीचोबीच चहलकदमी करता है। माणिकलाल की मुख-मुद्रा कहती हुई जान पड़ती—मैं वह नहीं हूँ जो तुम समझे बैठे हो—एक शरणार्थी..यह तो न जाने भाग्य के किस थपेड़े ने यहाँ पहुँचा दिया, वरना इस समय मिंटगुमरी में ऑनरेरी मैजिस्ट्रेट होता! और यहाँ पर भी, मजबूरी में, इस बस्ती में तुम लोगों के बीच पटक दिया गया हूँ!

सभी घर एक-जैसे थे—एक बराबर क्षेत्रफल में बने दो-मंजिला घर। सभी की बनावट एक जैसी थी—सामने आँगन, आँगन के पीछे दो कमरे, साथ-साथ जुड़े हुए; पीछे बरामदा। आँगन में से ही ऊपर को सीढ़ियाँ जाती थीं। ऊपर की मंजिल पर भी वैसे ही दो कमरे और उनके सामने एक छोटी-सी बालकनी। नीचे सभी के आँगन जुड़े हुए थे, इस कारण हमसाए, अपने-अपने आँगन में बैठे हुए भी, एक-दूसरे के साथ हँस-बोल सकते थे। बच्चे दीवार के आर-पार आँखमिचौली खेलने लगे थे। बुजुर्ग आर-पार खड़े अपनी-अपनी आपबीती सुनाया करते। जवानों के बीच नई-नई दोस्तियाँ पनपने लगी थीं।

धीरे-धीरे जिन्दगी के तौर-तरीके भी कुछ-कुछ बदलने लगे थे। अपने-अपने संस्कारों के बावजूद, पुराने बन्धन ढीले पड़ने लगे थे। कुछ बहुओं ने सिर ढकना अभी से छोड़ दिया था। लाला दीवानचन्द के बेटे ने एक फटीचर-सी मोटर-साइकल खरीद ली थी, और उसकी पत्नी, लाला दीवानचन्द की आँखों के सामने, अपने पति के पीछे उस पर कूदकर चढ़ बैठती।

लाला दीवानचन्द अपने परिवार के साथ जेहलम से आए थे। जेहलम में थे तो उनकी बहू कभी भी सिर ढके बिना घर से बाहर नहीं निकलती थी। ताँगे पर भी बैठती तो मुँह-सिर लपेटकर, पिछली सीट पर गुच्छा-मुच्छा होकर, जबकि उसका

पति अगली सीट पर, गाड़ीवान के साथ बैठता था। उनका एक साथ बैठना बेशर्मी मानी जाती थी। पर अब, सिर ढकना तो दूर, कई बार वह अपनी चुन्नी को कमर में बाँध लेती है और खिले-खिले चेहरे के साथ ठठाकर हँस पड़ती। लाला दीवानचन्द देखते रह जाते। और अब तो बहू नौकरी की तलाश में भी जाने लगी थी।

जहाँ जवान लोग अतीत से अपना नाता तोड़ रहे थे, वहीं बुजुर्ग अपने अतीत से फिर अपना नाता जोड़ पाने की कोशिश में थे। लाला दीवानचन्द अपने घर के आँगन में हवन-संध्या का आयोजन करने लगे थे, और अपने धर्म-भाइयों को ढूँढ़-ढाँढ़कर अपने ही घर में साप्ताहिक सत्संग लगाने लगे थे। बाजार से एक हवन-कुंड खरीद लाए थे, जो हवनकुंड न होकर लोहे का बना कूड़ादान ज्यादा नजर जाता था।

डॉक्टर मोहकमचन्द की सोच दूसरी थी। डॉक्टर मोहकमचन्द पेशावर से आया था और जब भी वह बोलता तो सुननेवालों को पेशावर का किस्साखानी याद हो जाता था। पेशावर में वह केवल डॉक्टरी किया करता था, पर बस्ती में आ जाने के बाद उसके सिर पर यह धुन सवार हुई कि समाज-सेवा करनी चाहिए। या तो उसने जो बहुत मार-काट देखी थी, उसका असर रहा हो, या उसके दिल में लीडर बनने की ललक कसमसाने लगी हो, भगवान जाने; पर सुबह के वक्त मरीज देखने से पहले वह लोगों की अर्जियों पर तस्दीकी दस्तखत करता। कोई अर्जी बिजली के लिए होती तो कोई पानी के कनेक्शन के लिए। अर्जी पर अपना दस्तखत करते समय उसे अपार सन्तोष का अनुभव होता। उसने अपने नाम की एक छोटी-सी मोहर भी बनवा ली थी। मोहर लगाने से पहले उसे मुँह के पास ले जाता, उसे अपनी साँस से गरमाता और फिर सभी अर्जियाँ थैले में डालकर अपनी साइकल पर सवार हो जाता और सात मील तक पैडल मारता हुआ चाँदनी चौक में जा पहुँचता, जहाँ बिजली-पानी के दफ्तर थे।

सब अपनी-अपनी धुन की बात है। तरह-तरह के लोग, तरह-तरह के संस्कारों-विचारोंवाले लोग मुहल्ले में आकर बस गए थे।

वकील माणिकलाल का घर चार नम्बर ब्लाक में था, पर घूमने, चहलकदमी करने वह आठवें और नवें ब्लाक की सड़कों पर आया करता था, क्योंकि यहाँ पर रौनक ज्यादा रहती थी और वह 'इम्प्रेस' मार सकता था कि लोग उसे देखें और कहें कि देखो, वकील माणिकलाल जा रहा है! यहाँ नए मुकदमे हासिल करने की गुंजाइश भी ज्यादा थी। इस सूझ के बल पर ही वह लोगों के साथ भी मेल-जोल बढ़ाने लगा था।

मकान अलॉट होने पर उसी ने सबसे पहले अपने घर की टीप-टाप शुरू करवा दी थी। आँगन की दीवार में फाटक लगवाया। पहले कहीं पर भी फाटक नहीं था। हमसायों के साथ लगनेवाली दीवार को ऊँचा उठाया—छोटी दीवार से बेपर्दगी होती है। आँगन में पक्का फर्श करवाया।

"हमारे रहने लायक तो हो जाए, कुछ तो अपने स्टैंडर्ड के मुताबिक हो!" हर राहजाते से वह कहता।

फर्श जब बिछ गया, फाटक और खिड़कियों-दरवाजों पर हरा रंग पुत गया, और माणिकलाल के नाम की संगमरमरी शिला गेट की बगल में लग गई तो उसने मुहल्ले के लोगों को 'पार्टी' देने का निश्चय किया।

यह इस बस्ती में पहली पार्टी थी, और बिलकुल अपनी तरह की थी।

बहुत दिनों से बस्तीवालों के बीच इस बात की चर्चा चल रही थी कि मिल-बैठने की कोई व्यवस्था होनी चाहिए—महीने में एकाध बार, ताकि लोग एक-दूसरे के ज्यादा नजदीक आ सकें।

पहले विचार हुआ था कि यह बैठक इंजीनियर आहूजा के घर पर की जाए। उसी ने सबसे पहले इसका सुझाव भी दिया था। उसकी दो जवान बेटियाँ भी थीं जो मेहमानों की देखभाल कर सकती थीं, पर वकील माणिकलाल ने बात काट दी थी, "बैठक करोगे तो वही पानी-बिजली का रोना रोते रहोगे? करना है तो चाय-पार्टी करो। चलो, तुम मेरे घर आओ, मैं पार्टी करूँगा।"

लोग खुशी से मान गए थे। पर सभी ने आग्रह किया कि सादा-सी पार्टी हो—बस, चाय-बिस्कुट, ताकि किसी को बोझ न हो।

इस पर वकील माणिकलाल बोला था, "मेरे घर आओगे तो क्या बिस्कुट खाओगे? वकील माणिकलाल की नाक कटवाओगे? उसके मुँह पर कालिख पोतोगे?"

लोग चुप हो गए और तारीख मुकर्रर हो गई थी। इसे लोगों ने माणिकलाल की मेहमाननवाजी समझा था।

वकील माणिकलाल बस्ती का बेताज बादशाह बनना चाहता था, साथ ही साथ वह अपनी वकालत चला पाने की फिक्र में भी था, और बस्ती के 'पिछड़े' हुए लोगों के सामने ऊँची सोसाइटी क्या होती है, इसकी मिसाल भी पेश करना चाहता था।

पर बात बनते-बनते रह गई। बस्ती के लोगों को एटिकेट सिखाने में वह कामयाब नहीं हो पाया। उसने अपने इन्तजाम में कोई कसर उठा नहीं रखी थी। तीन मेज जोड़कर एक लम्बी मेज तैयार कर ली थी, और फिर नेपकिन और छुरी-काँटे। खाने के लिए ढेर सारा सामान न जाने कहाँ से बटोर-बटोरकर इकट्ठा कर लिया था, पर बात नहीं बन पाई। कारण, पार्टी जब बड़े करीने से चल रही थी और वह मुहल्लेवालों को शाइस्तगी का सबक सिखा रहा था और लोग 'इम्प्रेस' भी हो रहे थे, तभी वहाँ मक्खनलाल पहुँच गया था।

अब तक मुहल्ले में मक्खनलाल को मनचले युवकों द्वारा 'डब्बू' की संज्ञा दी जाने लगी थी। घुटा हुआ सिर और बलगमी देह—'बुलबुल' के खालिस दूध पर

पला हुआ—छोटी-सी तोंद और चेहरा भी कुछ-कुछ तपा हुआ। वकील माणिकलाल की पार्टी में वह मैली तहमद पहने ही पहुँच गया था। वह भी अढ़ाई-गजी और तोंद के नीचे मोटी गाँठ से बँधी, जिसका एक तिकोना-सा पल्ला नेफे में से बाहर खिसक आया था और फर्श पर उसके साथ-साथ घिसट रहा था।

सदा की भाँति वह हाथ जोड़े-जोड़े आया, "माफ करना जी, देर हो गई। यही शाम का वक्त होता है दो पैसे कमाने का। माल सँभालते-समेटते देर हो गई।"

उस दिन भी मक्खनलाल का घुटा हुआ सिर पसीने की हल्की-सी परत से चमक रहा था। जिस समय वह अन्दर आया, उस समय वकील माणिकलाल किसी बड़ी कम्पनी के अपने शेयरों की बात कर रहा था और सुननेवालों पर 'इम्प्रेस' मार रहा था। मक्खनलाल का यों गँवारों की तरह अन्दर घुस आना उसे अखरा।

बैठते ही 'डब्बू' ने अपनी सिगरेट सुलगा ली, और दो-तीन सीधे कश खींचे। फिर चुटकी बजाकर फर्श पर ही सिगरेट की राख झाड़ता हुआ आसपास बैठे लोगों का अभिवादन करने लगा।

इंजीनियर आहूजा की बेटी ने चाय का प्याला उसकी ओर बढ़ाया तो 'डब्बू' ने हाथ जोड़ दिये, "नहीं बहिन जी, हम तो लस्सी-दूध पीनेवाले आदमी हैं। चाय-कॉफी से हमारा कुछ नहीं बनता।" कहते हुए गुढ़ककर हँस दिया और सिगरेट की राख फिर फर्श पर गिरा दी। दो कश उसने और लगाए और फिर उसके ठूँठ को फर्श पर फेंककर वहीं जूती से मसल दिया।

'डब्बू' ने सबका ध्यान अपनी ओर खींच लिया था। वह बोलता भी गहरी खरज आवाज में था जो सारे घर में गूँजती थी और बैठता तो टाँगें फैलाकर।

चाय-पार्टी में ज्यादा मर्द ही थे। स्त्रियाँ थीं तो या तो वकील माणिकलाल के घर की या कप्तान की दोनों पत्नियाँ, या फिर आहूजा इंजीनियर की दो बेटियाँ।

कप्तान की बीवियाँ पहले तो वकील माणिकलाल की पत्नी के साथ बैठ गई थीं, पर फिर छोटी पत्नी उठी और यह दिखाने के लिए कि वह जवान लड़कियों के बीच ही फबती है, इंजीनियर आहूजा की बेटियों के पास जा बैठी।

'डब्बू' की ऊँची खरज आवाज फिर सुनाई दी। हाथ बाँधकर वह आहूजा से कह रहा था, "कहीं छोटा-मोटा काम हमें भी दिलवा दो, इंजीनियर साहिब, आप लोगों की तो ऊपर तक पहुँच है।"

मक्खनलाल दिल्ली में आने के कुछ ही दिन बाद करोलबाग में ठेला लगाने लगा था। हेंक लगाकर कपड़ा बेचा करता था। नई बस्ती के लोग अपने कार-व्यापार की चर्चा कम ही करते थे। मक्खनलाल का इस तरह से बोलना वकील माणिकलाल को अखरने लगा।

मक्खनलाल कहे जा रहा था, "ओ बादशाहो, वह भी कोई काम है! बेसवा की तरह सारा दिन ग्राहकों को बुलाते रहो—'लट्ठा, चाभी—चार आने! छींट

जापानी—चार आने!' '' उसने मुँह टेढ़ा करके, अपनी ही नकल उतारते हुए ऊँची आवाज में कहा, ''बोल-बोलकर मेरा तो मुँह टेढ़ा हो गया है और आवाज ऐसी बैठ गई है कि ठीक ही होने में नहीं आती।'' फिर अपनी तर्जनी सामने करके 'अखाण' सुनाने लगा, ''सियाने कह गए हैं जी, 'उत्तम खेती, मद्धम व्यौपार, निखद्ध चाकरी'!''

'निखद्ध चाकरी' पर उसने तर्जनी को जोर से झटका, मानो बड़े पते की बात कह दी हो कि किसी की चाकरी करना सबसे बुरा है! पर वास्तव में वह 'निखद्ध' चाकरी करने के लिए ही इंजीनियर आहूजा से इल्तजा कर रहा था।

''नौकरी में कोई फिकर-फाका तो नहीं न, साफ-सुथरी चीज है। वक्त पर गए, वक्त पर घर लौट आए, क्यों जी? पर ठेला लगाओ तो माँ...याँ, न दिन को चैन, न रात को आराम!''

कहते-कहते उसे भान हुआ कि उसके मुँह से गाली निकल गई है। वह क्षण-भर के लिए खिसियाया और फिर हाथ बाँध दिये, ''माफ करना जी, आप लोग तो पढ़े-लिखे आलम-फाजल हो, हम जाट-बूट, मुँह में से माँ...याँ, कभी-कभी गाली निकल जाती है!''

फिर उसने कमीज के पॉकेट में से सिगरेटों की डिबिया निकालकर एक और सिगरेट सुलगा ली।

वकील माणिकलाल को लगा, पार्टी खटाई में पड़ती जा रही है। पर डब्बू बोले जा रहा था, ''घर में से निकाल-निकालकर आदमी कितने दिन तक खा सकता है, क्यों जी? बीवी के जेवर बेचकर तो घर की आधी किस्त चुकाई है, फिर घर में चार जीव खानेवाले, क्यों जी?''

फिर वह हाथ की उँगलियों पर एक-एक करके गिनाने लगा कि रोटी-भाजी पर कितना खर्च आता है, आटे-दाल पर कितना, बच्चों के कपड़े-लत्ते, स्कूल की फीस पर कितना।

''क्यों जी, ऐसे कितने दिन तक काम चलेगा? आप मुझे काम दिलवा दो, फिर देखो, मैं कैसी आप लोगों की खिदमत करता हूँ।''

'डब्बू' की बातों से कुछ लोग झेंपने लगे थे, कुछ हँसने-बोलने भी लगे थे। पर कुल मिलाकर तनाव ढीला पड़ने लगा था। हाँ, वकील माणिकलाल मन-ही-मन कुढ़ रहा था कि इस गँवार ने सारी पार्टी चौपट कर दी है।

उन दिनों 'डब्बू' ही था जिसने मुहल्ले में थोड़ी-बहुत शोहरत हासिल कर ली थी, पर बहुत-से लोग उससे कन्नी काटने लगे थे।

उसके बारे में कहा जाने लगा था कि घर में से निकलने पर जो स्कूटर या मोटर-साइकल सामने से जाता देख लेता है, उसी को हाथ देकर खड़ा कर लेता है,

और अभी मोटर-साइकलवाला पूछ ही रहा होता है कि उसे क्यों रोका गया है कि वह कूदकर पीछे बैठ जाता है, ''मुझे रास्ते में कहीं उतार देना।''

''मैं तो कनाट प्लेस जा रहा हूँ।''

''ठीक है, कनाट प्लेस में ही उतार देना।''

अगर मोटर-साइकलवाला कहता कि वह चाँदनी चौक को जा रहा है तो डब्बू भी यही कह देता, ''ठीक है, मुझे चाँदनी चौक उतार देना।''

एक बार वह किसी स्कूटर या मोटर-साइकल के पीछे बैठ जाए तो उसे उतारा नहीं जा सकता था। स्कूटरवाले के ठिकाने पर पहुँचकर ही वह उतरता था।

वास्तव में वह किसी काम से नहीं, केवल हवाखोरी के लिए चढ़ बैठता था। ठेलेवाला काम उसे रास नहीं आया था। या तो उससे ऊबकर या यह सोचकर कि काम तो होता ही रहेगा, दिल्ली की थोड़ी सैर तो कर ले, वह निकल पड़ता था और स्कूटर पर बैठते ही गाने लगता, कोई लम्बी तान छेड़ देता।

मुहल्ले के लोगों का ध्यान 'डब्बू' की ओर तब से जाने लगा था जब एक रात वह अपने घर के सामने खड़ा चिल्ला रहा था। उस बक्त भी वह हाथ जोड़े हुए था, और सामने ही जमीन पर बैठी अपनी बुढ़िया माँ से चिल्ला-चिल्लाकर 'विनती' कर रहा था, ''चल अन्दर! रब्ब दा वास्ता ई, चल अन्दर! गली-मुहल्ले के साहमणे मेरी मिट्टी पलीद न कर। चल अन्दर!''

'चल अन्दर' किसी गीत की टेक-सा लग रहा था।

माँ गुमसुम जमीन पर बैठी थी। माँ का हाथ पकड़कर खींचता तो वह दोनों हाथों से फाटक को पकड़ लेती और एड़ियाँ रगड़ने लगती और फाटक के साथ चिपक जाती।

इस पर 'डब्बू' और ज्यादा ऊँची आवाज में चिल्लाता, ''ओ माए, मैनू बख्श दे! चल अन्दर! मैनू रूसवा न कर, चल अन्दर!''

बुढ़िया माँ चुप्पी साधे हुए थी, न हूँ, न हाँ। पर जब भी वह उसे खींचता, वह फाटक के पल्ले से चिपक जाती और एड़ियाँ रगड़ने लगती।

अन्त में, लाचार होकर डब्बू ने दो हत्थड़ मारी, ''अन्दर नहीं चलेगी तो मेरा गड़ा मुर्दा देखेगी।''

इस पर बुढ़िया दहाड़ मारकर रो पड़ी।

अब तक सारा मुहल्ला जाग उठा था, लोग बालकनियों में आ गए थे। डब्बू के दोनों बच्चे—बेटे—भी भागते हुए बाहर आ गए थे।

बालकनियों में खड़े लोग जानना तो चाहते थे कि क्या बात हुई है, माँ-बेटा क्यों झगड़ रहे हैं, पर नीचे कोई नहीं उतरा। सभी जानते थे कि दूसरे दिन 'डब्बू' स्वयं ही सबको सुना आएगा कि कलह किस बात को लेकर हुई थी।

''अहो जी, वही झगड़ा जो पराचीन से चला आ रहा है।'' दूसरे दिन वह

डॉक्टर मोहकमचन्द की दुकान के सामने खड़ा सुना रहा था, "सास-बहू का झगड़ा, और क्या! मैं अपनी माँ से कहता हूँ, भली लोक, तू ही चुप हो जा। अब मैं अपनी घरवाली पर रोज हाथ उठाऊँ, यह भी तो अच्छा नहीं लगता। गाँव की बात दूसरी थी, पर यह तो दिल्ली है, मुल्क का दारूलखिलाफा है।...बात क्या हुई जी, मेरी घरवाली के मुँह से निकल गया कि मायके में उसे रोज खाने के साथ दही मिलता था। मैंने कहा, 'तू फिकर नहीं कर। गाय का दूध सूख गया है, पर अगली लू के बाद फिर से घर में दूध-दही होगा।' वह चुप हो गई। पर मेरी माँ कहाँ चुप रहनेवाली थी। कहने लगी, 'इतने ही बड़े राजे-रजवाड़े थे तेरे माँ-बाप, तो दहेज में दो भैंसें ही दे देते!' माँ कभी सीधी बात नहीं करती, हमेशा लगाकर करती है। भले ही अगले आदमी का दिल लूस जाए। यह भगवान ने औरत जात को कैसा टेढ़ा बनाया है, डॉक्टर साहिब, आप ही कुछ बताइए। बीवी फिर भी चुप रही। मेरी घरवाली में यह बड़ी सिफत है, आगे से बोलती नहीं, चुप रहती है। पर जब बोलती है तो सीधा छाती में तीर मारती है कि अगला तड़प जाए। अब की बार मुँह नीचा किए-किए ही बोली, 'किसी के घर में भैंसें बाँधने की जगह होती तो वे भैंसें भी भेज देते!' इस पर माँ को ताप चढ़ गया, 'ले, सुन ले! सुन ले बरखुरदार, तेरे बाप को कंगाल कह रही है! यह आई महल-माड़ियोंवाली, हवेलियोंवाली!' और माँ ने रोटी की थाली आगे से पटक दी, 'इसके हाथ की रोटी खाऊँ, बुरी वस्त खाऊँ!' और बड़बड़ाती हुई बाहर निकल गई। यह किस्सा है, मेहरबान! बाहर आकर इसने भूख-हड़ताल कर दी। यह गांधी बाबा जो घर-घर में भूख-हड़ताल करना सिखा गया है, कभी माँ भूख-हड़ताल कर बैठती है, कभी घरवाली...!"

लेकिन पार्टी में मक्खनलाल अपने रंग में था। पार्टी भी धीरे-धीरे रंग पकड़ने लगी थी। लोग बतियाने लगे थे—कोई मुलतानी बोली में, कोई पेशावरी में, कोई पोठोहारी में, और इनके बीच तहमद पहने बैठा मक्खनलाल, टाँगें फैलाए अपनी ही रौ में बोले जा रहा था। अगर किसी को कोफ्त हो रही थी तो वह वकील माणिकलाल था, जिसे उसका गँवारूपन अखर रहा था।

सहसा मक्खनलाल चहककर बोला, "गाना होना चाहिए, बादशाहो, महफिल में रंग तो मौसीकी से आता है।" और अपनी ही उर्दूदानी पर गुढ़ककर हँसने लगा।

"हम छोटे थे तो हम झलार पर तफरीह के लिए जाते थे। आमों का पूरा पछड़ा लेकर जाते, उन्हें ठंडी रेत में दबा देते, और 'सरदाई' बनाते। फिर घंटा-दो घंटा झलार में अस्नान करते। हमारे झलार का पानी गर्मियों में ठंडा और जाड़ों में गुनगुना। फिर पेड़ के नीचे आम चूसते और 'सरदाई' पीते। वाह जी वाह, बहिश्त था, बहिश्त! तब महमूदा गाता था, कभी टप्पे, कभी हीर, कभी मिर्जा साहिबाँ। खूब मजा रहता था। कुछ सुनाओ जी...सुनाओ, गाना हो जाए...।" उसने खिड़की के

पास बैठी तीनों लड़कियों को सम्बोधन करते हुए कहा, पर वे तीनों शरमा गईं और नजरें नीची कर लीं।

वकील माणिकलाल को 'डब्बू' का लड़कियों से गाने के लिए कहना भी बुरा लगा। वह कुछ कहने जा ही रहा था कि कहीं से आवाज आई, "तुम ही कुछ सुनाओ, मक्खनलाल!"

मक्खनलाल हँस दिया, "मेरी तो आवाज ही फटे ढोल-जैसी है, मैं क्या गाऊँगा! इधर कितने नौजवान बैठे हैं। गाओ बेटे, कुछ सुनाओ।"

पर कोई भी गाने को तैयार नहीं हुआ।

"ओ, रीत तो करो। आज पहली बार मुहल्लेदार मिल बैठे हैं। अब यही हमारी बिरादरी है, यही सुख-दुख के साथी हैं, रीत तो करो।"

"तुम ही रीत करो, मक्खनलाल!"

"यही सही, और कोई नहीं गाता तो हम ही सही।"

उसने सिगरेट फर्श पर फेंकी, खँखारा, मूँछों के पल्ले दाएँ-दाएँ किए, घुटे सिर पर हाथ फेरा और आँखें बन्द करके गाने लगा :

"सूहे वे चीरे वालिआ, मैं कहनी आँ
कर छतरी दी छाँह, मैं छावें बहनी आँ।"

(अपना छाता खोल दो, ताकि मैं उसके साए में बैठ जाऊँ।)

खिड़की के पास बैठी तीनों लड़कियाँ खी-खी करके हँस दीं। फिर अपनी हँसी को दबा पाने के लिए मुँह में रूमाल ठूँसने लगीं। फिर भी जब हँसी नहीं रुकी तो एक-एक करके वहाँ से भाग गईं। गनीमत थी कि उनकी पीठ 'डब्बू' की ओर थी और वह उन्हें हँसते हुए देख नहीं पाया।

"सूहे वे चीरे वालिआ, फुल तोरी दा
बाझ तेरे माही वे, नहीं कुझ लोड़ी दा।"

मक्खनलाल अब चुटकी बजा-बजाकर गाए जा रहा था। न सूर, न लय, पर वह चुटकी बजाता, सिर हिलाता गाए जा रहा था। आँखें अभी भी बन्द थीं। पर तीसरे पद पर आते-आते उसकी आवाज काँपने-सी लगी :

"सूहे वे चीरे वालिआ, फुल किकराँ दे
किकराँ लाई बहार, मेले मितराँ दे।"

गाते-गाते उसकी आवाज लड़खड़ाने लगी और वह एक ही पंक्ति को दोहराता चला गया :

'किकराँ लाई बहार, मेले मितराँ दे!'

और फिर तो इस पंक्ति के अन्तिम तीन शब्द 'मेले मितराँ दे...' वह बार-बार अपनी भावविह्वल आवाज में दोहराने लगा। उसे सुनते हुए लगता, जैसे ग्रामोफोन की सूई एक जगह जाकर अटक गई है। पर शीघ्र ही मक्खनलाल जैसे रो पड़ा :

"हाय ओए रब्बा, कित्थे लिया सुट्टिया ई!"

(हे भगवान, तूने मुझे कहाँ लाकर पटक दिया है!)

बहुत-से लोगों के दिल भर आए थे, कुछेक की आँखें भी नम हो गई थीं।

'...मेले मितराँ दे!
...मेले मितराँ दे!
...मेले मितराँ दे!'

वह गाए जा रहा था, और रोए जा रहा था।

मक्खनलाल को रोने की भी तमीज नहीं थी। उसकी आँखें भी बह रही थीं और नाक भी बह रही थी और वह दोनों हथेलियाँ खोले गाए जा रहा था :

'...मेले मितराँ दे!
...मेरे मितराँ दे!'

फिर वह चुप हो गया, आँखें खोल दीं और रुँधे गले से बोला, "माफ करना जी..." और झुककर, अपनी तहमद का एक पल्ला उठाकर उससे आँखें पोंछी, नाक सुड़का और फिर कुर्सी के साथ पीठ लगाकर बैठ गया, "यह माँ...याँ गीत ही ऐसा है जी, दोस्त-यार आँखों के सामने आ जाते हैं। यहाँ तो मैं अभी भी परदेसी हूँ जी, दिल अभी तक ठिकाने ही नहीं आया...!"

पार्टी पर इसका अजीब असर हुआ। एक प्रकार की स्निग्धता-सी छा गई। लगा, जैसे वे सब एक ही नाव पर बैठे हैं और जितनी देर नाव को चलते रहना है, उतनी देर उन्हें इसी नाव पर बने रहना है।

ये सब बरसों पहले की बातें हैं। लगता है, एक युग बीत चुका है। बहुत-से लोग मर-खप चुके हैं, बहुत-से नए लोग मुहल्ले में रहने आ गए हैं। पहले जो मुहल्ला खाली-खाली लगा करता था, अब खचाखच भर गया है। तौर-तरीके बदल गए हैं, रहन-सहन बदल गया है। 'शरणार्थी' शब्द पीछे ही कहीं कब का गुम हो चुका है।

मुहल्ला वही है पर उसका नक्शा बहुत-कुछ बदल गया है। प्रत्येक घर के आँगन की दीवारें ऊँची उठ गई हैं। अब एड़ियाँ उठाकर भी देखो तो पड़ोस का आँगन नहीं देख पाओगे। कहीं-कहीं पर तो दीवारों के ऊपर लोहे की नुकीली सलाखें या काँच के टुकड़े भी खोंस दिये गए हैं। बहुत-से लोगों ने घरों में कुत्ते रख लिये हैं, जो घरों के फाटक के पीछे खड़े हर राहजाते पर भौंकते रहते हैं। सुबह होने पर बहुत-से घरों की मालकिनें या मालिक अपने-अपने कुत्तों को हवाखोरी और 'दिसा-पानी' के लिए मुहल्ले की सड़कों पर ले जाते हैं। कहते हैं, इससे कुत्ते का बदन खुल जाता है। बहुत-से घरों के सामने मोटरें खड़ी रहती हैं। आबादी बहुत बढ़ गई है। सभी ने घरों में किराएदार रख छोड़े हैं। कई लोगों ने तो घरों पर दो-दो

मंजिलें और बना ली हैं। बारह और तेरह ब्लाकवालों ने निचली मंजिल पर दुकानें बना दी हैं—छोटी-छोटी दुकानें, कहीं दर्जी बैठता है तो कहीं घड़ीसाज, तो कहीं पान-सिगरेटवाला। मार्केट की ओर जानेवाली सड़क पर तो घरों के नीचे दुकानें ही दुकानें खुल गई हैं। एक-एक घर में चार-चार परिवार रहने लगे हैं। मुहल्ला सचमुच रच-बस गया है।

पुराने लोगों में वकील माणिकलाल अभी भी जिन्दा है, पर बहुत बुढ़ा गया है। चलता अभी भी सड़क के बीचोबीच है, पर पीठ झुक गई है। छड़ी के सहारे रास्ता टटोल-टटोलकर चलता है। कभी-कभी रास्ता भटक जाता है और किसी अनजान आदमी के घर के सामने जा खड़ा होता है। देर-देर तक ठिठका खड़ा रहता है, मानो उसे सुधि न हो कि कहाँ पहुँच गया है। पासवाले घर के लोग अक्सर उसे पहचान लेते हैं और घर का नौकर उसे उसके घर तक छोड़ आता है।

बरसों पहले की उस पार्टी का एक अच्छा असर यह हुआ था कि 'डब्बू' को नौकरी मिल गई थी और उसने करोलबाग में ठेला लगाना और गज-गज छींट बेच पाने के लिए हेंक लगाना छोड़ दिया था। यह नौकरी उसे डॉ. मोहकमचन्द के असर-रसूख से मिली थी। डॉ. मोहकमचन्द आदमी को पहचानता था और वह उस पार्टी में ही समझ गया था कि डब्बू काम आनेवाला आदमी है। जो इसके साथ भलाई करेगा, उसके लिए वह जान की बाजी लगा देगा।

नई नौकरी में 'डब्बू' किसी फैक्टरी के गोदाम के बाहर बैठने लगा था। गोदाम में से जितना माल उठवाना होता, उसकी पर्ची फैक्टरी के दफ्तर से बनकर आती थी। 'डब्बू' का काम था पर्ची की पड़ताल करना, और उसी हिसाब से गोदाम में से माल उठवा देना। फैक्टरी में से पर्ची आती, जिस पर बाकायदा ठप्पा लगा होता। यह उस पर अपनी 'चिड़ी' मारता, रजिस्टर में चढ़ाता और माल उठवा देता। सीधा-सा काम था। सुबह नौ बजे जाओ, शाम पाँच बजे घर आ जाओ—अल्लाह-अल्लाह, खैर-सल्लाह। न अपनी जेब से पैसा लगता था, न कोई जोखिम, न कोई चिन्ता। 'डब्बू' सन्तुष्ट रहने लगा था।

सुबह-सवेरे हर रोज सबसे पहले डॉ. मोहकमचन्द की दुकान के सामने जा खड़ा होता और हाथ जोड़कर कहता, 'आपका दिया खाते हैं, हमें भी कोई खिदमत का मौका दो।' यह उसका रोज का दस्तूर बन गया था।

डॉ. मोहकमचन्द जवाब में मुस्करा देता और अपने पेशावरी अन्दाज में हाथ झटककर उसे चले जाने को कहता, 'बताऊँगा, बताऊँगा, जब वक्त आएगा। अब जा, अपना काम देख। रोज-रोज मेरा मगज चाटने नहीं आया कर।'

इस पर मक्खनलाल हँसकर सिर झटक देता, 'बेहतर, जनाब', कहता और अपने जुड़े हुए हाथ माथे से लगाकर वहाँ से चल देता, पर दूसरे दिन वहाँ फिर पहुँच जाता।

तभी नगरपालिका के चुनाव आ गए और बस्ती के बहुत-से लोगों के आग्रह पर डॉ. मोहकमचन्द ने भी खड़ा होने का फैसला कर लिया। 'डब्बू' के शरीर में तो जैसे बिजली दौड़ गई। उसे खिदमत करने का मौका मिल गया था। वह डॉ. मोहकमचन्द के निर्वाचन-अभियान में कूद गया और उसने जी-तोड़ मेहनत की। गोदाम से लौटते ही वह तहमद बाँध लेता, फिर सड़क पर निकल आता और सिगरेट के कश छोड़ता, निर्वाचन क्षेत्र की तीनों बस्तियों में घर-घर घूम आता। कोई पूछता तो बड़े जोश-खरोश से अपने पाकिस्तानी अन्दाज में कहता, 'इंशाल्लाह, हमारा बटेरा जीतेगा।'

मानो नगरपालिका का चुनाव बटेरों की लड़ाई रहा हो, जिसमें उसने अपना बटेरा छोड़ रखा हो!

डॉ. मोहकमचन्द सचमुच चुनाव जीत गया था। उस दिन मक्खनलाल भागता हुआ बाजार गया था और एक 'ढोलची' को पकड़ लाया था। डॉ. मोहकमचन्द की दुकान के सामने ढोल बजा, उसके गले में हार डाले गए, और 'डब्बू' के इसरार पर जुलूस निकाला गया। जुलूस चुनाव क्षेत्र की तीनों बस्तियों में घूमा। उस दिन बस्ती में दिन-भर ढोल बजता रहा, 'डब्बू' अपने पैसों से लड्डू बनवा लाया और मोहल्ले में लोगों को बाँटता रहा, उनका मुँह मीठा करवाता रहा।

यह भी बहुत पुरानी घटना जान पड़ती है—अतीत के घटाटोप में खोई हुई। उसके कुछ ही साल बाद नगरपालिका का दूसरा चुनाव जीत जाने के बाद डॉ. मोहकमचन्द भी दुनिया से कूच कर गया था। बस में बैठा चाँदनी चौक की ओर जा रहा था, जब बैठे-बैठे ही एक ओर को लुढ़क गया था। तब मक्खनलाल ने डॉ. मोहकमचन्द की अरथी का वह आयोजन किया था कि किसी राजा की शोभायात्रा क्या रही होगी!

जिस फैक्टरी में मक्खनलाल काम करता था, वहाँ उसकी अच्छी साख बन गई थी। अब उसका आत्मविश्वास भी बढ़ गया था। वह देसी पोशाक की जगह पैंट पहनने लगा था। हाथ भी कम जोड़ता था और उसके हाव-भाव से भी लगता था कि जिन्दगी के घोड़े की पीठ पर वह मजबूती से सवार है और लगाम को खींचकर रखे हुए है। घोड़ा उसी ओर जाएगा जिस ओर वह लगाम को मोड़ेगा।

फैक्टरी के गोदाम में वह बड़ी मुस्तैदी से अपना काम कर रहा था। फैक्टरी के दफ्तर से पर्ची आती और वह उसी हिसाब से गोदाम में से माल उठवा देता। पर अन्दर-ही-अन्दर गोलमाल चल रहा था। 'डब्बू' की आँखें, उकाब की आँखों की तरह लोगों के रहस्यों को पकड़ती थीं। 'डब्बू' को सुराग मिला कि कहीं से नकली पर्ची आ रही है और गोदाम में से माल उठ रहा है। उसने एक बार ऐसी पर्ची पकड़ ली और पर्ची लानेवाले को दबोच लिया। माल उठवानेवाले ने रिश्वत देने की

कोशिश की। उसने उसे घूँसा जड़ दिया। बात मालिकों तक पहुँची। लेकिन बजाय किसी इनाम-इकराम या तरक्की के, उल्टे मुअत्तल हो गया। वह भौचक्का रह गया। बात क्या हुई? भागा-भागा फैक्टरी-मालिकों के पास गया। उन्होंने मिलने से इनकार कर दिया। अब वह डॉ. मोहकमचन्द के पास गया। तब डॉ. मोहकमचन्द जीवित था। डॉ. मोहकमचन्द को खुद यकीन नहीं आया कि डब्बू कोई गलत काम कर सकता है। हाँ, घूँसा मारनेवाली बात उसे भी गलत लगी थी। डॉ. मोहकमचन्द ने अपनी तरफ से कोशिश की, मक्खनलाल की ईमानदारी की जामनी भी दी, पर फैक्टरी के लोगों के साथ टक्कर लेना आसान काम नहीं था। मोहकमचन्द का खत लेकर कभी वह फैक्टरी के मैनेजर के पास जाता, कभी फैक्टरी के मालिक के घर। मालिक दिल्ली के दक्षिणी भाग में रहता था, जबकि मैनेजर दिल्ली के पश्चिमी इलाके में। कुछ ही दिनों में 'डब्बू' बेहाल हो गया। सारा दम-खम काफूर हो गया। उसे लगने लगा, जैसे वह किसी भँवर में फँस गया है और निकल नहीं पा रहा। पूरे छह महीने की दौड़-धूप के बाद उसे नौकरी पर बहाल किया गया। तब तक वह बहुत हाँफ चुका था और थककर चूर हो चुका था। पर फिर भी खुश था। मुहल्ले में घर-घर जाकर उसने लोगों को यह खुशखबरी सुनाई, 'इज्जत रह गई गरीब-नवाज, इज्जत रह गई!'

पर डॉक्टर मोहकमचन्द के गुजर जाने के बाद वह बुझा-बुझा-सा रहने लगा और मुहल्ले के जीवन में से जैसे ओझल होता गया, दूर होता गया।

मक्खनलाल अभी जिन्दा है। यों पुराने लोगों में अब बिरले ही कोई देखने को मिलता है। जो बहुत बुढ़ा गए हैं, वे एक तरह से कमरों में बन्द हो गए हैं, या ऊपर की छतों पर टँगे हुए हैं। जिस घर में कप्तान रहा करता था, वह मकान तीन हाथ बिक चुका है। तीसरे मालिक ने तो सारा मकान गिराकर फिर से बनवाया है। कितने ही मकान गिराकर फिर से बनाए गए हैं।

आहूजा इंजीनियर भी अब नहीं रहा। साठ साल की उम्र में उसे कसरत करने का शौक चर्राया था। अपने बुढ़ापे को लम्बा खींचना चाहता था। दिल का रोग ले बैठा और अपनी पत्नी और दो जवान बेटियों को छोड़कर चलता बना। पर मुहल्ले के जीवन पर इसका कोई असर नहीं पड़ा। कुछ आँधियाँ ऐसी चलती हैं जो आदमी को उड़ा ले जाती हैं, पर बाहर किसी को खबर तक नहीं होती कि कहीं किसी के जीवन में कोई आँधी आई थी।

सुबह का वक्त है। नवम्बर महीने की धुन्ध अभी हवा में से छँट नहीं पाई है। चौथे और आठवें ब्लाक के चौराहे पर लीला अपने कुत्ते को लिये खड़ी है और प्रोफेसर दीनदयाल से अपने कुत्ते की शिकायत कर रही है। प्रोफेसर दीनदयाल घूमने निकला है। कुत्ते की जंजीर लीला के हाथ में है, और मोटा-ताजा, ब्राउन रंग का

कुत्ता, जीभ निकाले कभी दीनदयाल के चेहरे की ओर देखता है, कभी आकर उसे सूँघने लगता है।

''इन दिनों खाता-पीता ही कुछ नहीं,'' लीला कह रही है, ''मैं पूछती हूँ, तुम्हें क्या गम है, खाते क्यों नहीं, हड्डियों का ढाँचा निकल आया है। पर नहीं, किसी की सुने तो!'' फिर कुत्ते को मुखातिब होकर कहती है, ''यह तेरे अंकल हैं। सुषमा यहाँ पर रहती थी या नहीं? यह उसके पिताजी हैं, नमस्ते कर!''

कुत्ता जीभ निकाले-निकाले ही अँगड़ाई लेता है, और सिर झटक देता है।

''सुबह-सुबह ही मुझे घर में से खींच लाता है। उठ, मुझे बाग में ले चल। ऐसा नखरेबाज है, बाग में पहुँचकर ही रफा-हाजत करेगा। मजाल है, कहीं और कर जाए! मैं इससे कहती हूँ, ये तेरे नखरे मेरे घर में ही चल सकते हैं, किसी और घर में होता तो आटे-दाल का भाव पता चल जाता। यह नहीं खाना, वह नहीं खाना, इधर ले चल, उधर ले चल!''

प्रोफेसर दीनदयाल अटपटा-सा महसूस करने लगा है। बात बदलने के खयाल से कहता है, ''घर में सब ठीक-ठाक है? तुम्हारे सास-ससुर कैसे हैं? मक्खनलाल जी को बहुत दिनों से देखा नहीं!''

''ठीक हैं, दोनों मजे में हैं। सास-ससुर तो अब सबसे ऊपर की मंजिल पर रहते हैं न, नीचे थोड़े ही रहते हैं।''

''तभी मैंने कहा, बहुत दिन से नजर नहीं आए। पहले तो अक्सर आँगन की दीवार के पीछे खड़े नजर आ जाया करते थे।''

''नीचेवाली मंजिल किराए पर जो चढ़ा दी है। एक प्रॉपर्टी डीलर को दी है। हमने पहले तो सोचा कि एक कमरा और बाथरूम इनके लिए रख छोड़ें, पर नया किराएदार नहीं माना। वह सारी की सारी निचली मंजिल लेना चाहता था।''

प्रोफेसर दीनदयाल ने शिष्टाचार निभाते हुए सिर हिलाया, फिर भी उसके मुँह से निकल ही गया, ''ऊपर की मंजिल पर तो टँगे रहते होंगे!''

प्रोफेसर दीनदयाल का इस परिवार के साथ अच्छा परिचय रहा है। बूढ़ा बुजुर्ग मक्खनलाल उर्फ 'डब्बू' अक्सर आँगन की दीवार के पीछे खड़ा होता तो उससे दो बातें हो जाया करती थीं। प्रोफेसर दीनदयाल सोचा करता था कि बूढ़ों के लिए, अपनी धुँधलाई आँखों के बावजूद, चलती सड़क पर आँखें लगाए रखना, आते-जाते लोगों को देखते रहना, जिन्दगी के साथ जुड़े रहना होता है। उसी से वे जिन्दगी का रस खींचते हैं। फिर उसने मक्खनलाल को उसके यौवन के दिनों में देखा था। तब वह स्वयं छोटा-सा था पर मक्खनलाल पर सबकी नजर बरबस जाती थी।

''उन्हें नीचे उतरने की जरूरत ही क्या है!'' बहू ने कहा, ''खाना ऊपर ही मिल जाता है। हवा भी ऊपर ज्यादा साफ है। बाबू जी सिगरेट बहुत फूँकते थे। नीचे थे

तं ाब मन में आता, सिगरेट की डिबिया खरीद लाते थे। अब कौन नीचे उतरे और सिग.रेटों की डिबिया लाए? सिगरेट-जैसी बुरी तो कोई भी इल्लत नहीं। बुरी आदत बुढ़ापे में भी छूट जाए तो गनीमत है।''

कुत्ता जंजीर खींचने लगा है, बोर हो रहा है।

लीला कहती है, ''चलती हूँ बेटा, चलती हूँ। देख तो रहा है, बात कर रही हूँ।'' फिर मुस्कुराकर प्रोफेसर साहब से कहती है, ''यह नहीं मानेगा जी, यह हर बात में अपनी करता है।'' और मुड़कर अपने घर की ओर घूम गई है।

हर बार लीला से मिलने पर उसके ससुर मक्खनलाल का जिक्र आता है तो प्रोफेसर दीनदयाल के दिल में टीस-सी उठती है। जिन्दगी इनसान के साथ कैसे-कैसे खेल खेलती है!

मक्खनलाल के दो बेटे थे। जवान होने पर दोनों ने कारोबार किया। एक ने दुकान खोली, दूसरा घर-घर जाकर माल बेचने लगा। दोनों की किस्मत चमकी। काम चल निकला, वारे-न्यारे होने लगे। फिर एक ने छोटी-सी फैक्टरी लगा ली, दूसरे को निर्यात का काम मिल गया। कुछ ही वर्षों में, जब मक्खनलाल और उसकी पत्नी बुढ़ापे में प्रवेश कर रहे थे, तो दोनों बेटे खूब धन कमा रहे थे। बूढ़े माँ-बाप कभी एक के घर में तो कभी दूसरे के घर में रहने लगे।

लगभग पाँच बरस पहले मक्खनलाल और उसकी पत्नी अपने फैक्टरीवाले बेटे के पास रहते थे। बड़े बेटे ने अपना अलग से मकान बना लिया था। एक दिन बेटे ने बाप से कहा, 'चलो, पिताजी, आपको किसी डॉक्टर के दिखवा लाऊँ। माँ भी चले। गाहे-बगाहे डॉक्टर को दिखाते रहना चाहिए।'

उसने दोनों को अपनी मोटर में बैठाया और चल पड़ा। पर डॉक्टर की ओर ले जाने के बजाय वह उन्हें बस्ती की ओर ले आया, अपने भाई के घर, और घर के सामने मोटर खड़ी कर दी। माँ-बाप ने देखा तो बड़े खुश हुए कि बेटा रास्ते में हमें छोटे बेटे से मिलाने आया है। वे बड़ी उत्सुकता से मोटर से बाहर आए।

'अब आप दोनों यहीं पर विराजिए।' बड़े ने हाथ जोड़कर कहा। वह भी अपने बाप की तरह हाथ जोड़कर बात करता था, 'अब छोटा बेटा आपकी सेवा करेगा। आपके कपड़े-लत्ते भिजवा दूँगा।' फिर आगे बढ़कर उसने घर की घंटी बजाई और पेश्तर इसके कि भौचक खड़े माँ-बाप मुँह से कुछ कहें, या घर के अन्दर से कोई बाहर आए, मोटर चलाकर वह रवाना हो गया।

तब से मक्खनलाल और उसकी पत्नी यहीं पर रहते हैं। पहले निचली मंजिल पर रहते थे, पर नए किराएदार के आने पर दोनों को सबसे ऊपर की मंजिल पर भेज दिया गया है।

अकेली लीला ही अपने कुत्ते को हवाखोरी और 'दिसा-पानी' के लिए लाई हो, ऐसा नहीं है। बहुत-से कुत्ते हवाखोरी को निकले हैं। सबके मालिकों ने उनके

लिए ठिकाने ढूँढ़ रखे हैं, हवाखोरी के रास्ते भी ढूँढ़ रखे हैं। सामने पड़ जाने पर सभी एक-दूसरे पर गुर्राते हैं, अपने-अपने ढंग से अभिवादन करते हैं।

धुन्ध अभी छँट ही रही थी कि स्कूली बच्चे सड़कों पर निकल आए—अपनी-अपनी स्कूल-बस की ओर लपकते हुए। किसी ने माँ का हाथ पकड़ रखा है, किसी ने नौकर का।

यही मुहल्ले में दिन का सबसे सुहावना समय है। सूरज की पहली किरणें छतों से दीवारों पर आड़ी-तिरछी उतरने लगी हैं। शीघ्र ही अब युवतियाँ और महिलाएँ भी सड़कों पर उतरेंगी—कन्धों से बैग लटकाए, बालों में फूल खोंसे तेज-तेज कदम बढ़ाती हुई। जहाँ तक बन सकेगा, बनी-ठनी, अपने-अपने काम पर जाती हुई। इनके ताजादम चेहरों को देखकर कोई नहीं कहेगा कि इनके घरों के बन्द दरवाजों के पीछे तरह-तरह की विसंगतियाँ, तरह-तरह के संकट इन्हें झकझोरते रहते हैं। अपनी-अपनी चार्टेड बसों में बैठते ही ये अपनी साथियों के साथ चहकने लगती हैं।

अब मर्द निकले हैं। किसी ने दाढ़ी बनाई है, किसी ने नहीं बनाई। कोई नहाया है, कोई नहीं नहाया। बिरले ही कोई चुस्त-दुरुस्त नजर आता है। मुँह लटकाए, दुनिया- भर का बोझ कन्धों पर उठाए, झींकते, कोसते, अपने-अपने धन्धों पर जाने लगे हैं। लगभग सभी घर से देर से निकले हैं। घड़ी पर वक्त देखकर सभी सिर झटक देते हैं—देखा जाएगा, जो होगा। वार्निंग ही देगा न, दे दे वार्निंग, हम किसी से नहीं डरते...और अपने शरीर को जैसे खींचते हुए बस-स्टॉप की ओर बढ़ने लगे हैं।

ग्यारह-एक बजे का वक्त होगा। जाड़ों की निखरी-निखरी धूप। मुहल्ले के वातावरण में स्निग्धता-सी आ गई है, जब धूप में बैठने को, टहलने को मन करता है। लीला का ससुर वयोवृद्ध मक्खनलाल घर की तीसरी मंजिल से धीरे-धीरे नीचे उतर आया है, और अब सड़क पर आ गया है। हफ्ता-दस दिन में उसका धैर्य चुक जाता है और वह जरूर एक बार विद्रोह करता है। दिन का सुहावनापन खींचकर उसे कोठरी में से नीचे ले आता है। पर सच तो यह है कि बेटा काम पर गया है और बहू 'किट्टी पार्टी' पर चली गई है। अब दो बजे लौटेगी। बच्चे स्कूलों में बैठे हैं और बूढ़ा दाएँ-बाएँ देखकर, नौकर की आँखों से बचकर बाहर निकल आया है। धीरे-धीरे चलता, धूप में चहलकदमी करता हुआ वह मार्केट की ओर जाने लगा है। फिर भी उसकी चाल को देखकर लगता है, इसे कुछ देर के लिए पैरोल पर छोड़ा गया है।

मार्केट की ओर जानेवाली सड़क का मोड़ मुड़कर उसने सीधे 'लाला' की दुकान की ओर रुख कर लिया है। वहाँ यह घड़ी भर के लिए बैठेगा। सिगरेटों की डिबिया खरीदेगा। एक सिगरेट वहाँ बैठे-बैठे ही फूँक देगा। फिर डिबिया को कमीज

के नीचे, बंडी की जेब में छिपाकर रख लेगा और सड़क पर आँखें गाड़ देगा, और हफ्ते-भर के लिए सड़क की रौनक को अपने अन्दर आत्मसात् कर लेगा।

'लाला' की दुकान पर आनेवाले किसी ग्राहक ने इसे पहचान लिया है। पहले तो यह धुँधलाई आँखों से उसकी ओर देखता रहता है, फिर सहसा उसका चेहरा किसी बच्चे के चेहरे की तरह खिल उठा है और हाथ बढ़ाकर उसका कन्धा थपथपाने लगा है। पर फिर दो वाक्यों में ही दोनों के बीच का वार्तालाप खत्म भी हो गया है। कुशलक्षेम से आगे दोनों के लिए कुछ कहने को रह नहीं गया है। उसने बहू-बेटे के बारे में पूछा है, पर बुजुर्ग ने नजर नीची कर ली है। 'सब ठीक है, कुशल-मंगल है,' वह कहता है। घर की बात कौन किसी से कहता है, बेटे-बहू की इजजत का ध्यान भी तो उसे रखना है!

कुछ देर तक यहाँ बैठने के बाद वह धीरे-धीरे चलता हुआ गोसाईं की दुकान पर जाकर बैठेगा। वहाँ धूप अच्छी पड़ती है और वहीं अखबार भी देखने को मिल जाता है। गोसाईं के साथ इधर-उधर की दो बातें भी हो जाती हैं।

तभी पैरोल का वक्त खत्म हो जाएगा, बहू किट्टी पार्टी से लौटने को होगी और बुजुर्ग धीरे-धीरे चलता हुआ, बहू के लौटने से पहले ही, फिर से घर की सीढ़ियाँ चढ़ जाएगा अगले दस-बीस दिन के लिए।

बुढ़िया तो लगता है, अब एक ही बार नीचे उतरेगी। लोगों की नजर से तो वह अभी से अलोप हो चुकी है। यों भी, जिस तेजी के साथ वह सिकुड़ती जा रही है, शीघ्र ही मुट्ठी- र हड्डियों का ढाँचा रह जाएगी और फिर किसी भी दिन 'छूमंतर' हो जाएगी।

आठ नम्बर ब्लाक के नुक्कड़वाले घर में सरला बीबी बाहर निकली है, हाथ में छोटा-सा सतरंगा छाता और आँखों पर काला चश्मा लगाए हुए। घर का आँगन पार करते ही उसने छाता खोल लिया है और मार्केट की ओर जाने लगी है। काला चश्मा लगाने का एक लाभ यह भी होता है कि आसपास के लोगों के प्रति दूरी का-सा भास बना रहता है।

मार्केट से सरला बीबी घर के लिए सौदा-सुलुफ खरीदेगी, और वहाँ से पाँच नम्बर ब्लाक में अपनी एक सहेली के घर जा बैठेगी। वह भी काला चश्मा लगाती है और उसके पास भी रंग-बिरंगा छाता है। वह भी सरला बीबी की भाँति इंग्लैंड से लौटकर आई है। दोनों एक-दूसरी का एकाकीपन बाँटती हैं, दोनों अपने-अपने हमसायों के कमीनेपन और भौंडेपन की चर्चा करती हैं, जिससे दोनों को चैन मिलता है। लंच से पहले सरला बीबी फिर से काला चश्मा लगाए और सिर पर सतरंगा छाता खोले घर लौट आएगी।

सरला बीबी अकेली रहती है, शादी नहीं हुई। यह वही सरला बीबी है जो बरसों

पहले, उस रोज जब चाय-पार्टी हुई थी तो अपनी सहेलियों के साथ खिड़की के पास बैठी थी और मक्खनलाल के गाने पर अपनी हँसी नहीं रोक पाई थी, और उठकर भाग गई थी। यह उन्हीं इंजीनियर आहूजा की बेटी है, जो अपनी उम्र लम्बी कर पाने के चक्कर में साठ साल की उम्र में कसरत करने लगा था और जल्दी ही भगवान को प्यारा हो गया था।

सरला बीबी घर से निकली थी और पटरी के सामने फैले कीच औ़र पानी से बच-बचकर सड़क पर पहुँच ही रही थी कि ऊपर से किसी ने उस पर कूड़ा फेंका। पर सरला बीबी बच गई, कूड़ा उस पर नहीं पड़ा।

यह कूड़ा उसकी किराएदारिन ने उस पर फेंका है। यही उसका अभिवादन करने का ढंग है। अगर कूड़ा सरला बीबी के सिर पर पड़ भी जाता तो भी सरला बीबी ऊपर की ओर आँख उठाकर नहीं देखती। 'ये लोग कमीना हरकत करता, हम सब जानता। पर हम इनके मुँह नहीं लगेगा।' उसने यह धारणा बना ली है। सरला बीबी ने अपने किराएदारों से बोलचाल बन्द कर रखी है। पर कुछ लोगों का कहना है कि अगर सरला बीबी चिल्लानेवाली स्त्रियों में से होती, तो ऐसा नहीं होता। औरतों को चिल्लाना आना चाहिए।

भगवान के घर सिधारने से पहले आहूजा साहब दो मकान खरीद गए थे, साथ-साथ जुड़वाँ। दोनों बेटों को डॉक्टर बनाया, जो अब विलायत में रहते हैं। दो बेटियों को ब्याहा, जो अब अपने-अपने घर रहती हैं—एक लखनऊ में, दूसरी बंबई में। इसके बाद पल्ला झाड़ गए। पीछे रह गई उनकी वृद्धा पत्नी, मँझली बेटी सरला बीबी और दो घर। अब आहूजा इंजीनियर को क्या मालूम था कि जमाना बदल जाएगा और विलायत में जानेवाले बेटे लौटना नहीं चाहेंगे, और माँ-बेटी निपट अकेली पड़ जाएँगी। एक बार गर्मी के दिनों में दोनों माँ-बेटी विलायत गईं—एक भाई ने टिकट भेजे थे। पूरे छह महीने तक रहीं। दूसरी बार, कुछ बरस बाद, अकेली सरला बीबी गई—तब दूसरे भाई ने टिकट भेजा था। पर वह अभी विलायत में ही थी कि पीछे घर में डाका पड़ गया। डाका डालनेवालों ने बुढ़िया को कुर्सी के साथ बाँधा और उसकी आँखों के सामने सारा सामान—विलायत से लाए हुए ट्रांजिस्टर, वी.सी.आर, जी.सी.आर. और न जाने क्या-क्या—बाँधकर ले गए। बुढ़िया की घिग्घी बँध गई, पर वह चिल्लाई नहीं। उसके इस सहयोग से आश्वस्त होकर डाकुओं ने बुढ़िया को जिन्दा छोड़ दिया, जान से नहीं मारा।

इसके बाद बुढ़िया तीन साल तक जिन्दा रही। पर माँ-बेटी ने तभी से अन्दर से दरवाजे-खिड़कियाँ बन्द किए रहने का फैसला कर लिया। भाइयों तक ने विलायत से यही लिखा था कि दरवाजे-खिड़कियाँ बन्द रखा करो, बल्कि बाहर खुलनेवाले दरवाजों के ताक बदलकर लोहे के ताक लगवा लो।

इंग्लैंड में समय बिताने का असर इतना तो जरूर हुआ है कि सरला बीबी

आसपास के लोगों से अपने को ऊँचा और अलग समझने लगी है, किसी से मेल-जोल नहीं बढ़ाती। मेल-जोल बढ़ाने का मतलब है, उनके स्तर तक नीचे उतरना।

'ये लोग हमारे घर के सामने कमीना हरकत करता, हम सब जानता, पर हम उनको मुँह नहीं लगाता।' वह अपने लहजे को जान-बूझकर विदेशी पुट देते हुए कहती।

जब कभी सरला बीबी अपने घर की खिड़की खोलती है तो तीखी बदबू का भभूका बाहर से अन्दर आता है। 'न जाने कितना लोग इधर कमीना हरकत करता!' वह बड़बड़ाकर कहती है और खिड़की को फिर से बन्द कर देती है।

उसका इशारा कोहली के कारिन्दों की ओर है। एक घर छोड़कर दूसरे घर की निचली मंजिल में कोहली ने स्कूटरों का वर्कशॉप खोल रखा है। अब रिहायशी इलाके में वर्कशॉप का मतलब ? पर वर्कशॉप है और वहाँ दिन-भर खट-खट लगी रहती है और कोहली के कारिन्दे उठ-उठकर सरला बीबी के घर की दीवार के साथ 'कमीना हरकत' करते हैं।

इंग्लैंड में रहकर आई है और साथ में अपनी ऊँची तहजीब का सुरक्षा-कवच लेती आई है। वह समझती है कि यह कवच उसे बचाए हुए है, जिन्दा रखे हुए है, पर वास्तव में वह उसे निपट अकेला करता जा रहा है। अगर सरला बीबी अपनी भारतीयता बनाए रखती और चिल्लाती, झगड़ती, हाथ पसार-पसारकर गालियाँ देती तब शायद कोहली के कारिन्दे उसकी खिड़की के नीचे 'कमीना हरकत' नहीं करते। चंडी का रूप ही शायद स्त्री का सबसे बड़ा सुरक्षा-कवच है। मुहल्ले में यहाँ-वहाँ जितनी भी स्त्रियाँ चंडी का रूप धारण किए हुए हैं, सभी ज्यादा सुरक्षित हैं।

सरला बीबी घर को लौट रही है—काले चश्मे में से आसपास देखती हुई। फिर घर में घुसते ही उसने दरवाजा बन्द कर लिया है।

यह आदमी जो उजले कपड़े, चिकना-चूपड़ा, बाल कंघी किए, शेव किए अपनी ही दुकान के चबूतरे पर टाँग पर टाँग रखे बैठा है, सिगरेट सुलगा ली है और राह जाते हर परिचित को सिर झुकाकर दोनों हाथ जोड़कर नमस्कार कर रहा है, यही कोहली है। आज सोमवार है और इसकी वर्कशॉप बन्द है। इसी कारण यह उजले कपड़े पहने चिकना-चुपड़ा बना बैठा है, वरना हफ्ता-भर चीकट मैले कपड़े और तेल से सने हाथ लिये वर्कशॉप का काम देखता है। इस वक्त उसे देखकर कोई नहीं कह सकता कि शाम होते न होते, यह आदमी नशे में धुत, दहाड़ता हुआ, सड़क के बीचोबीच पहुँच जाएगा। कुछ लोगों का कहना है कि तब उसे उस अन्याय का बोध होने लगता है जो जायदाद के बँटवारे के समय इसके साथ हुआ था।

इसका बाप भी बरसों पहले लाला दीवानचन्द के साप्ताहिक सत्संग में आया करता था। वह आढ़ती था और सारा वक्त खाट पर बैठा अपनी बहियाँ बाँचता रहता

था। फिर एक दिन, खाट पर बैठे ही बैठे, एक बही पर झुका हुआ 'चलाणा' कर गया था।

उसके आँखें बन्द करने की देर थी कि बहनें और भाई जायदाद पर टूट पड़े थे। बड़ी बहन तो चील की तरह झपटी थी और बीमार माँ की आँखों के सामने जेवरों का डिब्बा उड़ा ले गई थी। अन्त में बँटवारा हुआ और दो-दो कमरे सभी के हिस्से में आए। पर बड़ी बहन और भाई के बीच आँगन को लेकर झगड़ा होने लगा। भाई ने आँगन के एक हिस्से में छप्पर डालकर वर्कशॉप खोल दी। बहन तिलमिला उठी और रोज गाली-गलौज होने लगी। तभी से कोहली पीने लगा था। नशे में होता तो इसमें अपार साहस ठाठें मारने लगता। तब वह छाती फुला लेता और दहाड़ता हुआ सड़क पर आ जाता और सारे कुनबे को गालियाँ देने लगता। एक बार तो इसने अपनी बहन के मुँह पर चाँटा भी जड़ दिया था।

पर झगड़ा तो अब लगभग खत्म हो चुका है, जायदाद बाँटी जा चुकी है; पर शराब का क्रम हर चौथे-पाँचवें, बराबर बना हुआ है। पीने के बाद वह अब भी दहाड़ता है, सड़क के बीचोबीच पहुँच जाता है और किन्हीं अमूर्त शत्रुओं को सम्बोधन करके चिंघाड़ता है, गालियाँ बकता है। कभी-कभी पत्नी पर बरस पड़ता है, पर पत्नी एक की दस सुनाती है। सीढ़ियों का दरवाजा अन्दर से बन्द कर लेती है, ताकि यह पिए हुए बाहर ही पड़ा रहे, ऊपर नहीं आ सके। और अगर नशे की हालत में ऊपर पहुँच जाए तो अब इसका बेटा भी इसे घूँसे मारने लगता है, यहाँ तक कि फर्श पर पटक देता है। बेटे ने भी अब होश सँभाल लिया है और जवानी में कदम रख रहा है।

पर इस समय तो कोहली अपनी वर्कशॉप के चबूतरे पर बैठा राह जाते हर परिचित को झुककर नमस्कार कर रहा है। उसके चेहरे का भाव तो ऐसा है, जैसे अभी-अभी मन्दिर से लौटा हो—कुछ-कुछ गौतम बुद्ध के चेहरे के भाव-जैसा।

मुहल्ला सचमुच रच-बस गया है।

दोपहर ढलने लगी है। साये लम्बे होने लगे हैं। नवम्बर मास की खुनकी फिर से हवा में फैलने लगी है। अभी थोड़ी ही देर में साँझ उतरने लगेगी, साये गहराने लगेंगे।

दफ्तरों में काम करनेवाली युवतियाँ-स्त्रियाँ मुहल्ले में लौट रही हैं—कन्धों पर बैग लटकाए तेजी से कदम बढ़ाती हुई। नीलम को अपना बेटा सड़क पर ही खेलता मिल गया है। उसे उसने लपककर बाँहों में भर लिया है, और छाती से लगाए-लगाए ही चूमती-पुचकारती हुई घर की सीढ़ियाँ चढ़ने लगी है। दफ्तर बन्द होते ही वह घर पहुँचने के लिए अधीर हो उठती है और जैसे नाक की सीध, भागती हुई चली आती है। कमला का बेटा घर पर नहीं है। अब वह घर में ठहरने के बजाय

सीधे उसे ढूँढ़ने निकली है और भागती हुई कभी एक के घर तो कभी दूसरे के घर भटक रही है।

इन औरतों के लिए यह दिन का सबसे सुहावना समय है—स्निग्ध और सुन्दर, जब ये बच्चों को अपने हाथों से कुछ खिलाएँगी, उनकी दिनचर्या सुनेंगी, उनके साथ बतियाएँगी। पर आध-पौन घंटा बीतते न बीतते, दिन के डूबते उजाले के साथ यह 'अन्तराल' समाप्त हो जाएगा और गृहस्थी की चक्की फिर से चलने लगेगी।

इन्हीं औरतों में देवकी भी है। वही, जिसने बाल कटवा लिये हैं, और भड़कीले पीले रंग की सलवार-कमीज पहने अभी-अभी मोड़ काटकर अपने घर में गई है। घर क्या है, एक कमरा है, और पीछे छोटा-सा एक बाथरूम। मुहल्ले के लोग कहते हैं कि देवकी ने दिल्ली की ही किसी बस्ती में फ्लैट बुक करवा रखा है, और वह बनकर तैयार भी हो चुका है पर यह यहाँ से हिलने का नाम ही नहीं लेती।

देवकी किसी फैक्टरी के दफ्तर में काम करती है। नौकरी पक्की है। इसका पति इसे और इसके दो बच्चों को छोड़कर किसी दूसरी औरत के साथ भाग गया है। कहते हैं, धर्म बदलकर उसने उस औरत के साथ शादी भी कर ली है और अलग से रहने लगा। इसकी सास इसके पीछे पड़ी है कि घर से निकल जाए, घर खाली करे। यह कहती है कि कोई देखे तो मुझे निकालकर। मैं उल्टे इसे और इसके बेटे को जेल भिजवा दूँगी। लोग कहते हैं, इसे अपनी नौकरी का बड़ा जोम है। पक्की, पेंशनवाली नौकरी है, इसीलिए किसी से खम नहीं खाती। इसीलिए बाल कटवा दिये हैं और भड़कीले कपड़े पहनती है। शुरू-शुरू में बात दूसरी थी। देवकी घबरा गई थी कि क्या मालूम, सास निकाल ही दे! पहले सारी निचली मंजिल इसके पास थी, जब इसका पति इसके साथ था, और माँ ऊपर की मंजिल पर रहती थी। फिर सास ने एक कमरा छीना और उसे किराए पर चढ़ा दिया। अपने दो कमरों में से भी एक किराए पर चढ़ा दिया। बेटे ने जो दो कमरे पिछले आँगन में, एक के ऊपर दूसरा, बनवाए थे, वे भी किराए पर चढ़ा दिये। पर फिर देवकी डट गई। कगार पर पहुँची ही थी कि समझ गई कि अब या तो नीचे पाताल में या फिर अपने बलबूते अपने पाँवों पर। इस बीच इसकी नौकरी भी पक्की हो गई। अब तो सास भी इसके मुँह नहीं लगती, बल्कि सुबह-शाम मन्दिर जाने लगी है। मतलब कि मन की शान्ति के लिए इसे पूजा-पाठ की जरूरत पड़ गई है।

शाम के साये उतर चुके हैं। अँधेरा गहराने लगा है। लोग अपने-अपने घरों में जा चुके हैं, जब मार्केट की ओर से शोर सुनाई देने लगा। आवाजें आ रही हैं, जैसे भोंपू पर कोई ऊँचा-ऊँचा बोल रहा है। शाम के झुटपुटे में कोई भोंपू पर क्यों बोलेगा? चुनाव तो अभी बहुत दूर हैं, और मुनादी दिन के वक्त होती है—मुनादी भी और इश्तहारबाजी भी। इस समय भोंपू पर कौन बोल रहा है?

पहले घरों के बच्चे, फिर जवान, फिर अधेड़ अपने-अपने घरों से निकल आए हैं। स्त्रियाँ छज्जों-बालकनियों पर आ गई हैं।

मार्केट की ओर से काले रंग का स्कूटर-रिक्शा, दाएँ-बाएँ से ढका हुआ, धीरे-धीरे चलता आ रहा है। उसी में बैठा कोई आदमी भोंपू पर बोल रहा है। स्कूटर-रिक्शा के पीछे बहुत-से लोग भी धीरे-धीरे चले आ रहे हैं।

कोई अनहोनी-सी बात हुई जान पड़ती है, क्योंकि पीछे-पीछे आते लोगों में से कोई भी बोल नहीं रहा है—पर स्कूटर-रिक्शा के पीछे-पीछे वे बराबर चले आ रहे हैं।

स्कूटर नजदीक आ रहा है। आवाज ऊँची उठ गई है :

''अगर किसी ने, बस्ती के किसी भी आदमी या किसी दुकानदार ने चड्ढा की मदद की तो याद रखो, हमसे बुरा कोई नहीं होगा। सभी लोग कान खोलकर सुन लें।...''

स्कूटर-रिक्शा आगे सरकता आ रहा है। ढाबे के पास पहुँचते-पहुँचते लोगों की भीड़ बहुत बढ़ गई है, आसपास के लोग इकट्ठा हो गए हैं।

ढाबे से थोड़ा आगे बढ़कर स्कूटर खड़ा हो गया है। सड़क के पार दुकानों की पाँत में पहली दुकान चड्ढा की है। दुकान बन्द पड़ी है, और उसका लोहे का शटर गिरा हुआ है।

सहसा शटर पर पथराव होने लगा है। स्कूटर-रिक्शा के पीछे-पीछे आनेवाले लोग भड़क उठे हैं। सड़क किनारे से ढेले-पत्थर, जो मिला, उठा-उठाकर दुकान के शटर पर मारने लगे हैं। शटर पर पत्थर-ढेले पड़ते हैं तो ठक्-ठक् की आवाज आती है, जो रात के बढ़ते अँधेरे में भयावह-सी लगती है। पर जितने ज्यादा पत्थर पड़ते हैं, उतना ही ज्यादा लोगों का गुस्सा भड़क उठता है।

सहसा कोई चिल्लाया :

''मुर्दाबाद! मुर्दाबाद!
दहेज का कीड़ा मुर्दाबाद!
मुर्दाबाद!
चड्ढा मुर्दाबाद! मुर्दाबाद!''

कुछ दिनों पहले चड्ढा के बेटे की शादी हुई थी। बहुत-से हमसाए, दुकानदार उसकी शादी में शामिल भी हुए थे। चड्ढा ने मुहल्ले में लड्डू भी बाँटे थे। पर कुछ दिन पहले खबर मिली कि चड्ढा की नवविवाहिता बहू जल मरी है। चड्ढा की दुकान बन्द पड़ी रहने लगी थी और लोग तरह-तरह के कयास लगाने लगे थे। फिर खबर मिली कि चड्ढा लापता है, उसका बेटा पकड़ा गया है, और मामला संगीन है।

पटरी पर खड़ा एक आदमी अपने साथ खड़े व्यक्ति को कोहनी मारकर कहता है, ''वह लड़का देखते हो?''

''कौन-सा?''

''वही जो नंगे सिर स्कूटर-रिक्शा के पीछे खड़ा है, उसी की बहन जल मरी है। लड़की का भाई है। न जाने क्यों इन लोगों के साथ चला आया!''

जलनेवाली लड़की का भाई अभी भी बेसुध-सा स्कूटर-रिक्शा के पीछे खड़ा इस अटपटे, भयावह दृश्य को देखे जा रहा है।

लोहे के शटर पर अभी भी पत्थर बरस रहे हैं। फिर जुलूस में से ही कोई आदमी आगे दुकान की ओर बढ़ गया है। उसके हाथ में बड़ा-सा डिब्बा है। डिब्बे को जमीन पर रखकर उसमें से एक बड़ा-सा ब्रश निकालकर वह शटर पर कुछ लिखने लगा है :

'दहेज का कीड़ा! दहेज का लोभी कुत्ता! चड्ढा मुर्दाबाद! मुर्दाबाद!'

वह कोलतार से लिख रहा है। एक-एक अक्षर लिखने पर, उसमें से कोलतार की बूँदें चू-चूकर नीचे गिर रही हैं। शब्दों के नीचे, ऊपर से नीचे तक, लकीरें-सी पड़ती जा रही हैं।

आसपास खड़े लोग चुप हैं।

स्कूटर-रिक्शा में से, उसके गिरे पर्दों के पीछे से फिर से आवाज आने लगी है। भोंपू पर कोई आदमी कह रहा है :

''कोई भी आदमी चड्ढा की मदद न करे। उसके हाथ खून से रँगे हैं। उसने एक मासूम लड़की की जान ले ली हैं।''

लगता है, ये लोग लड़की के सम्बन्धी हैं। अपना गम और गुस्सा रोक नहीं पाए और उसी हड़बड़ी में चले आए हैं, वरना तैयारी करके आते, सधे हुए नारे लगाते, सुव्यवस्थित ढंग से मुजाहिरा करते। अब तो ये अपनी भड़ास ही निकाल पाएँगे।

स्कूटर-रिक्शा आगे निकलने लगा है। आसपास खड़े लोग बिखरने लगे हैं।

पटरी पर खड़े दुकानदार बतियाने लगे हैं, ''यह उबाल कुछ दिन रहेगा, फिर ठंडा पड़ जाएगा। मुकदमा चलेगा, फिर घिसटेगा। क्या मालूम, बरसों तक घिसटता चला जाए!''

स्कूटर-रिक्शा आगे निकल गया है।

मुहल्ले के लोगों को उस बहू का चेहरा याद है। ब्याह के बाद दूल्हा—चड्ढा का बेटा—उसे मुहल्ले के दो-एक घरों में ले गया था। चार नम्बरवाले घर में रहनेवाला परिवार चड्ढा के सम्बन्धियों में से है।

बालकनी में खड़ी चार नम्बरवाले की अधेड़ उम्र स्त्री, साथवाले घर की स्त्रियों को सुना रही है, ''हमारे घर आई थी। इतनी बच्ची-सी तो थी! उससे तो किनारी गोटेवाला दुपट्टा ही नहीं सँभाला जा रहा था। बड़ी हँसमुख। हमने कहा, गाना सुनाओ तो झट से गाने लगी। बड़ी जल्दी हिल-मिल गई। यहीं बैठे-बैठे हमारे बच्चों के साथ 'गीटे' खेलने लगी थी। पता नहीं, अन्दरखाने क्या हुआ है, अन्दर की भगवान जाने!...''

ढाबे के पास कुछ लोग अभी भी खड़े हैं। इसी की चर्चा कर रहे हैं।

''नहीं, नहीं, पकड़ा गया है। बाप-बेटा दोनों पकड़े गए हैं। और यह भी गलत है कि लड़की खुद जल मरी थी। तफ्तीश में लड़के ने कबूल किया है कि उसने बहू के कपड़ों को आग लगाई थी। उसने पीछे से आकर लड़की के सिर पर मिट्टी का तेल उँडेला था। तफ्तीश के दौरान पुलिस अफसर ने उससे पूछा कि पीछे से आकर तेल क्यों उँडेला तो वह लड़का बोला—पहले वह समझी, मैं उस पर पानी डाल रहा हूँ। वह हँसने लगी थी। जब उसे तेल की बू आई तब भी नहीं समझी!...कचहरी में खड़ा लड़का नीम पागल-सा लग रहा था!''

स्कूटर-रिक्शा आँखों से कब का ओझल हो चुका है। भोंपू की आवाज रात के अँधेरे में डूब गई है।

पर मुहल्ला अभी शान्त नहीं हुआ है।

कोहली पीकर सड़क पर आ गया है, और सड़क के बीचोबीच खड़ा दहाड़ने लगा है, ''कौन है इधर चिल्लानेवाला? यह क्या शोर है? कौन है, इधर सामने आए! पकड़ो इसे, तेरी माँ की...!''

और उसने सड़क के किनारे से पत्थर उठा लिया है।

''मैं सिर फोड़ दूँगा। कौन है, इधर सामने आए!''

कोहली का एक कारिन्दा उसे धकेलता हुआ आँगन में ले गया है और उससे ऊपर चले जाने का आग्रह कर रहा है।

''पर सीढ़ियों का दरवाजा तो बन्द है!'' कारिन्दे के मुँह से सहसा निकल जाता है।

इस पर कोहली अपनी पत्नी पर चिल्लाने लगा है, ''खोल दरवाजा, खोल! तेरे बाप का घर है?'' और हाथ में उठाया हुआ पत्थर सीढ़ियों के दरवाजे पर दे मारता है।

ऊपर से उसकी पत्नी चिल्लाने लगी है। एक अजीब धड़कन-सी, दहशत-सी, मुहल्ले के माहौल में फैल गई है इन आवाजों के कारण।

रात के ग्यारह बजनेवाले हैं। हाँफता हुआ मुहल्ला अब धीरे-धीरे रात की गोद में लुढ़कने लगा है। गलियाँ सूनी पड़ती जा रही हैं। उनमें कुत्ते निकल आए हैं और एक-दूसरे के पीछे भागने और कहीं-कहीं पर भौंकने लग गए हैं। घरों की रोशनियाँ धीरे-धीरे बुझ रही हैं। किसी-किसी घर में से रोशनी रौशनदानों में से छनकर आ रही है।

परीक्षाओं में बैठनेवाले छात्र-छात्राएँ, अपनी-अपनी किताबों पर झुके हुए हैं। कहीं-कहीं कोई चिन्तित बाप अपने बेटे से कह रहा है, ''अगर अस्सी प्रतिशत से ऊपर नम्बर नहीं लिये तो दाखिला नहीं मिलेगा, यह समझ लो। आगे की पढ़ाई

ठप्प हो जाएगी। खूब जमकर पढ़ो। आगे बढ़ना चाहते हो तो जमकर पढ़ो, यही वक्त है।''

बेटा अपनी बड़ी-बड़ी आँखों से पिता के चेहरे की ओर देखे जा रहा है। बाप की बातें सुनते हुए हर बार उसकी आँखों में आतंक-सा घिरने लगता है।

''अभी नहीं, तो कभी नहीं, बेटा, खूब जमकर पढ़ो। अगर तुम्हारी सेकेंड डिवीजन आई तो मैं कुछ नहीं कर सकूँगा। तुम्हें दाखिला नहीं मिल पाएगा, यह अच्छी तरह समझ लो। यही वक्त है...!''

परेशान, थके हुए बेटे की बोझिल आँखें फिर से किताब के पन्ने पर लौट आई हैं।

मुहल्ला सचमुच रच-बस गया है।

ख़ुशबू

मदनगोपाल मर गया है पर अपने पीछे अपने नाम की 'खुशबू' छोड़ गया है। बड़ा दोस्तपरवर था, बड़ा मेहमाननवाज, बड़ी सूझ-बूझवाला। सभी की जबान पर उसकी दोस्तपरवरी और दरियादिली की चर्चा है। जिन्दगी-भर अपना प्यार लुटाता रहा है, और प्यार ही नहीं, अपना धन भी पानी की तरह बहाता रहा है।

पर मदनगोपाल अपने पीछे एक सवाल भी छोड़ गया है जो किसी-किसी वक्त तो उसके गुणगान के नीचे दब जाता है और गौण-सा लगने लगता है, पर फिर अनजाने में ही वह साँप के फन की तरह फुँकारता हुआ अपना सिर उठा लेता है और बार-बार मस्तिष्क को डसने-सा लगता है।

मदनगोपाल की मृत्यु कल शाम अस्पताल में हुई थी। अब सुबह के ग्यारह बज रहे थे, और उसका शव श्मशान भूमि की बारहदरी में रखा है और सैकड़ों मर्द और औरतें आखिरी बार उसके दर्शन कर पाने, उसके चरण छू पाने के लिए इकट्ठा हैं। श्मशान भूमि जैसे बीहड़ स्थान में भी मेले का-सा समाँ बँध गया है। कुछ लोग बारहदरी से हटकर श्मशान भूमि के आँगन की दीवार पर जा बैठे हैं। जगह-जगह आँगन में पेड़ों के नीचे दीवार के पास पुरुषों की छोटी-छोटी टोलियाँ बन गई हैं और सभी टोलियों में मदनगोपाल की ही चर्चा चल रही है, उसकी पैनी सूझ और कामयाब जिन्दगी की। इस मेले में श्मशान भूमि का रूप ही बदल गया है। आवारा कुत्ते, दाह-कुंडों की छतों पर भागते-कूदते बन्दर, और सुलगते दाह-कुंड और श्मशान भूमि का सूना-सूना-सा माहौल—सभी ढक-से गए हैं। लगता है, आज केवल एक ही दाह-संस्कार किया जाएगा और वह मदनगोपाल का होगा। एक के बजाय श्मशान भूमि के तीनों अचारजी सब काम छोड़कर मदनगोपाल के दाह-संस्कार की तैयारी में लगे हुए हैं। श्मशान भूमि में पहुँचनेवाली अन्य अरथियों की ओर किसी का ध्यान ही नहीं जाता। एक दाह-कुंड के पास देर से एक मैली-सी औरत, अपने दो-एक सम्बन्धियों के साथ, सफेद चादर में लिपटे एक शव के सिरहाने बैठी है। लगता है, इस इन्तजार में है कि कब कोई अचारजी खाली हो और वह अपने मृतक का दाह-कर्म करवा पाए।

बारहदरी के पास ही खड़े लम्बे–ऊँचे जगन्नाथ वकील ने रूमाल से आँखें पोंछते हुए अपना हाथ अपने मित्र के कन्धे पर रखते हुए कहा, "एक बार मुझे अपने पाँव का एक्स–रे करवाना था। क्लीनिक का डॅक्टर मदनगोपाल का परिचित था। मैंने यों ही बातों–बातों में जिक्र किया तो कहने लगा, 'मैं डॉक्टर को टेलीफोन कर दूँगा, तुम्हें इन्तजार नहीं करना पड़ेगा।' मैंने कहा, 'बड़ी अच्छी बात है।' पर जानते हो, क्या हुआ? मैं क्लीनिक में पहुँचा तो क्या देखता हूँ कि मदनगोपाल खुद वहाँ बैठा हुआ है। कहने लगा, 'मैंने सोचा, क्या मालूम, डॉक्टर को ध्यान रहे, न रहे, मैं खुद ही पहुँच जाऊँ। क्लीनिक पास ही तो है...' " कहते–कहते वकील की आँखें भर आईं।

"प्यार का भूखा था, बस, प्यार का भूखा। अगर कहीं से उसे प्यार मिलता तो अपनी जान भी निछावर करने के लिए तैयार हो जाता था। सोचा जाए तो दुनिया में प्यार के सिवा और है भी क्या? वह प्यार माँगता नहीं था, देता था। चारों ओर अपना प्यार लुटाता था। और धन क्या कम लुटाता था? धन भी लुटाता था।" जगन्नाथ ने कहा।

शोक करनेवालों में शायद सबसे ज्यादा दुखी बूढ़ा नौकर ही था। दुबला–पतला, घर का रसोइया। अपनी दुखती कमर पर हाथ रखे बारहदरी के आसपास ही घूम रहा था। जब कभी मदनगोपाल के किसी मित्र अथवा सम्बन्धी को पहचान लेता तो हाथ ऊँचा उठाकर धाड़ मारकर रो पड़ता, "चला गया! छुट्टी कर गया! खत्म हो गया!..."

"घर का पुराना नौकर है," जगन्नाथ ने कहा, "नौकरों की सरपरस्ती भी कोई मदन से सीखे। एक बार मैंने कहा, 'मदन, तुमने नौकरों को बिगाड़ रखा है। डेढ़–डेढ़ सौ रुपया तनख्वाह उन्हें देते हो, नौकरों को भी चाय के साथ मिठाई खाने को देते हो,' तो कहने लगा, 'ये खा लेंगे तो क्या बुरा है!' फिर हँसकर बोला, 'मैं जानबूझकर इन्हें मिठाई खिलाता हूँ ताकि इन्हें मिठाई खाने की लत पड़ जाए और ये मेरे घर में ही बने रहें। आजकल अच्छे नौकर मिलते कहाँ हैं! इन्हें मालूम है, और किसी जगह इन्हें मिठाई खाने को नहीं मिलेगी...' "

"बड़ा हँसमुख था। सारा वक्त मजाक करता रहता था।"

हर टोली में ऐसी ही चर्चा चल रही थी। आँगन के पार दीवार पर से पाँव लटकाए एक बुजुर्ग कह रहे थे, "हाथ का सखी, जबान का पक्का। खुशगो, खुशमिजाज आदमी था।..." और वह भी अपना अनुभव सुनाने लगा, "मेरी बेटी की शादी थी। बारात को खिलाने के लिए मैंने और तो सभी चीजों का प्रबन्ध कर लिया था, पर मीठी चीज क्या दूँ, यही एक उलझन थी। उन दिनों न सूजी मिलती थी, न मैदा। मैंने सोचा, कस्टर्ड बनवा दूँगा। पर जब वक्त आया तो पता चला कि बाजार में कस्टर्ड पाउडर ही नहीं मिल रहा है। उन दिनों मदन से मेरा नाममात्र का

ही परिचय था। मैं नया-नया ही पुलिस-कप्तान बनकर शहर में आया था। उसे मेरी परेशानी का पता चलने की देर थी कि उसने जगाधरी में किसी को टेलीफोन कर दिया और दूसरे दिन एक आदमी जगाधरी से दस बड़े-बड़े डिब्बे कस्टर्ड पाउडर के लेकर पहुँच गया। जब मैंने पैसे देने चाहे तो मदनगोपाल बोला, 'जमीन-जायदाद साझी नहीं होती, कप्तान साहिब, लेकिन बेटियाँ सबकी साझी होती हैं...' " कहते हुए बुजुर्ग की आँखें भी भर आईं और गला रुँध गया।

मदनगोपाल के दाह-संस्कार में अभी देर थी। किसी का इन्तजार था। पहले कुछ लोगों का अनुमान था कि मदनगोपाल के बड़े भाई का इन्तजार होगा, जिन्हें जलंधर से आना था, लेकिन श्मशान भूमि में पहुँचने के थोड़ी ही देर बाद मदनगोपाल के बड़े भाई पहुँच गए थे, पर दाह-संस्कार अभी भी रुका हुआ था, और लोग फिर से कयास लगाने लगे थे कि किसका इन्तजार किया जा रहा है। कुछ लोगों ने थककर सिगरेट सुलगा ली, कुछेक अपने साथ अखबार उठा लाए थे। वे अखबार खोलकर पढ़ने लगे। पर जहाँ कहीं भी दो आदमी बातें कर रहे होते, मदनगोपाल का ही गुणगान सुनाई पड़ता।

"अन्दर से उसे पता चल ही गया था कि उसके दिन पूरे होनेवाले हैं।"

"देवता आदमी था। ऐसे लोगों के अन्दर फुटनी फट जाती है कि चलने का वक्त आ गया है।"

"नौकरों तक का हिसाब चुकता कर गया है। सभी को एक-एक साल की तनख्वाह पेशगी दे गया है, ताकि वे घर में बने रहें।..."

"बड़ी सूझ-बूझवाला आदमी था। छोटी-छोटी बात की उसे खबर रहती थी।"

"सचमुच, मदन की हैसियत ही क्या थी जब उसने व्यापार शुरू किया। बीवी के गहने बेचकर उसने 'फ्रिस्को' के शेअर खरीदे थे। मुझे भी कहता था, खरीद लो, इस कम्पनी का काम खूब चमकेगा। बस, इसी में वारे-न्यारे हो गए। आज सौ का शेअर ग्यारह सौ में भी नहीं मिलता।"

"जमाना-शनास था, जमाने की नब्ज समझता था।"

"किस्मत की भी बात होती है, जगन्नथ जी! मदन किस्मत का धनी था। जिस काम में हाथ डालता, उसी में उसे लाभ होता था।"

"दिमाग बड़ी चीज है, हरगोपाल! उसकी सूझ तेज थी। पुराने ढंग के व्यापार नहीं करता था। जमाने की नब्ज पहचानता था। तुम्हें शायद मालूम नहीं, उसके रिश्तेदार का एक आदमी पूरे साठ हजार रुपए लेकर चम्पत हो गया था। उसका मदन को बहुत सदमा पहुँचा। और कोई होता तो हथकड़ी लगवा देता, लेकिन मदन ने 'सी' नहीं की। चुपचाप सारा नुकसान पी गया।"

इस पर हरगोपाल ने झुककर जगन्नाथ के कान में कहा, "करता भी क्या,

जगन्नाथ, अपनी ही बदनामी थी। नम्बर 'दो' का पैसा था, किसे क्या खबर करता!''

''नम्बर दो की बात नहीं, ब्लैक का हो चाहे व्हाइट का, यह तो अपनी सूझ की बात है। जब वह पैसे उड़ा ले गया तो मैंने मदन से कहा भी, कुछ तो उसे सबक सिखाना चाहिए। कहने लगा, 'उसी के जरिए लाखों कमाए भी हैं, जगन्नाथ! कुछ फिक्र नहीं जो ले गया तो। तुम देखते जाओ, भगवान ने चाहा तो वह मेरे पास लौट आएगा।' और वह सचमुच लौट आया और फिर से मदन के पास ही काम करने लगा। वह देखो, सामने दीवार पर बैठा है, रो-रोकर आधा हुआ जा रहा है!''

बारहदरी के अन्दर स्त्रियों का जमघट था। अमीर घरों की स्त्रियाँ अपनी सफेद साड़ियों और अवसाद-भरे दमकते चेहरों के कारण बड़ी कमनीय लग रही थीं। मदनगोपाल की स्थूलकाय भावज सफेद साड़ी तो पहन आई थी पर हाथ से अपनी हीरे की अँगूठी उतारना शायद भूल गई थी। ऐसी भूल और भी अनेक औरतों ने की थी। इसी कारण सिर पर से आँचल ठीक करते हुए या रूमाल से आँसू पोंछते हुए कभी किसी स्त्री की हीरे की अँगूठी चमक जाती, कभी कान का हीरा चमक जाता।

मदनगोपाल के भागीदार के लिए ज्यादा देर तक खड़ा रह पाना कठिन हो रहा था। यों भी अपनी बड़ी तोंद के कारण, उसका मुँह सारा वक्त खुला रहता था, और वह हँसता हुआ-सा साँस लेता था। उसकी बड़ी-बड़ी आँखों में से यों भी पानी बहता रहता था, आज कह पाना कठिन था कि आँसू बह रहे हैं या पानी!

''तुम क्या समझते हो?'' जगन्नाथ ने अपने मित्र के कन्धे पर हाथ रखते हुए पूछा, ''मदन के चले जाने के बाद उसका पार्टनर उसकी घरवाली को कुछ रुपया देता रहेगा या बन्द कर देगा?''

मित्र ने कन्धे बिचकाकर कहा, ''कोई किसी के दिल की क्या जानता है! इसका दिल इतना बड़ा तो नहीं है जितना मदन का था।''

''मदन की तो बात ही छोड़ो, वह तो लाखों में एक था। पर तुम क्या सोचते हो... ?''

''मैं तो सोचता हूँ, देगा। इतना बेशर्म तो नहीं होगा।''

''और दफ्तर की मोटर भी जो मदन को दे रखी थी, वह छीन तो नहीं लेगा?''

मित्र ने कन्धे बिचका दिये, ''कौन किसी के दिल की थाह पा सकता है, जगन्नाथ! देखें, क्या होता है!''

''मोटर छीन ली तो मदन की घरवाली को बहुत बुरा लगेगा।''

''कौन-सा उसे पल्ले से कुछ देना है। पहले भी नम्बर दो का रुपया दोनों तरफ चलता था, अब भी चलता रहेगा। मदन की घरवाली का महीना बाँध देगा।''

''नहीं, अपनी घरवाली को तो मदन पहले ही डायरेक्टर बनवा गया है।''

''फिर क्या मुश्किल है? कुछ व्हाइट में से देता रहेगा, कुछ ब्लैक में से।''

''आँख तो नीची हो गईं न, अब मदन की घरवाली की। वह अकड़ तो नहीं

रहेगी न, जो मदन के जीते-जी थी। नाक में से बिच्छू गिरते थे, किसी से सीधे मुँह बात नहीं करती थी। अब सीधी हो जाएगी।''

''नजर-वजर कोई नीची नहीं हुई, जगन्नाथ जी, उल्टे उसकी अकड़ बढ़ जाएगी। घरवाला मर जाए तो औरत ज्यादा निडर हो जाती है। हाँ, पैसा न हो तो बात दूसरी है।''

''मैंने सुना है, मदन कोई वसीयत भी छोड़ गया है, और मदन की बीवी उसे खोलने से इनकार कर रही है।''

उलझे बालों और चेहरे पर दो दिन की शेव बढ़ाए मदनगोपाल का छोटा भाई, हर किसी के सामने हाथ जोड़ता हुआ बारहदरी की ओर बढ़ रहा था, और एक ही वाक्य दोहराए जा रहा था, ''वह मेरा भाई नहीं था, मेरा पिता था। मेरा पिता चला गया है। पिताजी का देहान्त सन् '50 में हुआ था, पर सच पूछो तो पिताजी का देहान्त आज हुआ है।''

उसके मन में भी खुलखुती लगी थी कि कहीं भावज वसीयतनामे को खुर्द-बुर्द ही न कर डाले। संस्कार के काम से निपटूँ तो सबसे पहले, किसी आदमी को बीच में डालकर वसीयतनामा निकलवाऊँ।

मदन का छोटा भाई हाथ बाँध पास से गुजरा तो जगन्नाथ ने उसे रोक लिया, और आत्मीयता-भरी आवाज में बोला, ''वसीयतनामा जल्दी खुलवा लेना, इसमें देरी नहीं करना। आज ही शाम को बात चला देना। रखा किसके पास है?''

''भावज के पास ही है।''

''आज जरूर निकलवा लेना।''

कुछ शब्दों की भनक जगन्नाथ के साथी के कान में पड़ गई, ''वसीयतनामे में क्या होगा? उसमें नम्बर दो के पैसे का तो जिक्र नहीं हो सकता न।''

इस पर जगन्नाथ अपना मुँह और भी ज्यादा नजदीक ले जाकर धीमे से बोला, ''क्या कहते हो, मदन कच्ची गोलियाँ नहीं खेलता था। ब्लैक का सारा रुपया व्हाइट में बदलवा गया है।''

''वसीयतनामा खुले तो पता चले। वह वसीयतनामा खोलेगी ही नहीं!''

''हाँ, कह दे कि कोई वसीयतनामा ही नहीं है तो कोई क्या कर सकता है!''

इस पर जगन्नाथ का मित्र फिलासफरों के-से अन्दाज में बोला, ''पैसा बहुत बुरी चीज है। ऐसे रचे-बसे घर बरबाद हो जाते हैं।''

मदन का छोटा भाई अपने हाथ में पानी का गिलास उठाए, चलता हुआ बारहदरी के पास आया। मदन की भारी-भरकम पत्नी का सिर जो दाएँ कन्धे पर झुका था, पानी का गिलास देखकर दाएँ से बाएँ कन्धे पर लुढ़क गया। लगा, जैसे उसने कुछ देखा ही न हो!

''पी लो, पी लो!''

"पी लो बहिन जी, पी लो," किसी स्त्री ने कहा, "दिल मजबूत करो।"

"पी लो, पी लो!" चारों ओर से आवाजें आईं।

"मुँह से लगाकर पिला दो जी।" एक स्त्री के कहा और पानी का गिलास हाथ में लेकर मदन की पत्नी के मुँह से लगा दिया।

बारहदरी के सिरे पर बैठी वृद्धकाय महिला, जो मदन की पत्नी की मौसी थी, नाक चढ़ाकर बोली, "अब बड़ा पानी पिला रहा है, मदन जीता था तो सीधे मुँह बात भी नहीं करता था!" और हाथ झटककर मुँह फेर लिया और फिर एक बार नाक चढ़ाई। फिर वह देखकर कि उसकी बगल में उसी छोटे भाई की सास भी बैठी है, झट से उसकी आँखों में आँसू भर आए और सिर हिलाकर बोली, "अब बेचारी को इन्हीं का सहारा है। भला हो इन बच्चों का जो मदन की घरवाली को अपनी माँ समझते हैं! इनको इसी ने तो पाला है..."

दाह-संस्कार का अभी कहीं कोई चिह्न नजर नहीं आ रहा था। अचारजियों ने कुंड में लकड़ियाँ जोड़ दी थीं।

मदन का भागीदार बारहदरी के निकट एक ऊँचे-से पत्थर पर बैठा, दोनों हाथ तोंद पर जोड़े, गर्दन आगे को झुकाए, शून्य में देखे जा रहा था। उसका मुँह अभी भी खुला था और साँस धौंकनी की तरह चल रही थी और जबड़ा लटक रहा था। मदन के अन्तिम दर्शन करने के बाद प्रत्येक व्यक्ति भागीदार के पास आकर अफसोस जाहिर करता। भागीदार ज्यों-का-त्यों मुँह लटकाए बैठा रहा और तोंद पर जुड़े हाथ हल्के से हिला देता।

इस मुद्रा में भागीदार बड़ा भौंडा लग रहा था, लेकिन धन की महिमा से मंडित होने के कारण उसकी भौंडी आकृति में भी एक प्रकार की विशिष्टता आ गई थी।

उसी वक्त प्रवेशद्वार की ओर से ऊँचा-ऊँचा रोने की आवाज आई। लोग घूम-घूमकर देखने लगे।

"बिशनसिंह आया है," जगन्नाथ ने कहा, "मदन का कारिन्दा है।"

उम्ररसीदा बिशनसिंह के कपड़े सफर के कारण मैले हो रहे थे। मदनगोपाल की मृत्यु का समाचार पाते ही उसने तार दिया था कि पहुँच रहा हूँ। यों वह न भी पहुँच पाता तो कोई विशेष अन्तर पड़नेवाला नहीं था, क्योंकि मदनगोपाल ही उसे अच्छी तरह से जानता था, और लोगों के लिए तो वह महज कारिन्दा ही था।

पर सरदार बिशनसिंह श्मशान भूमि के आँगन में घुसते ही झेंपने लगा था। बड़े-बड़े धनी लोगों की भीड़ देखकर वह झिझक गया। अपने मैले कपड़ों के कारण तो वह और भी ज्यादा झेंपने लगा। आया तो था मदनगोपाल के पैरों पर सिर रखकर आँसू बहाने, लेकिन मदनगोपाल तक पहुँच पाना ही उसके लिए असम्भव हो रहा था। वह धीरे-धीरे सकुचाता हुआ आगे बढ़ता आया, पर बारहदरी के पास पहुँचकर डोल गया, उसकी हिम्मत जवाब दे गई। वहीं पर उसकी नजर पुराने नौकर खेतू पर

पड़ी, जो अभी भी बारहदरी के बाहर खड़ा बिसूर रहा था। मदनगोपाल के किसी नाते-रिश्तेदार के सामने शोक व्यक्त कर पाने का साहस न जुटा पाते हुए बिशनसिंह उसी से लिपट गया और उसी के सामने अफसोस करने लगा, उसी के कन्धों पर आँसू बहाता रहा। बहुत-से लोग इस अटपटे दृश्य को देखकर मुस्कुरा दिये।

''मदन के लाखों रुपए इस आदमी के हाथ में रहते थे, ट्रकों के ठेके का सारा काम यही देखता था।'' जगन्नाथ ने कहा।

''ट्रकें क्या?''

इस पर जगन्नाथ मुस्कुराया, ''बिहार में भी मदन ने काम ले रखा था, मगर किसी दूसरे नाम से। दस ट्रक हर महीने पटना से मद्रास पहुँचाता था। बड़ी बचत थी। मैंने ही उसे मशविरा दिया था कि इनकम टैक्स से बचने के लिए किसी दूसरे नाम से यह काम चलाओ। यह सरदार ही सभी बिल बनाता था और नम्बर दो के पैसे भी यही रखता था।'' फिर अपने मित्र की याद में गद्गद होते हुए बोला, ''लेकिन मदन दोस्तों का दोस्त था। इस सरदार की बेटी की शादी का सारा खर्च मदन ने बर्दाश्त किया था और दस हजार रुपए अलग से दिये थे।''

''नम्बर दो के पैसे का डर भी तो रहता है न!'' हरगोपाल ने बीच में कहा।

इस पर जगन्नाथ तुनक पड़ा, ''फिर वही बात! ब्लैक का पैसा तो हर किसी के पास रहता है, क्या सभी अपने कारिन्दों की इस तरह मदद करते हैं?''

''नहीं, मगर ब्लैक के पैसे का जोखिम भी तो होता है न, कोई कितना घर पर रखे?''

जगन्नाथ और ज्यादा उत्तेजित हो उठा, ''मदन सब गुर जानता था। वह कच्ची गोलियाँ नहीं खेलता था। जिन दिनों छापे पड़े थे, तुम्हें याद है, मदनगोपाल की ओर किसी ने आँख उठाकर भी नहीं देखा। यह मामूली बात नहीं है। अपने-अपने कैरेक्टर की बात है। उसका कैरेकटर बहुत ऊँचा था।''

फिर थोड़ी देर चुप रहने के बाद सिर हिलाकर बोला, ''अगर मदन खंडसारी के झमेले में नहीं पड़ता तो आज वह जिन्दा होता। मैंने उसे समझाया भी था कि यह तुम्हारे बस का काम नहीं है, तुम इसमें नहीं पड़ो।''

उसी दिन सुबह अखबार में खंडसारी को लेकर खबर छपी थी कि खंडसारी के भाव गिर जाने के कारण गाँववालों को बहुत नुकसान पहुँचा है। कुछ लोगों को तो भुखमरी का सामना करना पड़ रहा है। ऐसी ही कोई खबर छपी थी।

''उसने गलत क्या किया? कमाए ही नहीं, अपना बहुत-सा ब्लैक का पैसा व्हाइट में भी बदल लिया...लेकिन फिर भी अपनी चादर देखकर पाँव फैलाना चाहिए। जगह-जगह काम फैलाते जाओ तो चिन्ता तो बढ़ती है न! उसे मिला क्या? जान से हाथ धो बैठा!''

''मरना-जीना तो इनसान के हाथ में नहीं है न!'' हरगोपाल ने जोड़ा।

''इधर मदन ने खंडसारी के काम में हाथ डाला, उधर चीनी का भाव तेज हो गया। मदन ने लाखों लगा दिये। गाँवों में तीन-तीन गुमाश्ते बैठा दिये। बस, वारे-न्यारे हो गए। जब बाजार टूटा, उस वक्त तक मदन अपना रुपया निकाल चुका था।''

''मदन तो समझदार था, बच निकला, पर जो नहीं बच पाए...''

सहसा, छोटी-छोटी टोलियों में बँटे लोग चुप हो गए और गर्दन घुमा-घुमाकर श्मशान भूमि के प्रवेशद्वार की ओर देखने लगे। फिर सभी टोलियाँ टूट गईं और लोगों का समूह आगे की ओर बढ़ गया।

मिनिस्टर आए थे। हाथ बाँधे, दाएँ-बाएँ अभिवादन से सिर हिलाते हुए आगे बढ़ रहे थे। इन्हीं का इन्तजार रहा होगा। मिनिस्टरों को भला इतनी जल्दी खबर कैसे मिल जाती है, उनकी बड़ी-बड़ी इमारतों में किसी के जीने-मरने की खबर पहुँच ही कैसे पाती है? मिनिस्टर चलते हुए, बारहदरी के बाहर, सीढ़ी पर निढाल बैठी मदनगोपाल की पत्नी की ओर बढ़ गए। उन्हें आते देखकर मदन की पत्नी और भी अधिक निढाल हो गई। मिनिस्टर हाथ बाँधे खड़े रहे और मदनगोपाल की पत्नी भी हाथ बाँधे एक ओर सिर टेढ़ा किए बैठी रही। फिर मिनिस्टर उसी तरह हाथ बाँधे धीरे-धीरे चलते हुए मदनगोपाल के शव के सामने आकर खड़े हो गए। झुककर प्रणाम किया। आगे बढ़कर पालागन किया। फिर प्रार्थना की मुद्रा में जुड़े हुए दोनों हाथ छाती पर रखे चुपचाप खड़े रहे और उसके बाद फिर एक नमस्कार किया और अपनी गहरी प्रभावशाली आवाज में बोले, ''मौत उन्हें हमसे नहीं, देश से छीनकर ले गई है।''

मंत्री महोदय थोड़ी देर तक गहरे शोक और श्रद्धाभाव से नतमस्तक बारहदरी के बाहर खड़े रहे, फिर मुड़कर सभी का अभिवादन करते हुए, धीरे-धीरे श्मशान भूमि के बाहर निकल गए। परिवार-बिरादरी के अनेक सदस्य, प्रथा के विपरीत लपक-लपककर उन्हें विदा करने के लिए साथ हो लिये।

दाह-संस्कार आरम्भ हुआ। मंत्री महोदय का ही इन्तजार रहा था। जब देह को चिता पर रखा तो भावना का एक और ज्वार उठा और लोग दाह-कुंड की ओर बढ़ आए।

अभी मिनिस्टर महोदय प्रवेशद्वार तक पहुँचे ही होंगे तो एक ओर जहाँ एक के साथ एक तीन-चार कुंड थे, झगड़ा उठ खड़ा हुआ। लोग घूम-घूमकर देखने लगे। उन्हें यह व्यवधान बुरा लगा। मदनगोपाल की अंत्येष्टि पर तो कोई अशुभ घटना नहीं घटनी चाहिए।

श्मशान भूमि का बड़ा अचारजी किसी औरत के साथ उलझ रहा था। उसके पास ही मदन का भतीजा खड़ा था जो दाहकर्म का सारा प्रबन्ध देख रहा था। सहसा अचारजी ने उस औरत को जोर से धक्का दे दिया। कुछ लोग आगे बढ़कर अचारजी के पास चले गए।

''औरतजात पर हाथ नहीं उठाते। यह तुमने क्या किया!'' एक आदमी ने अचारजी को डाँटते हुए कहा।

''नहीं साहब, यहाँ दम लेने की फुर्सत नहीं और ये लोग मेरे पीछे लगे हैं। साली बके जा रही है—देखती नहीं, काम कर रहा हूँ?''

लोगों ने समझा, उसकी घरवाली रही होगी जिसे डाँट रहा है। पर वह स्त्री धक्का खाकर गिरती-गिरती बची और वहाँ से हट गई और चुपचाप एक चबूतरे पर जा बैठी, जहाँ उसके नातियों के बीच सफेद चादर में लिपटा शव रखा था।

''कुछ देखते नहीं, समझते नहीं, एक काम से निपटूँ तो कुछ और देखूँ। दस बार मुझे परेशान कर चुकी है।''

''न, न, औरतजात पर हाथ नहीं उठाते। यह नासमझी की बात है। वह भी बड़े क्लेश में है, भाई!'' मदनगोपाल के भतीजे ने बड़े स्नेह से अचारजी को समझाया और दस का एक और नोट अचारजी के हाथ पर रख दिया।

अचारजी ने नोट को माथे पर लगाया और बोला, ''आप ही लोगों का सहारा है, मालिक! इन भुक्खड़ लोगों से तो परेसानी ही परेसानी है।''

और उन्हीं कदमों मदनगोपाल के दाह-कुंड की ओर बढ़ आया, जहाँ मंत्रोच्चारण आरम्भ हो गया था, और शुद्ध घी, चन्दन, हवन-सामग्री और वेदमंत्रों के बीच मदनगोपाल का पार्थिव शरीर पंचभूतों को समर्पित किया जाने लगा था।

नौसिखुआ

अमरजीत ने काँपते हाथों से पात्र को मुँह से लगाया। अमृतजल के दो घूँट गले से नीचे उतरे तो उसका रोम-रोम पुलकित हो उठा। भावना का ज्वार-सा उसके अन्तस से उठा और उसे सराबोर कर गया। उसे भास हुआ, जैसे अमृतजल छकने-भर से ही वह किसी ऊँचे आध्यात्मिक स्तर पर पहुँच गया है, जैसे उसका समूचा व्यक्तित्व, उसका अंग-प्रत्यंग, उसके दिल में उठनेवाले उद्‌गार, उसकी सोच, उसके सभी राग-द्वेष, सभी एकीभूत होकर किसी लौ पर केन्द्रित हो गए हैं। अपने-आप ही जैसे अमृतजल के दो घूँट गले में से उतरने पर ही उसके नाते-रिश्ते, घर-बाहर, अपने-पराये, सब उससे झटककर अलग हो गए हैं, और वह हाथ बाँधे, सभी बंधनों से मुक्त पंथ की सेवा के लिए दत्तचित्त उपस्थित हो गया है।

सामने खड़े ग्रंथी ने उसके हाथ से पात्र ले लिया।

इस पर, उसकी बगल में खड़े, ऊँचे-लम्बे युवकों ने कहा, ''अब कड़ा बदल लो। नया कड़ा पहन लो।''

ग्रंथी ने उसकी कलाई पर से पुराना कड़ा उतार दिया और एक नया चमचमाता कड़ा पहना दिया।

भावविह्वल अमरजीत ने कलाई को ऊपर उठाकर आँखों से लगाया और उसी भावोद्वेग में उसे चूम लिया।

फिर उसका उद्वेलित हाथ अपनी किरपाण पर गया, जो कमर में झूल रही थी।

''आज से तुम पंथ के सेवक हो। तुम्हारा तन-मन, तुम्हारा सर्वस्व, पंथ पर निछावर है।'' पास खड़े ऊँचे-लम्बे युवक ने बुदबुदाकर कहा, और अमरजीत मन-ही-मन यही शब्द बुदबुदाता रहा : 'आज से मैं पंथ का सेवक हूँ...' दोनों हाथ जोड़े वह दरबार साहिब के सामने नतमस्तक खड़ा रहा। फिर घुटने टेककर सिर नवाया।

उसे लगा, जैसे इन कुछ ही क्षणों में उसके जीवन में आमूल परिवर्तन हो गया है। जैसे उसने एक चोला त्याग, दूसरा चोला धारण कर लिया है।

गुरुद्वारे में अँधेरा था—झुटपुटा-सा। ग्रंथी पात्र को लेकर पीछे की ओर चला गया था और अँधेरे में खो गया था। सामने दरबार साहिब पर आँखें लगाए दूसरा ग्रंथी धीरे-धीरे गुरुवाणी का पाठ कर रहा था। दाएँ हाथ, एक सुनहरे खोल में एक छोटा-सा कुमकुमा जल रहा था, जिससे पीले प्रकाश का वृत्त, गुरुग्रंथ साहिब पर पड़ रहा था। धीरे-धीरे झुटपुटा छनने लगा था और गुरुद्वारे के खम्भे कुछ-कुछ धूमिल-से नजर आने लगे थे और पिछली दीवार में खुलनेवाली खिड़की में उजाले का भास होने लगा था।

अमरजीत के शरीर में फिर झुरझुरी हुई—नई प्रेरणा की, गौरवभाव की, जिसने मानो उसके संकल्प को फौलादी बना दिया हो! यह विलक्षण अनुभूति उसे पहले कभी नहीं हुई थी—पहली बार वह अपनी गौरवपूर्ण भूमिका के प्रति सचेत हो रहा था।

आज उसी भूमिका के पहले चरण में वह प्रवेश कर रहा था।

उसके लम्बे-ऊँचे साथी ने अमरजीत की कोहनी पर हाथ रखा, ''अब निकल चलो यहाँ से।''

और दोनों गुरुद्वारे में से बाहर निकल आए।

दिन का उजाला और अधिक साफ हो चला था। भक्तजन गुरुद्वारे की ओर आने लगे थे। एक वृद्ध महिला, छोटी-सी कटोरी में मुट्ठी-भर आटा लिये और उसे अपने दुपट्टे के आँचल से ढके हुए, गुरुवाणी के शब्द बुदबुदाती हुई उनके पास से गुजरी। एक-एक, दो-दो करके लोग आने लगे थे।

अमरजीत की अभी मसें भी नहीं भीगी थीं, यही उन्नीस-बीस वर्ष का युवक रहा होगा। पर नई कर्तव्य-भावना से ओत-प्रोत, उसकी आँखें चढ़ी हुई थीं, चेहरा दमक रहा था, और कदमों में बड़ी स्थिरता आ गई थी। दोनों युवक आँगन पार करके बाहर चले आए।

गुरुद्वारे के फाटक के निकट दोनों ने अपने-अपने जूते पहने और वहीं से एक-दूसरे से अलग हो गए और अपने-अपने रास्ते निकल गए।

अमरजीत आतंकवादियों की टोली में सीधा धर्म के रास्ते आया था। गुरुओं के बलिदान की कहानियाँ, उनके अपूर्व साहस और आततायियों के अन्याय के विरुद्ध उनके संघर्ष और कुर्बानियों के किस्से उसने संस्कार रूप में ग्रहण किए थे।

रात के अँधेरे में, या सायंकाल के झुटपुटे में, दादी-माँ के घुटने के साथ सटकर बैठा, दादी-माँ के चेहरे पर आँखें गड़ाए दत्तचित्त बालक अमरजीत एक-एक शब्द सुना करता था।

दादी माँ सुनाती, 'पहले आततायियों ने गुरु महाराज के चेले मतीराम को, सिर

से पैर तक, आरे से चीर डाला। गुरु महाराज की आँखों के सामने। फिर, दूसरे चेले, भाई दयालदास को रुई में लपेटकर, उबलते पानी के कड़ाहे में झोंक दिया...'

अमरजीत सुनते-सुनते व्याकुल हो उठता।

दादी-माँ कहती, '...गुरु महाराज की देह सड़क पर पड़ी थी। सिर अलग, धड़ अलग और किसी में हिम्मत नहीं थी कि उसे वहाँ से उठा सके...। फिर जोरों की आँधी आई और धूल के बवंडर उठने लगे। इन्हीं बवंडरों के बीच जैता नाम का एक बहादुर सिख भागता हुआ आया और गुरु महाराज के कटे हुए शीश को पलक झपकते ही उठा लिया और अपनी चादर में छिपाकर बाहर निकल आया। किसी को पता ही नहीं चला...'

यह घटना उसे विशेष उत्तेजित करती और उसकी आँखों की कोरों में से गर्म-गर्म आँसू ढुलक जाते।

'जब आँधी थमी और हवा साफ हुई तो बादशाह के अधिकारियों ने देखा, अरे, गुरु तेग बहादुर का न तो वहाँ पर कटा हुआ शीश पड़ा है और न ही उनका धड़! वे गए तो कहाँ गए?'

'दादी-माँ!' अमरजीत पूछता, 'सिर को तो जैता ने उठा लिया था, धड़ किधर गया?'

और दादी-माँ भावविह्वल स्वर में सुनाती, 'सिर को तो छिपाकर जैता सीधा आनन्दपुर साहिब ले गया। और जानते हो, धड़ का क्या बना? उधर, निकट ही, जहाँ महाराज का धड़ पड़ा था, लखीदास नाम का एक व्यापारी रहता था। वह महाराज का भक्त था। उसने सोचा, करूँ तो क्या करूँ? गुरु महाराज का शरीर सड़क पर पड़ा तो नहीं रह सकता! पर मैं अगर उसे उठा लाऊँ तो उसे रखूँगा कहाँ? और उसका दाह-कर्म कैसे हो पाएगा? आततायियों की खूनी आँखें चारों ओर से मेरा पीछा करेंगी।

'पर उसने एक तरकीब सोची। माल ढोनेवाला अपना ठेला लिया उसने। उस पर कुछ माल रखा और आँधी के बवंडरों के बीच जा पहुँचा। महाराज के शरीर को उठाया और ठेले पर, माल के बीचोबीच रख लिया और फिर उसे खींचता हुआ बाहर निकल आया और वहाँ से सीधा अपने घर की ओर चल दिया। देखनेवालों ने समझा, अपना सौदागरी का सामान एक जगह से दूसरी जगह ले जा रहा है...।'

दादी-माँ कहतीं, 'अब जी, वह अन्धड़ में से तो महाराज के शरीर को निकाल लाया, पर अब आगे करे तो क्या करे...?

'वह ठेले को सीधा अपने घर की ड्योढ़ी में ले गया और वहाँ महाराज का दाह-संस्कार किया।' कुछ रुककर वह फिर बोली।

'कैसे दादी माँ?'

'उसने अपने घर को आग लगा दी। घर के उठते शोलों में महाराज की देह भी भस्म हो गई।'

दादी–माँ की कहानियाँ कभी खत्म होने में नहीं आती थीं। उसकी कहानियाँ सुनते हुए आँखों के सामने तरह–तरह के मार्मिक चित्र घूमने लगते। कभी लम्बी राह पर उड़ती धूल और बन्द पिंजरे में बन्दा बीर बैरागी। आगे–आगे संगीनें उठाए सैकड़ों आततायी और हर संगीन पर किसी गुरु के प्यारे का कटा हुआ सिर, और बन्द पिंजरे के पीछे बन्दा बैरागी के सैकड़ों अनुयायी, हाथ–पीठ पीछे बाँधे हुए, पैरों में बेड़ियाँ... । कभी अमरजीत की आँखों के सामने गुरु महाराज का दमकता चेहरा आ जाता, नीला लबादा पहने, सिर पर कलगी, घोड़े की पीठ पर सवार, गले में माणिक मोतियों के हार...कभी वह उन्हें योद्धा के रूप में देखता, खून से सनी तलवार हाथ में लिये सरपट घोड़ा दौड़ाते हुए रण–क्षेत्र में आगे बढ़ते हुए...

इन कहानियों को सुनते हुए अमरजीत का खून गरमाने लगता और तन–मन में आत्म–बलिदान की भावना हिलोरें लेने लगतीं।

और आज उसने सचमुच अमृतपान किया था, शपथ ली थी, अपने नए कड़े को चूमा था, काँपते हाथों से अपनी किरपाण को स्पर्श किया था। आज उसे सचमुच अपनी शपथ को कार्य–रूप देने का सुअवसर मिला था।

हुक्म मिला था कि चौक बाजार के निकट, मैदान के पार, जहाँ एक के साथ तीन दुकानें खड़ी हैं, वहाँ, बीचवाली किताबों की दुकान के मालिक को मौत के घाट उतारना है। पूरी योजना पहले से बना ली गई थी। तीन दिन तक अमरजीत और लम्बे कद का उसका साथी बारी–बारी से बाजार का चक्कर काट चुके थे। दुकानदार की दिनचर्या देख चुके थे। आस–पास की दुकानों, उनकी स्थिति आदि का जायजा ले आए थे—कहाँ और किस समय वहाँ पहुँचेंगे, कहाँ पर स्कूटर खड़ा करेंगे। अमरजीत पहले दुकान के अन्दर जाएगा। दुकानदार का नाम हरबंसलाल था। वह उससे 'गुरु गोविंदसिंह की जीवनी' की एक प्रति माँगेगा। जब दुकानदार किताब निकालने के लिए उठेगा, और उनकी ओर पीठ होगी तो गोली दागी जाएगी। उसका साथी दरवाजे के पास खड़ा रहेगा। गोली दागते ही, दोनों साथी दुकान के चबूतरे पर से कूद जाएँगे, और पेड़ के नीचे रखे अपने स्कूटर पर बैठ, पिछवाड़े के रास्ते से बड़ी सड़क की ओर निकल भागेंगे।

हरबंसलाल मँझली उम्र का, भारी देह का दुकानदार था। अपने मोटे–मोटे हाथ काउंटर पर रखे, घंटों बैठा रहता था। बाजार में उसका बड़ा रख–रखाव था, बड़ी मानता थी। सभी उसे 'चौधरी जी' कहकर पुकारते थे। पर इन बातों से अमरजीत का कोई सरोकार नहीं था। उसे केवल दुकानदार को देख लेना था, उसकी भाव–भंगिमा की जानकारी हासिल कर लेनी थी। उसने हरबंसलाल को काउंटर के पीछे बैठे अच्छी तरह से देख लिया था। दुकान के चबूतरे तक पहुँचनेवाली लकड़ी की तीन सीढ़ियाँ देख ली थीं, दुकान के दो खुले दरवाजे देख लिये थे। काउंटर के पीछे,

किताबों से ठसाठस भरी अलमारियाँ देख ली थीं। बस, उसके लिए यही जानना जरूरी था।

ऐन चार बजते-बजते स्कूटर पीपल के पेड़ के नीचे पहुँच गया था। दोपहर ढल रही थी। दोनों युवक बड़े इत्मीनान से उस पर से उतरे। दोनों ने प्याऊ पर से पानी पिया, फिर स्कूटर के पास खड़े बतियाते रहे। अमरजीत की पीठ दुकानों की ओर थी, जबकि लम्बे कद का उसका साथी हरबंसलाल की दुकान के बन्द दरवाजे की ओर नजर रखे हुए था।

फिर दरवाजा खुला। सफेद कुर्ता, सफेद पाजामा पहने दुकानदार ने पहले एक, फिर दूसरा दरवाजा खोला और जम्हाई लेता हुआ दरवाजे पर से हट गया।

इस पर युवा अमरजीत, कन्धे पर झोला लटकाए, टहलता हुआ दुकान की ओर चल पड़ा। मन में एकाग्रता रहते हुए भी कदम लापरवाही से उठ सकते हैं, यह प्रशिक्षण की करामात थी। पीछे-पीछे ऊँचे कद का उसका साथी चलता जा रहा था। अमरजीत ने बड़े इत्मीनान से तीनों सीढ़ियाँ चढ़ीं और दुकान के अन्दर प्रवेश किया। उसके पीछे-पीछे उसके साथी ने भी सीढ़ियाँ चढ़ीं और दरवाजे के पास तैनात हो गया।

बाजार में आवाजाही न के बराबर थी। दोपहर अभी अलसा रही थी। बहुत-सी दुकानों के लॉक चढ़े थे, उनके मालिक अन्दर सो रहे थे। कुछेक के ताक एक-एक करके उठाए जा रहे थे।

दुकानदार हरबंसलाल ने आँखें उठाकर ऊपर की ओर देखा। ग्राहक को देखने पर स्वाभाविक प्रतिक्रिया स्वरूप हल्की-सी मुस्कान उसके होंठों पर आई।

''क्या चाहिए?''

अमरजीत आगे बढ़ आया। उसका मन एकाग्र था और चित्त सँभला हुआ।

''आपके पास 'गुरु गोविंदसिंह की जीवनी' है? लेखक हैं, डॉक्टर हरभजनसिंह।''

दुकानदार ने 'हाँ' में सिर हिलाया। चेहरे की ढीली मांसपेशियों में मुस्कान और ज्यादा फैल गई। उसकी नजर दरवाजे के पास खड़े ऊँचे-लम्बे युवक पर पड़ी।

''आपको क्या चाहिए?''

''जी, कुछ नहीं—मैं इसके साथ हूँ।''

आश्वस्त होकर हरबंसलाल स्टूल पर से उठा, काउंटर के पीछे खड़ी किताबों की अलमारी की ओर घूमा और सधी हुई पहचान के आधार पर दायाँ हाथ ऊपर उठाकर तख्ते पर से किताब निकालने लगा।

बस, उसी क्षण गोली चल जानी चाहिए थी! यही तय हुआ था। पर गोली नहीं चली। अमरजीत की पिस्तौल उठी हुई थी, निशाना भी बँधा-बँधाया था पर वह घोड़ा नहीं दबा पाया।

दरवाजे के पास तैनात, उसके ऊँचे-लम्बे साथी की नसें तन गई थीं। वह प्रतिक्षण इस इन्तजार में था कि गोली चलेगी और अमरजीत उन्हीं कदमों घूम जाएगा और दोनों दुकान के चबूतरे पर से कूद जाएँगे। पर अमरजीत अभी भी पिस्तौल हाथ में लिये ठिठका खड़ा था और गोली नहीं चली थी।

दुकानदार ने किताब निकाल ली थी, उसे ठकोरकर झाड़ा था और अब अमरजीत की ओर घूमने ही वाला था।

पर अमरजीत की आँखें दुकानदार की कलाई पर लगी थीं, जिन पर उसके-जैसा ही गुरु का कड़ा चमचमा रहा था, और अमरजीत की आँखें, उस पर से हटाए नहीं हट पा रही थीं। जिस क्षण दुकानदार ने किताब निकालने के लिए अपना दायाँ हाथ उठाया था, कलाई पर से उसकी कमीज खिसक गई थी और उसका कड़ा अमरजीत की आँखों के सामने कौंध गया था।

दुवि ा के क्षण तो गिने-चुने थे, पर बड़े विकराल थे। अमरजीत असमंजस के भँवर में ग ते खा रहा था।

तभी ाँय की आवाज आई। फिर एक और। दुकानदार के हाथ से किताब छूट गई और व ह घबराकर घूम गया। किताब माँगनेवाला युवक फर्श पर पड़ा छटपटा रहा था अ र खून के छींटे उड़ रहे थे, जबकि दूसरा युवक, दुकान के चबूतरे पर से कूदकर ब हर की ओर भाग रहा था।

सब ालक झपकते ही हो गया। दुकानदार बेहद घबरा गया था। काँपती टाँगों से जब व ः काउंटर के पीछे से निकला तो स्कूटर कहाँ से कहाँ पहुँच चुका था और युवा ग्राहक की आँखें पथराने लगी थीं।

झूमर

खुले मैदान में अर्जुनदास कुर्सी पर बैठा सुस्ता रहा था। मैदान में धूल उड़ रही थी। पाँवों को मच्छर काट रहे थे, उधर शाम के साये उतरने लगे थे और अर्जुनदास का मन खिन्न-सा होने लगा था।

जिन बातों ने जिन्दगी-भर परेशान नहीं किया था, वे जीवन के इस चरण में पहुँचने पर अन्दर-ही-अन्दर से गाहे-बगाहे कचोटने-कुरेदने लगती थीं। अनबुझी-सी उदासी मन पर छाने लगती थी। कभी-कभी मन में सवाल उठता, अगर फिर से जिन्दगी जीने को मिल जाती तो उसे मैं कैसे जीता? क्या करता, क्या नहीं करता, यह तय कर पाने के लिए भी मन में उत्सुकता नहीं थी। थका-थका-सा महसूस करने लगा था।

यों तो ऐसे सवाल ही निरर्थक होते हैं पर उनके बारे में सोचने के लिए भी मन में उत्साह चाहिए, जो इस समय उसमें नहीं था। 'जो कुछ जीवन में आज तक करता आया हूँ शायद फिर से वही कुछ करने लगूँगा, पर ज्यादा समझदारी के साथ, दाएँ-बाएँ देखकर, सोच-समझकर। अन्धाधुन्ध भावुकता की रौ में बहकर कुछ नहीं करूँगा। अपना हानि-लाभ भी सोचकर, और इतनी जल्दबाजी में भी नहीं जितनी जल्दबाजी में मैं अपनी जिन्दगी के फैसले करता रहा हूँ।' सोचते-सोचते ही उसने अपने कन्धे बिचका दिये। क्या जिन्दगी के अहम फैसले कभी सोच-समझकर भी किए जाते हैं?

साये और अधिक गहराने लगे थे। मैदान में बत्तियाँ जल उठी थीं। लम्बे-चौड़े मैदान के एक ओर मंच खड़ा किया गया था। मंच पर रोशनियाँ, माइक्रोफोन आदि फिट किए जा रहे थे। मंच ऊँचा था, लगभग छह फीट ऊँचा रहा होगा। मंच के नीचे, दाएँ हाथ को कनात लगाकर कलाकारों के लिए वेशभूषा कक्ष बना दिया गया था। अभी से कनात के पीछे से तबला-हारमोनियम बजने की आवाजें आने लगी थीं। युवक-युवतियाँ नाटक से पहले पूर्वाभ्यास करने लगे थे। अपनी-अपनी वेशभूषा में सजने लगे थे।

मंच को देखने पर उसके मन में पहले जैसी हिलोर नहीं उठी थी। 'उसी पुराने ढर्रे पर अभी भी हमारा रंगमंच चल रहा है। दुनिया कहाँ से कहाँ पहुँच गई है, हम अभी भी वहीं पर खड़े हैं जहाँ पचास साल पहले खड़े थे। फटीचर-सा मंच। तब भी हम लोग तख्ते जोड़-जोड़कर मंच खड़ा किया करते थे। बिजली की रोशनी नहीं मिलती तो गैस के लैम्प उठा लाते। रात पड़ जाती तो वहीं मंच पर अभिनय के बाद सो भी जाते थे। तब भी न जेब में पैसा था, न कहीं से चन्दा उगाह पाते थे। बस, खेल दिखाओ, दर्शकों के सामने झोली फैलाओ और खर्च निकाल लो। कोई दुवन्नी डाल देता, कोई चवन्नी, कभी कोई दर्शक अधिक भावुक हो उठता तो चमकता रुपए का सिक्का डाल देता। मैं और मेरे साथी, सब कुछ भूले हुए इसी काम में मस्त थे। इसी काम में सारी जवानी खप गई। न जाने कैसे खप गई!'

उन दिनों भी अर्जुनदास के पाँवों में फटी हुई सस्ती चप्पलें हुआ करती थीं, आज भी वैसी ही चप्पलें हैं, केवल अब जिन्दगी ढलने लगी है। बहुत-से साथी काल-प्रवाह में बहते हुए न जाने किस ठौर जा लगे हैं! अब वह स्वयं बहुत कम अभिनय कर पाता है, साँस फूलने लगती है, आवाज बैठ जाती है, माथे पर पसीना आ जाता है और टाँगें काँपने-थरथराने लगती हैं।

मैदान में युवक-युवतियाँ अब अधिक संख्या न इकट्ठा होने लगे थे। कुछेक बड़ी उम्र के संयोजकों को छोड़कर बहुत कम लोग इसे जानते-पहचानते थे। कुछ लोग दूर से इसकी ओर इशारा करते। वह रंगमंच का 'खलीफा' बन गया था, छोटा-मोटा नेता। इस रंगोत्सव में उसे पुरस्कार देने के लिए बुलाया गया था। आज से नाट्य-समारोह शुरू होने जा रहा था। संयोजक उसकी खातिरदारी कर रहे थे। सब कुछ था, पर मन में वह उछाह नहीं था, जो कभी रहा करता था।

समारोह आरम्भ होने में अभी देर थी। अब इस तरह के कार्यक्रम अर्जुनदास से निभते भी नहीं थे। नौ बजे का वक्त देते हैं, दस बजे शुरू करते हैं। दर्शक लोग भोजन करने के बाद, पान चबाते, टहलते हुए आएँगे—गप्पें हाँकते। कहीं कोई उतावली नहीं होगी, कोई समय का ध्यान नहीं होगा। यहाँ पर वक्त की पाबन्दी कोई अर्थ नहीं रखती। किसी से पूछो, 'नाटक कब शुरू होगा?' तो कहेंगे, 'यही नौ-दस बजे।'... 'समाप्त कब होगा?'... 'यही ग्यारह-बारह बजे।'... 'अध्यक्ष महोदय कब आएँगे?'... 'बस, आते ही होंगे।' वह जानता था कि नाटक अधकचरा होगा। मंच की साज-सज्जा से ही उसका नौसिखुआपन झलक रहा था। उसके मन में टीस उठने का एक कारण यह भी रहा था। अभिनय और कला कहाँ से कहाँ पहुँच चुकी है पर हमारा यह रंगमंच अभी भी पुराने ढर्रे पर चल रहा है। आज रंगमंच में प्रविधि के स्तर पर एक विशेष निपुणता आ गई है। रोशनी का प्रयोग, रंगमंच की सज्जा, वेशभूषा, चुस्ती-मुस्तैदी, यह नहीं कि धूल-भरे मैदान में—जहाँ पानी का छिड़काव कराने तक के लिए पैसे संयोजकों की जेब में न हों—और फटे-पुराने पर्दे और

कनातें और मुड़ी-निचुड़ी दरियाँ, और जहाँ हाथों से खींच-खींचकर पर्दा गिराया जा रहा हो, और वह भी पूरी तरह स्टेज को ढक नहीं पाए और पर्दे के पीछे, इधर से उधर भागते अभिनेता नजर आ रहे हों! पर ऐसे ही रंगमंच पर अर्जुनदास ने जिन्दगी बिता दी थी।

वह जानता था, नाटक बेढंगा होगा—न ढंग की वेशभूषा, प्रॉम्पटर की आवाज पर्दे के पीछे से एक्टर की आवाज से ज्यादा ऊँची सुनाई देगी। केवल संवादों के बल पर नाटक चलेगा, या फिर गीतों के बल पर। वे असरदार हुए तो नाटक जम जाएगा, वरना वह भी नहीं जमेगा। युवा अभिनेता पंक्तियाँ भूलेंगे, स्टेज पर डोलते रहेंगे, एक-दूसरे का रास्ता काटते रहेंगे। तुम लोग केवल भावना के बल पर नाटक का अभिप्राय दर्शकों के दिल में उतारना चाहते हो, अब यह नहीं चलेगा। लोग नफासत माँगते हैं, और कला और अभिनय का ऊँचा स्तर और मंचन-कौशल। अनगढ़ नाटकों के दिन बीत गए। यहाँ लोग आएँगे, सैकड़ों की संख्या में भले ही लोग इकट्ठा हो जाएँगे, पर वह तुम्हारे नाटक के कारण नहीं, तफरीह के लिए। जिसे तुम मुफ्त में जुटा रहे हो, आएँगे। तुम्हारी कला देखने नहीं आएँगे, रात को खाना खा चुकने के बाद पान चबाते हुए, यहाँ घड़ी-दो घड़ी मन बहलाने आएँगे। वह भी इसलिए कि तुम अपने खेल मुफ्त में दिखाते हो, टिकट लगाते तो कोई देखने नहीं आता।

आज से दसियों साल पहले भी यही स्थिति थी। एक जगह पर नाटक खेलते, फिर वहाँ से भागते हुए बगल में वेशभूषा का बुचका दबाए किसी दूसरी बस्ती में नाटक खेलने पहुँच जाते। सिर पर जुनून तारी था, वरना धैर्य से सोच-विचार करते तो समझ जाते कि इस तरह यह गाड़ी ज्यादा दूर तक नहीं जा पाएगी कि लोग थक जाएँगे, नाटक खेलनेवाले थक जाएँगे, दर्शक ऊब जाएँगे।

आज ही प्रातः कुछेक पुराने रंगकर्मियों की चौकड़ी जमी थी। वे सब युवा नाट्य समारोह को एक तरह से आशीर्वाद देने आए थे। उनमें अर्जुनदास भी था। अर्जुनदास की पत्नी कमला भी थी। दो-एक अन्य स्त्रियाँ भी थीं जो किसी जमाने में इनके साथ गान-मंडली आदि में भाग लिया करती थीं। सभी मिल बैठे गप्पें लड़ा रहे थे। पुराने दिनों को याद कर रहे थे। अपने-अपने अनुभव, किस्से सुना रहे थे, पुराना उत्साह मानो फिर से जाग उठा था। तरह-तरह के अनूठे अनुभवों, जोखिम-भरे अनुभवों की चर्चा चल रही थी।

'याद है, जबकि...बस्ती में 'शिखरिणी' खेला था?' अर्जुनदास सुना रहा था, 'रात इतनी देर से शो खत्म हुआ कि सामान समेटते-समेटते एक बज गया। सभी बसें बन्द, गाड़ियाँ बन्द। कुछ हमारे साथी तो शो खत्म होते ही निकल गए थे। वे तो घरों को पहुँच गए, रह गया मैं और रमेश। हम रात को वहीं मंच पर पसर गए।

जाते भी कहाँ? सुबह उठकर सामान बाँधा, एक बैलगाड़ी भाड़े पर ली, सारा सामान उस पर लादा और सामान के अंबार के ऊपर हम दोनों बैठ गए,' कहते-कहते अर्जुनदास की आँखों में पहले-सी चमक आ गई, 'और बैलगाड़ी धीरे-धीरे एक सड़क से दूसरी सड़क और हम सामान के ऊपर बैठे गीत गा रहे थे—एक गीत के बाद दूसरा गीत। बैलगाड़ी रेंगती हुई, सुबह दस बजे की निकली दोपहर चार बजे कार्यालय के सामने जाकर रुकी। सारा दिन इसी में निकल गया, पर उसी शाम शो भी हुआ, और शो के बाद हम लोग घर पहुँचे। ऐसे भी दिन थे...'

इस पर कोई दूसरा रंगकर्मी अपनी आपबीती सुनाने जा ही रहा था जब अर्जुनदास की बगल में बैठी उसकी पत्नी बोली, 'तुम तो दिन-भर बैलगाड़ी पर बैठे गीत गा सकते थे, शहर-भर की सैर कर सकते थे। तुम्हें मैं जो मिली हुई थी, घर में पिसनेवाली।'

कमला ने कहा तो मजाक में, कहने के बाद स्वयं हँस भी दी, पर इससे अर्जुनदास सिमटकर चुप हो गया।

पंजाब का एक वयोवृद्ध साथी सुना रहा था, 'एक नाटक था—'कुर्सी', तुम्हें याद होगा? उस नाटक पर सरकार ने रोक लगा दी थी। पर हमने वह नाटक अजीब ढंग से खेला। एक जगह खेलते तो फौरन ही बाद, बस में बैठकर अगले शहर जा पहुँचते। वहाँ खेलते और फिर अगले शहर के लिए रवाना हो जाते। पुलिस पीछे-पीछे, हम आगे-आगे...'

पुलिस की चर्चा चली तो अर्जुनदास को अपना एक और किस्सा याद हो आया, 'मेरे खिलाफ वारंट तो नहीं था, पर मुझे शहर में घुसने की इजाजत नहीं थी और वहाँ हमारी केन्द्रीय कार्यकारिणी की बैठक होनेवाली थी। मुझे वहाँ पहुँचना था। मैं लुक-छिपकर पहुँच गया। एक स्कूल की ऊपरवाली मंजिल पर मीटिंग चल रही थी। अब मैं मीटिंग में अपनी बात कह ही रहा था जब खबर मिली कि बाहर पुलिस पहुँच गई है। मैं समझ गया कि मुझे ही पकड़ने आई होगी। मैंने अपनी बात खत्म की। अभी बहस चल ही रही थी कि मैं चुपचाप उठा और कमरे के बाहर आ गया। स्कूल का गलियारा लाँघकर मैं पिछवाड़े की ओर जा पहुँचा। स्कूल के पीछे कोई मन्दिर था। उस वक्त शाम के साये उतरने लगे थे और मन्दिर में सायंकाल की आरती चल रही थी। घंटियाँ बज रही थीं। गर्मी के दिन थे। मैं ऊपर बरामदे में खड़ा था। मैंने बुश्शर्ट उतारी और उसकी दोनों आस्तीनें कमर से बाँध ली और छत पर से कूद पड़ा और सीधा मन्दिर के आँगन में जा उतरा। जमीन कच्ची थी, मुझे चोट नहीं आई। फिर मैंने वैसे ही भक्तों की तरह, बुश्शर्ट को कमर में से उतारकर कन्धे पर रखा और धीरे-धीरे टहलता हुआ बाहर निकल आया। मन्दिर के फाटक के ऐन सामने सड़क पर एक सिपाही खड़ा था। उससे थोड़ा हटकर दाईं ओर को, एक और सिपाही तैनात था। दोनों के हाथ में लाठियाँ थीं। बहुत-से भक्त आ-जा रहे थे।

सिपाही ने मेरी ओर कोई ध्यान नहीं दिया। मैं बाहर आ गया और दाएँ हाथ को टहलता हुआ आगे बढ़ने लगा। ज्योंही मैं अँधेरे में पहुँचा कि सरपट दौड़ने लगा। ऐसा भागा कि शहर के दूसरे कोने में ही जाकर दम लिया जहाँ हरीश, मेरा मित्र, रहता था...'

इस जोखिम-भरी घटना के ब्यौरे को सुनते हुए भी उसकी पत्नी के मन में क्षोभ-सा उठा था। उसे भी वह दिन याद आ गया था। याद आ गया था कि उसी दिन उनकी बिटिया को खसरा निकला हुआ था और उसे तेज बुखार था, और थकी-माँदी वह बच्ची के सिरहाने बैठा घड़ियाँ गिन रही थी कि कब उसका पति घर लौटेगा और बेटी के उपचार का कोई प्रबन्ध कर पाएगा।

जिस मस्ती में अर्जुनदास का लड़कपन और जवानी बीते थे, उसका आकर्षण अब कुछ मन्द पड़ चुका था। स्वयं अर्जुनदास की नजर मन्द पड़ चुकी थी। इतना वक्त इस काम को दिया, क्या तुक थी!

उसके इस जुनून की आलोचना, उसकी पत्नी, उन बीते दिनों में किया करती थी। वह सुन लिया करता था और सिर झटक दिया करता था या हँस दिया करता था, क्योंकि उन दिनों उसे इस काम की सार्थकता में गहरा विश्वास था। पर अब, वर्षों बाद उसका विश्वास शिथिल पड़ने लगा था, और उसके साथ उसका आग्रह भी मन्द पड़ने लगा था, और उसी समय से उसके अन्दर एक प्रकार की अपराध-भावना भी बढ़ने लगी थी, कि वह मात्र अपनी आदर्शवादिता और जुनून में खोया रहा है, कि वह अभी भी व्यवहार के धरातल पर नहीं उतरा, अपने दायित्व नहीं निभाए। एक तरह से कहो तो 'स्वांतः सुखाय' ही जीता रहा है।

उसकी नजर फिर मंच पर पड़ी। अब वहाँ पहले से ज्यादा गहमागहमी थी। बार-बार माइक्रोफोन पर कुछ-न-कुछ बोला जा रहा था। माइक्रोफोन को टेस्ट किया जा रहा था। पर्दे को बार-बार खींचा-खोला जा रहा था। बहुत-से बच्चे और लौंडे-लपाड़े मंच के आसपास मँडराने लगे थे। एक ऊँचा-लम्बा, छरहरे शरीर वाला युवक, हाथ में एक कागज उठाए, कभी एक ओर तो कभी दूसरी ओर मैदान में भागता फिर रहा था, बार-बार माथे पर से बालों की लट को हटाता हुआ। वह शायद कार्यक्रम का संयोजक था। कागज पर खेलनेवालों के नाम होंगे, जरूरी कामों की फेहरिस्त होगी, पर उसके चेहरे पर ऐसा भाव था मानो सारे देश का संचालन उसी के हाथ में हो! जैसे उसके हाथ में पकड़ा कागज का टुकड़ा, कोई सूची न होकर कोई ऐतिहासिक दस्तावेज हो! अर्जुनदास को उसकी भागदौड़ में अपनी भागदौड़ की झलक नजर आ रही थी। कुछ बरसों बाद शायद इसका विश्वास भी शिथिल पड़ने लगेगा। इस समय तो अगर इसके हाथ से कागज का टुकड़ा गिर जाए तो मानो पृथ्वी की गति थम जाएगी। उसकी ओर देखते हुए अर्जुनदास के अन्दर विचित्र-

सी भावनाएँ उठ रही थीं—कभी स्फूर्ति की लहर दौड़ जाती, कभी संशय डोलने लगता, कभी उसके उत्साह में उसे बचकानापन नजर आने लगता।

और अब युवक, हाथ में कागज का फड़का उठाए अर्जुनदास की ओर बढ़ता आ रहा था। शायद रंगमंच की रूप-सज्जा तैयार हो गई है और खेल शुरू होनेवाला है। सम्भवत: युवक उसे कोई सूचना देने या बुलाने आ रहा है। चलिए, देर आयद, दुरुस्त आयद। ज्यादा देर इन्तजार नहीं करना पड़ा। ग्यारह बजे तक भी खेल समाप्त हो जाए तो जल्दी छुटकारा मिल जाएगा।

लड़का पास आ गया था। अर्जुनदास ने कुर्सी पर से टाँगें हटा लीं, पर युवक खड़ा रहा। बुजुर्ग के सामने उसे कुर्सी पर बैठने में झेंप हो रही थी।

''कहो बरखुरदार, सब तैयारी हो गई? अब पर्दा उठने वाला है?''

''नहीं साहिब, हमारे दो कलाकार अभी तक नहीं पहुँच पाए हैं। उन्हें स...से आना है, उन्हें पहुँचने में देर हो गई है।''

अर्जुनदास के मन में खीज उठी, पर वह चुप रहा। स्वयं अतिथि होने के कारण कुछ कहते नहीं बनता था। ओखली में सिर दिया तो रोना क्या!

''क्या वे स...से आ रहे हैं?''

''जी!''

''वह तो बहुत दूर है।''

''जी, पर बसें हर आधे घंटे के बाद चलती रहती हैं। उन्हें अब तक पहुँच जाना चाहिए था।''

अर्जुनदास चुप रहा। यह सोचकर कि वे दोनों युवक इस आयोजन में भाग ले पाने के लिए इतनी दूर से बसों में धक्के खाते पहुँचेंगे, दो घंटे के शो के लिए दस घंटे का सफर तय करके आएँगे और फिर कल लौट जाएँगे। यह मौका शिकायत करने का नहीं था।

अर्जुनदास ने युवक की ओर देखा। बड़ा प्यारा-सा लड़का था। मसें भीग रही थीं, चेहरे पर जवानी की लुनाई थी, आँखों में स्वच्छ-सी चमक जिसका भास सायंकाल के इस झुटपुटे में भी हो जाता था।

''बैठो।'' अर्जुनदास ने खाली कुर्सी की ओर इशारा करते हुए कहा।

लड़का कुछ सकुचाया, फिर बैठ गया।

''सर, आपसे एक अनुरोध है, आप मेरी सहायता करें।''

''क्या बात है?''

''सर, आप मेरे पिताजी को समझाएँ। वह नहीं चाहते कि मैं रंगमंच का काम करूँ।''

''वह क्या चाहते हैं?''

''वह चाहते हैं, मैं नौकरी करूँ—कोई सरकारी नौकरी। वह इसे फिजूल काम समझते हैं, आप समझाएँगे तो वह समझ जाएँगे।''

अर्जुनदास ने हँसकर कहा, ''मैं क्या समझाऊँगा! मैं तो बाहर का आदमी हूँ। मैं तुम्हारी परिस्थितियों को तो नहीं जानता हूँ।''

''नहीं सर, आपने बहुत काम किया है। आपको जिन्दगी-भर का अनुभव है।''

अर्जुनदास को अपनी जवानी के दिन याद आए। वह दिन भी, जिस दिन उसने स्वयं रंगमंच के साथ नाता जोड़ा था। पर वह तो किसी से परामर्श करने अथवा सहायता लेने नहीं गया था। उसने तो न पत्नी से पूछा था, न घर वालों से, और इस काम में कूद पड़ा था। इसने कम-से-कम अपने पिता की बात सुनी तो! इतनी समझदारी तो की!

''अभी तुम व्यस्त हो, तुम्हारा शो हो जाए, अभी मैं यहीं पर हूँ। बाद में मिल-बैठकर बात करेंगे। यह मसला सुलझाना इतना आसान नहीं है।''

''अच्छा सर, मैं कल आपसे मिलूँगा।''

और वह उठकर, कदम बढ़ाता रंगमंच की ओर चला गया।

इस युवक ने अर्जुनदास की पुरानी यादों को और ज्यादा कुरेद दिया था।

रंगमंच के साथ जुड़ने से पहले वह देश के स्वतंत्रता-संग्राम की ओर उन्मुख हुआ था। न जाने यह भी कैसे हुआ! शायद इसलिए कि वातावरण में अजीब-सी धड़कन पाई जाती थी, अजीब-सा तनाव और आत्मोत्सर्ग की भावना। दिल में भावनाओं के ज्वार-से उठते थे और एक दिन वह खादी का कुर्ता-पाजामा पहनकर घर के बाहर निकल आया था। बात मामूली-सी थी। खादी का कुर्ता-पाजामा पहनने में क्या रखा है, लेकिन उसकी नजर में यह देश-सेवियों का पहरावा था। विद्रोह का प्रतीक था। इसे पहनना देश के विराट आन्दोलन के साथ जुड़ना था, उसे बार-बार रोमांच हो रहा था। उसे लग रहा था, जैसे वह किसी घेरे को तोड़कर बाहर निकल आया है, और ठाठें मारते किसी महासागर में कूद गया है।

रंगमंच की ओर भी वह कुछ इसी तरह से ही आकृष्ट हुआ था। बंगाल में दुर्भिक्ष पड़ा था और बंगाल से कलाकर्मियों का एक दल उसके शहर में आया था। वे लोग बंगाल के संकट को नाटक-संगीत द्वारा प्रस्तुत कर रहे थे। उस दिन वह शाम को घूमने के लिए कैंटोन्मेंट की तरफ निकल गया था। आम तौर पर वह सैर करने के लिए खेतों की ओर निकल जाया करता था, उस दिन अनायास ही उसके पाँव इस ओर को उठ गए थे। उसे इस अभिनय की जानकारी भी नहीं थी। घूम चुकने पर वह घर की ओर लौट रहा था जब एक सिनेमाघर के सामने उसे छोटी-सी भीड़ खड़ी नजर आई थी और अर्जुनदास कुतूहलवश उस ओर चला गया था।

पर्दा उठने पर एक वयोवृद्ध व्यक्ति—एक अभिनेता, जो वयोवृद्ध व्यक्ति की भूमिका निभा रहा था—पीठ झुकी हुई, सफेद दाढ़ी, हाथ में हरीकेन लैम्प उठाए मंच पर आया था और काँपती आवाज में बोला था, 'सुनोगे? अभागे बंगाल की कहानी सुनोगे?'

अर्जुनदास को जैसे बिजली छू गई थी। और उसके बाद जितने दृश्य सामने आए थे, सभी उद्वेलित करने वाले। सभी उसके दिल को मथते रहे थे। लगभग डेढ़ घंटे तक कार्यक्रम चलता रहा था। अनेक गीत थे, वृंदगान के रूप में—कुछ हिन्दुस्तानी में, कुछ बांग्ला में। सभी हृदयस्पर्शी, दिल को गहरे में छूनेवाले। वह पहली बार ऐसा नाटक देख रहा था जो अन्य नाटकों से भिन्न था। मंच-सज्जा न के बराबर थी, अनगढ़-सी, पर हॉल में बैठे लोग मंत्रमुग्ध-से देखे जा रहे थे। दृश्य शृंखलाबद्ध भी नहीं थे, पर उनमें कुछ था जो सीधा दिल में उतरता था।

और अन्त में उसी वयोवृद्ध ने मंच पर से उतरकर दुर्भिक्ष-पीड़ितों के लिए झोली फैलाई थी, और झोली फैलाए, दर्शकों की पाँतों के सामने आने लगा था। तभी अर्जुनदास के आगेवाली सीट पर बैठा एक भावविह्वल युवती ने अपने कानों में से झिलमिलाते सोने के झूमर उतारकर वयोवृद्ध की झोली में डाल दिये थे, और उसी क्षण मानो अर्जुनदास के जीवन का काँटा भी बदल गया था।

तब भी उसने किसी से परामर्श नहीं किया था और रंगकर्मियों की टोली में शामिल हो गया था।

'यह मेरे स्वभाव का ही दोष रहा होगा कि मैं भावोद्वेग में अपना सन्तुलन खो बैठता हूँ और बिना हानि-लाभ पर विचार किए, बिना आगा-पीछा देखे कूद पड़ता हूँ। पर यह स्वभाव का दोष केवल मेरा ही तो नहीं रहा। अनेकानेक लोगों का रहा है और वे कितने निखरे-निखरे व्यक्तित्व वाले लोग थे! कितने सच्चे, कितने ईमानदार!'

उसकी आँखों के सामने दूर अतीत का, किसी जलसे का दृश्य घूम गया। तब वह बहुत छोटा था। स्कूल में पढ़ता था। न जाने वह आदमी कौन था—उन दिनों नमक कानून तोड़ने का आन्दोलन चल रहा था। भरे जलसे में, जहाँ मंच पर गैस का लैम्प जल रहा था, और समूचे जलसे के लिए यही एक रोशनी थी, एक आदमी मंच पर चढ़कर आया था। सिर पर छोटी सी पगड़ी, पतली-पतली मूँछें, हाथ उठाकर उसने एक शेर पढ़ा था :

> वह देख सितारा टूटा है,
> मगरिब का नसीबा फूटा है।

और इसके साथ ही जेब में से एक कागज की पुड़िया निकाल लाया था और गैस की रोशनी में सभी को दिखाते हुए ऊँची आवाज में बोला था, 'साहिबान, यह नमक की पुड़िया है। आज मैंने नमक का कानून तोड़ा है। यह मेरी बापू को छोटी-सी भेंट है। छोटी नदी के किनारे पानी को सुखाकर नमक तैयार किया गया है। वंदे मातरम्!' कहकर वह मंच पर से उतर गया था। हॉल तालियों से गूँज उठा था। श्रोताओं के आगेवाली पांत में पुलिस के तीन बावर्दी अफसर कुर्सियों पर बैठे थे और भीड़ के पीछे मैदान में ही एक सिरे पर पुलिस की सींखचोंवाली गाड़ी खड़ी थी। जलसा अभी

खत्म ही हुआ था कि उसे हथकड़ी लगा दी गई थी और फिर पुलिस की गाड़ी में धकेलकर बन्द कर दिया गया था और जब तक बन्द गाड़ी दूर नहीं चली गई, उसके नारे सुनाई देते रहे थे : 'इन्कलाब जिन्दाबाद! बोल, महात्मा गांधी की जय!' और वह जैसे ही लोगों की आँखों के सामने आया था, वैसे ही ओझल भी हो गया था।

क्या मालूम, उस रोज अर्जुनदास बंगाल के दुर्भिक्ष से जुड़े अभिनय को देखने हॉल में अचानक प्रवेश नहीं कर जाता तो कभी इस रास्ते आता ही नहीं। क्या मालूम, हॉल में अर्जुनदास के सामने बैठी युवती ने अगर सोने के झूमर उतारकर उस अभिनेता की झोली में नहीं डाल दिये होते तो उसकी जिन्दगी का काँटा नहीं बदलता। क्या मालूम, जिन्दगी का काँटा बदलने के लिए कोई और कारण बन जाता।

उसके कानों में फिर से उसकी पत्नी का वह वाक्य गूँज गया, जिसे वह अक्सर कहा करती थी, 'तुम्हें ब्याह नहीं करना चाहिए था। तुम जैसे लोग ब्याह करके अपने घरवालों को भी दुखी करते हैं और खुद भी दुखी होते हैं...'

जिन्दगी में अनेक अवसरों पर उसकी पत्नी उसे झिंझोड़ती रही थी। अपने बच्चों का वास्ता डालती रही थी। सुबह से शाम तक घर के कामों में पिसती रही थी, पर अर्जुनदास के सिर पर तो जुनून सवार था। बम्बई में कांग्रेस का अधिवेशन था। अर्जुनदास को तो जाना ही जाना था। 'तुम भी चलो।' उसने अपनी पत्नी से कहा। पर छोटे-छोटे दो बच्चों को छोड़कर वह कैसे जाती? देश-सेवा का काम तो मर्दों के लिए बना है, 'तुम ही जाओ। मैं घर में ठीक हूँ।' और अर्जुनदास बुचका उठाकर चला गया था। हर बार ऐसा ही होता था, बुचका उठाकर चल देता था।

अर्जुनदास को धनोपार्जन के लिए और तो कोई धन्धा नहीं सूझा था, उसने पुस्तकों की दुकान खोल ली थी। यह काम रंगकर्म के आड़े नहीं आता था। कभी-कभी छोटी-मोटी पूँजी लगाकर पुस्तकें प्रकाशित भी कर देता। पर दुकान खोल देना एक बात है, उसे चलाना बिलकुल दूसरी बात। लोग-बाग मुफ्त में पुस्तकें उठाकर ले जाते। अपने पैसे लगाकर पुस्तक छापता, पुस्तक-विक्रेता महीनों तक अदायगी नहीं करते। दुकान पर मित्रों, रंगकर्मियों का ताँता लगा रहता। सभी अर्जुनदास की जेब से चाय पीते और गप्पें हाँकते। कुछ लोग अपनी घटिया किताबें छपवा लेते। उसी दुकान में ही गान-मंडली की रिहर्सलें होतीं, ऊँची-ऊँची तानें उठतीं।

कमला को पता चलता तो मन-ही-मन कुढ़ती रहती। अन्त में जब बच्चे कुछ बड़े हुए तो वह स्वयं दुकान पर जाकर बैठने लगी थी। इससे कुछ तो इस महादानी पर अंकुश लगेगा, चाय की प्यालियाँ कुछ तो कम होंगी, और इसके निगोड़े साथियों को कुछ तो शर्म आएगी। पर दुकान पर बैठने का मतलब था, घर पर भी पिसो और अब दुकान पर भी। तभी कमला ने निश्चय किया कि वह किसी स्कूल में नौकरी कर लेगी। जिस दिन उसे एक प्राइमरी स्कूल में नौकरी मिली और उसने दुकान पर

लड्डू बाँटें, उसी दिन अपने पति से यह कह भी दिया, 'अब तुम स्वतंत्र हो। जो मन में आए, करो।'

ऐन इसके महीने-भर बाद अर्जुनदास जेलखाने में पहुँच गया था।

बम्बई में जहाजियों की बगावत हुई थी। जगह-जगह पर विरोध-प्रदर्शन हुए थे और पकड़-धकड़ शुरू हो गई थी। कमला ने दुकान को ताला लगाया और घर चली आई। सारा रास्ता मन को समझाती रही।

उसे पकड़े तो जाना ही था। वह कुछ भी नहीं करता तो भी सरकार उसे पकड़ ले जाती।

पूरे दो साल तक अर्जुनदास जेल में रहा था। और पूरे दो साल तक कमला, प्रति सप्ताह उसे मिलने पाँच मील दूर, जेलखाने में जाती रही थी।

जीवन की कठिनाइयों को देखने के अलग-अलग नजरिए होते हैं। कमला ने अर्जुनदास की सरगर्मियों को स्वीकार कर लिया था। वह जानती थी कि वह उन्हें छोड़ेगा नहीं। इसी ढर्रे पर उसका जीवन चलेगा। जब कठिनाई बढ़ जाती तो वह रो देती, पर मन-ही-मन उसने अपनी नियति को स्वीकार कर लिया था, और नियति को स्वीकारने का एक परिणाम यह भी हुआ था कि कमला की भावनाओं में से कटुता और झल्लाहट कम होने लगी थी, और कभी-कभी उसके मन में अपने पति के प्रति सहानुभूति-सी भी उठने लगी थी। करता है, पर कोई बुरा काम तो नहीं करता, अपनी भूख-प्यास भी तो भूले हुए है।

जब अर्जुनदास जेल से छूटकर आया तो वह वामपंथी बनकर लौटा था। जेल के अन्दर कुछ ऐसे देशभक्त भी थे जो मार्क्स और लेनिन की चर्चा किया करते थे। अर्जुनदास उनकी बातें सुनता रहता, उनकी दी हुई किताबें पढ़ता। कहने को तो यह भी अनायास ही हुआ था, पर उसी जेल में अगर दर्शनसिंह कैद होकर नहीं आता तो अर्जुनदास पर मार्क्सवादी विचारों का रंग नहीं चढ़ता।

आजादी मिली। देशवासियों के हाथ में सत्ता की बागडोर आई। उसके अनेक साथियों ने हवा का रुख देख लिया और समझ गए कि अब जेलयात्रा वाले आन्दोलन नहीं चलेंगे। अर्जुनदास के बहुत-से पुराने साथी छिटक गए, पर अर्जुनदास तो यह कहता फिरता था कि स्वतंत्रता-आन्दोलन अभी समाप्त नहीं हुआ है बल्कि अब तो निर्माण-कार्य होगा, न्यायसंगत समाज की स्थापना के लिए संघर्ष होगा।

मतलब कि अर्जुनदास की गाड़ी पहले की ही भाँति चलती रही। उसकी चाल बेढंगी ही रही। उन्हीं दिनों दिल्ली की एक सड़क पर उसे देवराज मिला था। देवराज आकाशवाणी में नौकरी करता था और अच्छे ओहदे पर था। उसने उसे आकाशवाणी में नौकरी कर लेने का सुझाव दिया था। देश का बँटवारा हो गया था और शरणार्थी सड़कों पर मारे-मारे घूम रहे थे।

'बहुत-सी नौकरियाँ निकली हैं। कहो तो बात करूँ?' देवराज ने कहा था।

अर्जुनदास ने देवराज की ओर यों देखा था मानो देवराज ने उसका अपमान किया हो! वह और नौकरी? इस पर सरकारी नौकरी? देवराज के मन में यह खयाल ही कैसे आया? उसी शाम उसकी गान-मंडली को कनाट पैलेस के बड़े मैदान में अपना रंगारंग प्रोग्राम प्रस्तुत करना था और नए गीत पेश करने थे। यह तो वह यों ही चाय का प्याला पीने एक ढाबे में चला आया था। देवराज को इस बात का खयाल ही कैसे आया कि मैं नौकरी के लिए दर्ख्वास्त दूँगा, और उसने देवराज को नाटक देखने का न्यौता दिया था।

बहुत दिन बाद जब एक दिन उसने डींग हाँकते हुए इस घटना की चर्चा अपनी पत्नी से की थी तो उसने सुनकर मुँह फेर लिया था, 'तुम्हें घर-परिवार की चिन्ता होती तो तुम नौकरी करते। तुम तो आदर्शवाद के घोड़े पर सवार तीसमारखाँ बने घूम रहे थे। जमीन पर तुम्हारे पाँव ही नहीं टिकते थे।' फिर तनिक संयत होकर बोली थी, 'उस वक्त रेडियो की नौकरी कर ली होती तो इस वक्त क्या मालूम, तुम डायरेक्टर होते, पंडारा रोड पर तुम्हें बँगला मिला होता, बाद में पेंशन मिलती, मैं भी कुछ सीख-पढ़ लेती।'

उन्हीं दिनों अनेक अन्य अनुभव भी हुए। आजादी के बाद कुछ ही सालों में बड़ा अन्तर आ गया था। उसके अनेक साथी छिटककर अलग हो गए थे। वैद्य रमानाथ का औषधालय चल निकला। हंसराज को ठेके पर ठेके मिलने लगे। मोहनसिंह विदेशी दूतावासों के साथ सम्पर्क बढ़ाने लगा। उनके पैम्फलेट छापता और देखते ही देखते उसने अर्जुनदास के ही मुहल्ले में एक दुमंजिला मकान खरीद लिया। वारे-न्यारे होने लगे।

उसकी आँखों के सामने बोधराज का चेहरा घूम गया। बोधराज स्वतंत्रता-संग्राम के विलक्षण सेनानी रह चुके थे। जीवन के सोलह वर्ष जेलों में काट चुके थे, पर आजादी के बाद एक ही झटके से मानो घूरे पर फेंक दिये गए थे। आजादी के बाद एक नई पौध उभरी थी—सियासतदानों की। सियासतदान उभरने लगे थे और देशभक्त घूरे पर फेंके जाने लगे थे। एक नहीं, दो नहीं, बीसियों की संख्या में। बोधराज उनके शहर के प्रतिष्ठित देशवासियों में से थे। आजादी के बाद पाँचेक साल में ही वह आदमी, जो कभी घर-घर जाकर स्वतंत्रता-संग्राम के लिए लोगों को उत्प्रेरित किया करता था, अब अपने मुहल्ले में पड़ा सड़ रहा था। देश को कहीं भी उसकी जरूरत नहीं रह गई थी। अब और तो क्या करता, घर-घर जाकर तम्बाकूनोशी के नुकसान समझाता फिरता था और लोगों से वचन लेता फिरता था कि वे सिगरेट नहीं पिएँगे।

हुआ यह कि हंसराज—जो आजादी के बाद ठेके लेने लगा था—बोधराज को राजधानी में ले गया था। वहाँ वह उन्हें किसी केन्द्रीय नेता के पास ले गया। केन्द्रीय

नेता बड़े आदर-सत्कार के साथ बोधराज से मिले थे। हंसराज को धन्यवाद कहा था कि उसके सौजन्य से वह एक अनन्य देशसेवी के दर्शन कर पाए हैं। हंसराज ने ही यह सुझाव रखा कि एक समाज कल्याण योजना बनाई जाए, जिसकी अध्यक्षता बोधराज जी करें। अभी बात चल ही रही थी और बोधराज प्रस्ताव की तह तक पहुँचने की कोशिश कर ही रहे थे कि उनके हाथ में कलम थमा दी गई थी, और वह किसी कागज पर हस्ताक्षर कर रहे थे।

यह तो बहुत बाद में उन्हें चेत हुआ कि हंसराज उनके साथ दाँव खेल गया है। उन्हीं का नाम लेकर उन्हीं के नाम पर पचास हजार रुपए का अनुदान हड़प गया है। यह उन्हें तब पता चला जब साल भर बाद सरकार की ओर से बोधराज को एक पत्र मिला कि अनुदान का हिसाब भेजें, और बोधराज भौचक्के रह गए थे, और उनकी वह रगड़ाई हुई थी कि दिन को भी उन्हें तारे नजर आने लगे थे।

वही स्वतंत्रता-सेनानी बोधराज अब लोगों की सिगरेट छुड़वाते फिर रहे थे।

अर्जुनदास के दिल और दिमाग को ऐसे धक्के उन दिनों बार-बार लगते रहे थे और वह पिटा-पिटा-सा महसूस करने लगा था।

एक दिन उसे भी एक पत्र मिला। जिस समय डाकिया चिट्ठी लेकर आया, उस समय कमला घर पर नहीं थी। वास्तव में यह पत्र न होकर एक निमंत्रण था। स्वतंत्रता-सेनानियों का कोई जमाव राजधानी में होने जा रहा था और उसमें एक जाने-माने स्वतंत्रता-सेनानी के नाते उसे आमंत्रित किया जा रहा था। पत्र के साथ एक फार्म भेजा गया था जिसे भरकर सम्मेलन के कार्यालय को भेजना था। फार्म में यह पूछा गया था कि स्वतंत्रता-संघर्ष में आपका क्या योगदान रहा है। उनके प्रश्न थे : कितने दिन जेल काटी? कभी भूख-हड़ताल की? जेल के अन्दर, जेल के बाहर, कभी किसी लाठीचार्ज में जख्मी हुए? किसी गोली-कांड में? रचनात्मक कार्य में कैसा योगदान रहा? कभी पदाधिकारी रहे? रहे हों तो किस समिति के स्थानीय, जिला अथवा प्रादेशिक? आदि-आदि। लगता था, इस फार्म में दी गई सूचनाओं के आधार पर सरकार स्वतंत्रता-आन्दोलन का कोई वृहद इतिहास-ग्रंथ छापेगी।

पत्र देख चुकने पर उसके मन की पहली प्रतिक्रिया तो यही हुई कि चलो, देर से ही सही, सरकार को स्वतंत्रता-सेनानियों की सुधि तो आई! उनकी निष्ठा, उनके काम, उनकी कुर्बानियों की ओर किसी का ध्यान तो गया!

कमला अभी बाहर से लौटी नहीं थी, और अर्जुनदास हाथ में पत्र उठाए, खाट की पाटी पर बैठा अपने योगदान पर विचार कर रहा था। वह कमला को यह पत्र और फार्म दोनों दिखाना चाहता था और उसकी प्रतिक्रिया जानना चाहता था। कमला के इन्तजार में वह बार-बार बरामदे में जाकर खिड़की में से दाएँ-बाएँ बाहर देखता रहा था। गली की ओर देखते हुए पहली बार उसका ध्यान इस ओर गया था

कि मुहल्ला अब भले लोगों के रहने लायक नहीं रह गया है। कमला की बहुत दिनों से शिकायत रही थी कि मुहल्ले में तरह-तरह के लोग आ गए हैं। शराब और जुए के अड्डे बन गए। माल लादनेवाले ट्रकों के ड्राइवर जो सुनने में आया था, तस्करी भी करने लगे थे। कमला कहा करती थी, बेटी बड़ी हो रही है, अब हमारा यहाँ पर रहना ठीक नहीं। पर जवाब में अर्जुनदास तुनक उठा करता था।

'हम लोग शरीफ हैं तो ये लोग बदमाश हैं क्या? हाथ से काम करनेवाले लोग कभी बुरे नहीं होते, इस बात को समझ लो।'

पर आज पहली बार उसे लगा था कि नहीं, मुहल्ला बदनाम बस्ती-सा बनता जा रहा है। इसमें अब रहना ठीक नहीं, बच्चों पर बुरे संस्कार पड़ेंगे।

और तभी उसे कमला सड़क पर आती नजर आई थी और उस पर आँख पड़ते ही उसका दिल भर आया था। पत्नी को घर के अन्दर देखना एक बात है, और उसे सड़क पर अकेले चुपचाप चलते हुए देखना बिलकुल दूसरी बात। तब उसके प्रति अपनेपन की भावना अधिक जागती है। तब उसमें स्त्री-सुलभ कमनीयता भी होती है और अपनत्व का भाव भी। तभी अर्जुनदास को इस बात का भी भास हुआ कि उसकी पत्नी को उसके साथ रहते हुए बहुत कुछ सहना पड़ा है कि वह उसे कोई भी सुख-सुविधा नहीं दे पाया। कमला के प्रति भावना का ज्वार-सा उसके अन्दर उठा था।

जब कमला अन्दर पहुँची, हाथ-मुँह धोए, दो घूँट पानी पिया और दुपट्टे से हाथ-मुँह पोंछती हुई उसके पास आकर बैठी तो उसने बात चलाई :

'सरकार की तरफ से चिट्ठी आई है।'

'तुम्हें?' उसने तनिक हैरानी से पूछा।

'हाँ, मुझे।'

'क्या लिखा है?'

'बुलाया है।'

'तुम्हें बुलाया है? सरकार को तुम्हारी क्या जरूरत पड़ गई?'

'आजादी की वर्षगाँठ है। बहुत-से लोगों को बुलाया है राजधानी में, जिन्होंने आजादी की लड़ाई में भाग लिया था।'

'वहाँ तुम लोगों का अचार डालेंगे क्या?' और कमला हँस दी थी।

कमला की लापरवाही-सी हँसी को लेकर अर्जुनदास को तनिक झेंप हुई थी। वह स्वयं सारा वक्त सरकार की आलोचना करने लगा था, पर यह पत्र मिलने पर उसे अपनी विशिष्टता का कुछ-कुछ भास होने लगा था।

'जाओगे?'

'हाँ, जाएँगे, क्यों नहीं, जाएँगे! आजादी की सालगिरह है।' फिर फार्म की ओर इशारा करते हुए बोला, 'यह फार्म भी भेजा है।' और फार्म कमला की ओर बढ़ा दिया।

कमला देर तक बैठी उसे पढ़ती रही, फिर बोली, 'यह किसलिए है? क्या देशभक्तों को उनकी देशसेवा का मुआवजा मिलेगा?' और लापरवाही से फार्म पति को लौटा दिया।

मुआवजे का खयाल अर्जुनदास को नहीं आया था। मुमकिन है, सरकार कुछ मुआवजा देने की ही सोच रही हो! बात अनोखी-सी थी, देर तक उसके मन में बार-बार उठती रही।

वह राजधानी गया था। उसके शहर से नौ और व्यक्ति भी गए थे। राजधानी पहुँचने पर वह बेहद उत्साहित हुआ था। स्वतंत्रता-सेनानियों के जमाव को देखकर ही वह झूम-झूम उठा था। लालकिले के पीछे लम्बे-चौड़े मैदान में स्वतंत्रता-सेनानियों का कैम्प लगा था। तम्बू ही तम्बू थे। पूरी की पूरी बस्ती उठ खड़ी हुई थी। अर्जुनदास पुलक-पुलक उठा था। मेरी भी इस महायज्ञ में अल्प-सी आहुति रही है, वह मन-ही-मन बार-बार कहता। राजधानी में रैली क्या हुई थी मानो मानवता का सैलाब उमड़ पड़ा था। उसे देखकर अर्जुनदास पर फिर से जुनून तारी होने लगा था। उसका मन चाहा, इस जनप्रवाह में डूब जाए। उसे बार-बार रोमांच हो आता। 'मैं इस मिट्टी की उपज हूँ और अपने देश की इसी मिट्टी में मिल जाना चाहता हूँ,' इसी प्रकार के उद्गार उसके दिल में हिलोरें ले रहे थे।

और यहाँ पहुँचकर एक और निर्णय उसने भावावेश में कर डाला था।

बात मुआवजे को लेकर ही थी। कमला को फार्म का आशय ठीक ही सूझा था।

जब से अर्जुनदास राजधानी पहुँचा था, कैम्प में जगह-जगह सरकारी भत्ते की ही चर्चा सुन रहा था। सरकार प्रत्येक स्वतंत्रता-सेनानी का मासिक भत्ता बाँधने जा रही थी, ऐसा सुनने में आया था। चारों ओर उसी की चर्चा चल रही थी। तरह-तरह की टिप्पणियाँ सुनने को मिलतीं। उसके अपने शहर से नौ और देशसेवी आए थे।

'क्या सभी को एक जैसा भत्ता देंगे? इसमें क्या तुक है? जिसने तीन महीने जेल काटी है, उसे भी उतना ही भत्ता मिलेगा, जितना उस आदमी को जिसने ग्यारह साल जेल काटी है?' कोई कह रहा था।

इस पर किसी ने हँसकर जोड़ा, 'नहीं, सबको तौल-तौलकर मिठाई बाँटेंगे, कुर्बानी के मुताबिक।'

'क्या सूत कातना भी कुर्बानी माना जाएगा? प्रभातफेरी भी? तामीरी काम भी? इसे भी फार्म में लिखूँ?'

उन्हीं के तम्बू में एक बार झगड़ा उठ खड़ा हुआ था। किसी ने कहा, 'अब मैं नाम नहीं लेना चाहता लेकिन रौशनलाल ने कौन-सी जेल काटी है? एक जुलूस में उसने भाग लिया था जिस पर लाठीचार्ज हुआ था। मैंने अपनी आँखों से रौशनलाल को वहाँ से भागते हुए देखा था, भागकर हलवाई के तख्ते के नीचे छिप गया था। वह भी यहाँ भत्ता लेने पहुँचा हुआ है।'

इस पर एक और ने जोड़ा, 'ऐसे लोग भी भत्ता माँगेंगे जो कांग्रेस में काम भी करते थे और अंग्रेज सरकार की मुखबिरी भी करते थे।'

'कुर्बानी की तसदीक कौन करेगा?'

कोई कह रहा था, 'कौन दरयाफ्त करने जाएगा कि मैंने तीन महीने जेल काटी है या तीन साल? भत्ता माँगने वालों में ऐसे लोग भी होंगे जो झूठी दर्ख्वास्तें देकर भत्ता मंजूर करवा लेंगे।'

इस पर कोई आदमी बिफरकर बोला था, 'और जो मर गए, जो फाँसी चढ़ गए, उन्हें क्या मिलेगा?'

दो आदमियों को उसने फुसफुसाते हुए भी सुना था, 'दर्ख्वास्त तो दे दो, जो मन में आए, भर दो, तसदीक करवा लेंगे। तसदीक करने वाला भी मिल जाएगा, क्या मुश्किल है!'

इसी तरह एक आदमी घबराया हुआ, चिन्तित-सा कह रहा था, 'मैंने तो जेल, सियालकोट में काटी है, और वह पाकिस्तान में चला गया है। मैं तसदीक किससे करवाऊँगा...'

तरह-तरह के टिप्पण सुनता रहा था और उत्तरोत्तर अटपटा महसूस करता रहा था। कहीं कुछ घट रहा था जो उसकी समझ में नहीं आ रहा था।

नतीजा यह हुआ कि वह कार्यालय में अपना फार्म दिये बिना घर लौट आया था।

और जब घर लौटकर आया और पत्नी को सारी बात कह सुनाई तो भावावेश में बोला, 'मैंने भत्ते के लिए दर्ख्वास्त नहीं दी। यह मेरी देशसेवा का अपमान नहीं है क्या? क्या मैं जेल इसलिए गया था कि एक दिन मैं उसके लिए भत्ता माँगूँगा?'

कमला चुप रही थी। वह न तो निराश हुई थी, न ही आश्वस्त, केवल मुस्कुराकर सिर हिला दिया था, 'अगर तुम दर्ख्वास्त देकर आते तो मैं जरूर हैरान होती।' उसने कहा था और वह अपने काम में लग गई थी।

यह बात भी धीरे-धीरे आई-गई हो गई थी। अर्जुनदास को इसका खेद भी नहीं था। वह इसे भूल भी चुका था, पर कहीं पर एक हलका-सा बोझ उसकी छाती पर छोड़ गई थी।

बाद में बहुत-से लोगों को भत्ता मिला। महँगाई बढ़ रही थी। इस छोटे-से भत्ते से निश्चय ही लोगों को लाभ पहुँचा था। पर घर में इसकी चर्चा बन्द हो गई थी— न कभी अर्जुनदास ने की, न कभी कमला ने।

राजधानी से लौटते समय एक और अटपटा-सा अनुभव अर्जुनदास को हुआ था, जिसने निश्चय ही उसे विचलित किया था। उसे लगा था, जैसे कुछ घट रहा है जो उसकी पकड़ में नहीं आ रहा, जैसे कोई चीज पटरी पर से उतर गई हो!

राजधानी से लौटते समय रेलगाड़ी खचाखच भरी थी। उसके डिब्बे में उसके अपने शहर के देशवासियों के अतिरिक्त बहुत-से वयोवृद्ध देशभक्त बैठे थे। किसी को कहीं पर उतरना था, किसी को किसी दूसरे स्टेशन पर। जब गाड़ी चली तो प्लेटफार्म पर नारे गूँज उठे। वातावरण में फिर से उत्तेजना और देशभक्ति की लहर दौड़ गई। अर्जुनदास भी इससे अछूता नहीं रहा। लगा, पहले वाला वक्त फिर से लौट आया है।

जब गाड़ी ने रफ्तार पकड़ी तो डिब्बे में बैठे बहुत-से वयोवृद्ध देशभक्त एक आवाज होकर गाने लगे :

'जरा वी लगन आजादी दी
लग गई जिन्हाँ दे मन दे विच्च!
और मजनू वण फिरदे ने
हर सहरा, हर वन दे विच्च!'

कुछ लोग सुर में गा रहे थे। कुछ बेसुरे थे। कुछेक की आवाज सधी हुई। कुछेक की खरखराती। कोई पंचम में, कोई सप्तम में। कुछेक को खाँसी आ गई, पर मस्ती में सभी के सिर हिल रहे थे, सभी वज्द में थे।

दूसरी बार जब गीत की दूसरी पंक्ति गाई गई :

'लग गई जिन्हाँ दे मन दे विच्च!'

तो डिब्बे में कहीं से हँसने, मसखरी करने की आवाज आई :

'...वि च च च!'

'ओ बाबू, यह 'विच्च' क्या हुआ?' कहीं से ठहाका फूटा।

सचमुच इस 'विच्च' शब्द से बड़ी मजाकिया स्थिति बन गई थी।

दूसरी बार जब देशभक्तों ने वही पंक्ति दोहराई, 'लग गई जिन्हाँ दे मन दे विच्च!' तो चार-पाँच मनचले डिब्बे में एक ओर को बैठे हुए एक साथ बोल उठे, 'विच्च!'

और फिर ठहाका हुआ।

अब की बार जब देशभक्तों ने विशेष ध्यान नहीं दिया पर फिर जब अगली पंक्ति के अन्त में यही शब्द आया :

'ओह मजनू बण फिरदे ने
हर सहरा, हर वन दे विच्च!'

तो अबकी बार पूरा डिब्बा गूँज उठा :

'विच्च!'

अर्जुनदास मन-ही-मन बौखला उठा। वह तमतमाते चेहरे के साथ उठ खड़ा हुआ।

'आपको शर्म आनी चाहिए। देशभक्ति के गीत का आप मजाक उड़ा रहे हैं?'

इस पर चार-पाँच नौजवान फिर बोल उठे, 'विच्च!'

और फिर ठहाका हुआ।

पर अर्जुनदास तर्जनी हिला-हिलाकर गुस्से से बोलने लगा, 'आपने शर्म-हया बेच खाई है। ये लोग जो यहाँ बैठे हैं, सब देशभक्त हैं, इन्होंने कुर्बानियाँ दी हैं, जेलें काटी हैं, देश आजाद हुआ तो इनके बल पर...और आज...'

अर्जुनदास का वाक्य अभी पूरा नहीं हुआ था कि फिर से कोई मनचला चहक उठा, 'विच्च!'

रेलगाड़ी आगे बढ़ती जा रही थी। अर्जुनदास मन मसोसकर बैठ गया। सारा मजा किरकिरा हो गया था। त्याग और आत्मोत्सर्ग का जो माहौल इस गीत से बनने लगा था, वह छिन्न-भिन्न हो गया। कुछ लोगों पर अभी भी वज्द तारी था। उनमें से एक ने फिर से कोई इन्कलाबी गीत गाना शुरू कर दिया :

'सरफरोशी की तमन्ना अब हमारे दिल में है
देखना है जोर कितना बाजू-ए-कातिल में है।'

कुछ देर के लिए तो डिब्बे में चुप्पी छा गई। लोग ध्यान से सुनने लगे। अर्जुनदास ने भी मन-ही-मन कहा, 'क्यों नहीं सुनेंगे, इस गीत को तो देश का दुश्मन भी सिर झुकाकर सुनेगा। यह गीत लिखनेवाला तो स्वयं फाँसी के तख्त पर झूल गया था।'

पर अर्जुनदास भूल कर रहा था। मनचले फिर से खी-खी करने लगे थे। एक ने फिर से 'विच्च' चिल्लाकर कहा। दूसरे ने गीत के गम्भीर स्वर की नकल उतारते हुए कहा, 'हाय, मार डाला!' तीसरे ने दिल पर हाथ रखकर कहा, 'कुन्द छुरी से जिबह कर डाला!' और फिर से ठहाके लगने लगे।

अर्जुनदास को अभी भी समझ लेना चाहिए था कि बीते काल के माहौल को फिर से पकड़ पाने की कोशिश विफल रहेगी, कि उनका संदर्भ तेजी से बदलता जा रहा है, जिसे उसकी मानसिकता पकड़ नहीं पा रही है, कि उनका कालखंड समय के प्रबल प्रवाह में कब का डूब चुका है।

राजधानी से लौटकर अर्जुनदास अपनी नई गान-मंडली संगठित करने में जुट गया था। बेशक राजधानी के उस दौरे से उसे धक्का लगा था पर वह बिलकुल अप्रत्याशित भी नहीं था। पिछले दौर की अपनी माँगें थीं, आज के दौर की अपनी माँगें हैं। अपनी भावुकता-भरी यादों के कारण तो वह पिछले दौर से चिपटा नहीं रह सकता था।

उसके मन में कभी-कभी जरूर सवाल उठता : 'क्या मैं दिग्भ्रमित हो गया हूँ? क्या सचमुच मैं आदर्शवाद के हवाई घोड़े पर सवार इधर-उधर भटक रहा हूँ? क्या वे लोग जो आजादी मिलने के बाद अपने पैर जमाने के लिए ठेके और लाइसेंस हथियाने लगे हैं, ज्यादा समझदार थे जो हवा का रुख पहचानते थे?' पर अर्जुनदास का मन नहीं मानता था कि वह भूल कर रहा है।

अर्जुनदास की गाड़ी पहले की ही भाँति चलती रही। अभी भी दुकान थी, प्रकाशन गृह था, पर अब उसमें समाजवाद का समर्थन तथा प्रचार करनेवाली पुस्तकें अधिक छपती थीं, वाम कवियों के संग्रह छपते थे। अर्जुनदास सन् '45 के नाविक विद्रोह के बाद जब जेल से छूटकर आया था तो मार्क्सवादी विचारों का रंग उस पर गहरा हो गया था। जेल के अन्दर कुछ ऐसे देशभक्त भी थे जो मार्क्स और लेनिन की चर्चा किया करते थे। अर्जुनदास उनकी बातें सुनता रहता। उन्होंने कुछ साहित्य पढ़ने को दिया, उसे भी वह बड़े चाव से पढ़ता रहा था।

अर्जुनदास पहले की तुलना में और ज्यादा कर्मठ और उत्साही हो गया था। उधर गान मंडली भी बदल गई थी। नए-नए युवक-युवतियाँ उसमें आ गए थे, स्फूर्ति और उत्साह पाया जाने लगा था। अमरदास उन्हीं में से था। हाथ पसारकर ऐसी तान छेड़ता कि सारा पंडाल गूँज उठता। सच तो यह है कि अब जलसों-जुलूसों में मात्र देशभक्ति अथवा गांधी-नेहरू के प्रति श्रद्धा के गीत बहुत जमते भी नहीं थे—भले ही स्वर-योजना कितनी ही सुरीली क्यों न हो! मात्र भारत माता का गौरवगान दिल को छूता नहीं था, झिंझोड़ता नहीं था।

अर्जुनदास की दुकान और प्रकाशन गृह पहले की तरह घिसट रहे थे। न दो कौड़ी की कमाई आजादी के पहले हुई थी, न दो कौड़ी की कमाई आजादी के बाद हो रही थी। पर अपने ढर्रे पर अर्जुनदास के पाँव फिर भी नहीं डगमगाए थे। अब वह हर बात का आर्थिक-सामाजिक कारण निकाल लेता और सन्तुष्ट हो जाता। यदि पत्नी के दिल में अभी भी अच्छे रहन-सहन की चाह है तो इसलिए कि बचपन में उसका लालन-पालन मध्यवर्गीय परिवार में हुआ था। और मध्यवर्ग वह वर्ग है जो सदा धन-ऐश्वर्य को प्राथमिकता देता है, आदि-आदि।

पत्नी की माँगें इतनी बड़ी और असाध्य नहीं थीं, पर अर्जुनदास की धृष्टता उनके आड़े आती रही थी। आदर्शवाद ने उसे अन्दर से कड़ा बना दिया था वरना क्या था! वह ऐसे घर में रहना चाहती थी जिसके आगे छोटा-सा आँगन हो, जिसमें वह बेल-बूटे उगा सके, या कि उनका घर किसी सँकरे बाजार में न होकर किसी खुले इलाके में हो। इसके पिता छोटे सरकारी अफसर रहे थे, इसलिए उनका रहन-सहन अधिक सुचारु और करीने वाला था। समय पर भोजन, वह भी मेज पर। साफ-सुथरे कपड़े। हर चीज अपनी जगह पर। घर में कहीं भी बेतरतीबी नहीं थी, बड़ा सुचारु सुव्यवस्थित जीवन था।

पर अर्जुनदास को इसमें भी 'अंग्रेजियत' की बू आया करती थी। सुव्यवस्थित रहन-सहन की इन विशिष्टताओं को भी वह 'अंग्रेजियत' का नाम दिया करता था। एक बार यह वह जमाना था जब शादी के कुछ ही साल बाद वह सक्रिय रूप से रंगमंच पर काम करने लगा था। वे दोनों किसी रेलवे स्टेशन पर उतरे थे और कुछ फल खरीदकर साथ में ले लेना चाहते थे। उसकी पत्नी आम खरीदना चाहती थी

जबकि वह खरबूजा लेने के हक में था। खरबूजे की तुलना में उसकी पत्नी को आम ज्यादा पसन्द था और जब उसने आम लेने पर इसरार किया तो वह तुनक उठा था। वह आम इसलिए लेना चाहती है क्योंकि आम ज्यादा महँगा फल है, उसे ऊँचे दर्जे के लोग खाते हैं, जबकि खरबूजा आम आदमी का फल है। अन्त में वह चुप हो गई थी और उसने खरबूजा लेना ही मान लिया था, लेकिन उसे यह तर्क सुनकर बड़ा अचम्भा हुआ था।

'मैंने कब कहा है, आम बड़े आदमियों का फल है और खरबूजा छोटे आदमियों का? यह तुम कैसी बातें करने लग जाते हो?' और वह रो पड़ी थी।

आज इस छोटी-सी घटना को याद करके उसका मन आत्मग्लानि से भर उठता था, पर उन दिनों उसे इसका कोई क्षोभ नहीं हुआ था।

जिन्दगी इसी तरह हिचकोले खाती यहाँ तक पहुँची थी।

जमाना बीतता गया था। न तो अर्जुनदास की अपनी दिनचर्या बदली थी, न पत्नी की। किताबों की कमाई में वृद्धि तो असम्भव थी; हाँ, पत्नी की जोड़-तोड़ से नौका डूबने से बची रही। वह स्कूल में भी पढ़ाती रही और दुकान का काम भी देखती रही। घर बना रहा। बेटी बड़ी हो गई, उसकी शादी भी हो गई। बेटा जहीन निकला। उसे राजनीति से तो चिढ़ थी, पर किताबों के माहौल में पला था इसलिए उसकी जिज्ञासा बनी रही और वह अपनी नौका अलग से ठेल ले जाने में सफल हो गया।

अधेड़ उम्र तक पहुँचते-पहुँचते, आए-दिन विचित्र अनुभव होते रहे थे। उनकी बेटी उनके आदर्शवाद की खिल्ली उड़ाने लगी थी। (वैसे ही, जैसे बरसों पहले रेलगाड़ी के सफर में, मनचले युवक देशभक्तों के गीत की खिल्ली उड़ाते रहते थे।) बेटी को, या तो मन-ही-मन अपनी माँ के साथ हमदर्दी थी कि उसके पिता ने उसकी माँ को परेशान किया है और इसके लिए वह उसे क्षमा नहीं कर पा रही थी; या फिर मूल आपत्ति उसे उसकी मान्यताओं और उसकी आदर्शवादिता के प्रति थी, जिसमें उसका कोई विश्वास नहीं था। उसकी बातें सुनते हुए अर्जुनदास हताश तो नहीं होता था—हर युग के अपने ध्येय, अपने आदर्श होते हैं—उसे अचम्भा इस बात का होता था कि उसकी आदर्शवादिता उसकी बेटी को कहीं पर भी छूती तक नहीं थी। 'बस-बस, पिताजी, सुन लिया, बहुत सुन लिया।' वह उसका मुँह बन्द करने के लिए खीज कर कहती और उठकर चली जाती थी।

बेटे ने भी कुछ बरस बाद ऐसा ही रुख अपनाया था। बी.ए. की पढ़ाई खत्म कर चुका तो एक दिन बाप से तुनककर बोला, 'न आपको कोई पूछता है, न जानता है, आप मेरी मदद क्या करेंगे?'

जहाँ धन का अभाव हो, वहाँ जिन्दगी आए-दिन थपेड़े मारती रहती है। छोटे-मोटे थपेड़े तो यों ही पड़ते रहते हैं, पर बड़ा धक्का तभी लगा जब पहले एक, फिर दूसरा बच्चा हाथ से निकल गए थे।

और जब पति-पत्नी वृद्धावस्था में प्रवेश कर रहे थे तो पहली बार अर्जुनदास को इस बात का भास होने लगा था कि उसका आदर्शवाद जो रोशनी की लौ की तरह उसका पथ-प्रदर्शन करता रहा था, कुछ-कुछ मन्द पड़ने लगा है और यह सवाल बार-बार उसके मन में उठने लगा था कि क्या मैंने अपनी जिन्दगी नासमझी में व्यतीत की है? यदि मैं फिर से जन्म लेकर आऊँ तो क्या फिर से ऐसा ही जीवन व्यतीत करना चाहूँगा?

मैदान में बैठा वह अपने से यही प्रश्न पूछ रहा था और उसे कोई स्पष्ट उत्तर नहीं मिल रहा था। बैठे-बैठे ही वह बुदबुदाया :

'जिस दिल पे मुझको नाज था,
वह दिल नहीं रहा।'

तभी रंगमंच की ओर से घंटी की आवाज सुनाई दी। अर्जुनदास मानो तन्द्रा से जागा। मैदान में अच्छी-खासी भीड़ जमा थी। रोशनी कम थी, केवल कुछ खम्भों पर ही तारें जोड़कर रोशनी के कुमकुमे लगाए गए थे—वह भी मद्धिम-से। कार्यक्रम आरम्भ होने वाला था।

सहसा अर्जुनदास को चेत हुआ, कार्यक्रम के बाद वह युवक उसके पास आएगा, मार्गदर्शन के लिए। मैं उससे क्या कहूँगा? क्या मैं उससे कहूँगा कि बेटा, कूद जाओ, दिल का रास्ता ही सीधा रास्ता होता है या मैं उससे कहूँगा कि जो निर्णय करो, सोच-विचारकर करो—अपनी स्थिति पर विचार करके, अपने दायित्वों पर भी?

उसकी आँखों के सामने युवक का चेहरा उभर आया—ऊँचा-लम्बा कद, छरहरा बदन, मसें भीगी हुईं, स्वच्छ उत्साह-भरी आँखें। अनछुआ व्यक्तित्व। कहीं किसी थपेड़े की छाया नहीं, न ही किसी संघर्ष का तनाव। उत्साह ही उत्साह। उत्साह और उत्सुकता। आज वह उस स्थल पर खड़ा है जहाँ से उसकी जीवन-यात्रा आरम्भ होगी।

मैं उससे क्या कहूँगा? उसे कहूँ कि प्रत्येक ध्येय की एक उम्र होती है। वह उस समय तक जीवित रहता है और लोगों को उत्प्रेरित करता रहता है जब तक उसके चरितार्थ किए जाने की सम्भावना बनी रहती है। जब वह सम्भावना समाप्त हो जाती है तो उस ध्येय की प्रासंगिकता भी समाप्त हो जाती है। यदि एक बार पता चल जाए कि वह जीवन की सम्भावनाओं से दूर हो गया है तो उसकी सार्थकता समाप्त हो जाती है।

पर क्या वह समझ पाएगा? और क्या सचमुच इस युवक के ध्येय की प्रासंगिकता समाप्त हो गई है? क्या सचमुच स्थितियाँ बदल गई हैं और ध्येय की सार्थकता मन्द पड़ गई है? कहीं ऐसा तो नहीं—अर्जुनदास ने मन-ही-मन कहा—कि मैं अपनी कमजोरी को आदर्शों-ध्येयों पर थोप रहा हूँ? यह समझ रहा हूँ कि जिन आदर्शों

का दामन पकड़कर मैं दसियों साल पहले इस रास्ते पर आया था, वे अपनी सार्थकता खो चुके हैं। वास्तव में अपने जीवन की विकट स्थितियों को मैं सँभाल नहीं पाया, अपने निजी विरोधाभासों को मैं देख नहीं पाया, और आदर्शों और ध्येयों को दोष देने लगा हूँ।

सहसा उसके कानों में किसी गीत के स्वर पड़े। बहुत-से कंठ एक साथ गा रहे थे, और स्वर-लहरियाँ वातावरण में हिलोरें लेने लगी थीं। अर्जुनदास उठ खड़ा हुआ और धीरे-धीरे चलता हुआ दर्शकों की पाँतों की ओर बढ़ गया। उसे पता नहीं चला कि कब उसके वयोवृद्ध साथी, उसकी पत्नी, अन्य लोग, मैदान में पहुँच गए थे और कहाँ पर जा बैठे थे। खम्भों पर लगी मद्धिम-सी बत्तियों की रोशनी में वह मैदान में बढ़ता हुआ, पिछली एक पंक्ति में बैठ गया। मैदान में भारी भीड़ जमा हो गई थी और ऊँचे मंच पर, माइक के पीछे एक गान-मंडली खड़ी गा रही थी। मंडली के आगे वही युवक खड़ा था—अपना दायाँ हाथ ऊँचा उठाए, गहरी रुँधी हुई भावना में ओतप्रोत! आवाज में, सहगान में वह अपनी मंडली का नेतृत्व कर रहा था। सारा वातावरण उद्वेलित होने लगा था।

'एक साथ हैं कदम, जहान साथ है...'

लोगों की भीड़ पर उस गीत का असर होने लगा था। देश की विकट स्थिति आँखों के सामने उभरने लगी थी, मानो उनकी आवाज में वह दारुण स्थिति मुखर हो उठी हो! स्वर-लहरियाँ उठ रही थीं, गीत के शब्द दिलों पर दस्तक देने लगे थे। अर्जुनदास पीछे की कतारों में से एक कतार में चुपचाप आकर बैठ गया था। लोग इस भावोद्वेलित गीत को सुनने में इतने तन्मय थे कि संयोजकों में से किसी का ध्यान वयोवृद्ध अर्जुनदास की ओर नहीं गया, नहीं तो उसके पास दौड़े आते और उसका हाथ थामकर उसे अगली पाँत में बैठने के लिए ले जाते।

गीत समाप्त हुआ, पर उसका स्पंदन वायुमंडल को उद्वेलित किए रहा। फिर एक और गीत गाया गया। वही मंडली फिर से गा रही थी। मंडली के पास केवल एक ढोल और एक हारमोनियम था। गानेवाले भी सही निपुण कलाकार नहीं थे, परन्तु भावना सभी अभावों की पूर्ति कर रही थी। कहीं कुछ था जो उनकी अनगढ़, कहीं-कहीं बेमेल आवाजों में भी मर्मस्पर्शी संगीत का संचार कर रहा था। अर्जुनदास को बैठे-बैठे अमरदास याद हो आया जो हाथ पसारकर ऐसी तान छेड़ता था कि सारा पंडाल गूँज उठता था। अमरदास जो अभावों में मरा था, पर जो हजारों-हजार लोगों के दिलों को बाँध लिया करता था।

अर्जुनदास धीरे-धीरे उस कार्यक्रम में खोता चला गया। ऐसा अक्सर होता था, गीत सुनते हुए वह आत्मविभोर हो उठता था, पर कार्यक्रम समाप्त हो जाने पर उसका नशा जल्दी उतरने भी लगता और वस्तुस्थिति के कंकड़-पत्थर जैसे फिर से उसे चुभने लगते।

फिर वैसी ही बात हुई, जैसी दसियों साल पहले अर्जुनदास की जवानी के दिनों में हुई थी, मानो अतीत के धुँधलके में घटी हो! वही छरहरे शरीर वाला युवक मंच पर लालटेन उठाए, बूढ़े बुजुर्ग की दाढ़ी लगाए, ऊँची थरथराती आवाज में कह रहा था, 'सुनोगे? इस विपदा की कहानी सुनोगे?...सुनोगे, इस अभागे देश की कहानी सुनोगे?'

और दर्शकों की भीड़ दत्तचित्त सुने जा रही थी। उस युवक के हाथ में झूलता हरीकेन लैम्प, लगता, किन्हीं सुनसान बियाबानों को लाँघ रहा था।

लगभग डेढ़ घंटे बाद खेल समाप्त हुआ। खेल समाप्त होने पर वही युवक मंच पर से उतर आया और झोली पसारे मैदान में बैठे दर्शकों की पाँतों की ओर बढ़ने लगा। युवक के पीछे-पीछे मंडली के अन्य युवक-युवतियाँ भी उतर आए थे। सभी नीचे पहुँचकर छितर गए थे और झोली फैलाए एक पाँत से दूसरी पाँत की ओर जाने लगे थे।

जब वही युवक, झोली फैलाए, अर्जुनदास के निकट, सामने वाली पाँत के सामने से गुजर रहा था तो एक स्त्री ने भावविह्वल होकर अपने दोनों हाथ उठाकर अपने कानों में से सोने के झूमर उतारकर युवक की झोली में डाल दिये।

अर्जुनदास चौंका। उसने ध्यान से देखा, उसकी पत्नी कमला ने झूमर उतारकर उस युवक की झोली में डाले थे—एकमात्र झूमरों का जोड़ा, जो बेटी की शादी के समय उसने अपने लिए बनवाया था। झूमर फेंक चुकने के बाद, कमला सिर पर अपनी ओढ़नी ठीक कर रही थी और अपनी आँखें पोंछ रही थी।

चोरी

वीणा कह रही थी, "मुझे तो अपने शहर के साथ गहरा लगाव है। मेरे बम्बई-जैसा तो दुनिया में कोई शहर नहीं होगा।" कहते हुए उसका चेहरा खिल उठा था।

खिला और मुस्कुराता हुआ चेहरा किसी चीज की तारीफ़ करे तो वह अपने-आप ही प्रशंसनीय हो जाती है।

"मुझे तो बम्बई में कोई खास बात नजर नहीं आई," मैंने कहा, "बरसात में कीच ही कीच और चारों ओर शोर ही शोर। रात के वक्त बम्बई की सड़कों पर जाओ तो लगता है, शहर को इंसोमनिया हो गया है। उसकी पलकें बन्द ही नहीं हो पातीं।"

वीणा कुछ कहने जा रही थी, जब मैंने जोड़ा, "जितना मोटा चूहा मैंने बम्बई में देखा है, वैसा दुनिया-भर में नहीं होगा।"

वीणा की बड़ी-बड़ी आँखें मुस्कुराईं। उसका कोई इरादा बहस करने का नहीं था। वह तो केवल बम्बई के प्रति अपना लगाव व्यक्त करना चाहती थी, अपनी जन्मभूमि का गुणगान करना चाहती थी।

मेरा मन हुआ, बम्बई के मुकाबले दिल्ली की तारीफ कर दूँ। पर दिल्ली की तारीफ में कहूँ भी तो क्या? दिल्ली तो पागलखाना है। बम्बई में तो ट्रैफिक का शोर है पर दिल्ली में तो लोग एक-दूसरे को काटने को दौड़ते हैं। फिर भी मैंने कहा "एक बार बम्बई में मैंने एक आदमी को पिटते देखा था। मुझे लगा था, जैसे थप्पड़ मार-मारकर ही उसे मार डालेंगे।"

"क्यों, क्या दिल्ली में झगड़े-फसाद नहीं होते?"

"दिल्ली में अगर कोई किसी को पीटने लगे तो आसपास के लोग आकर बीच-बचाव कर देते हैं। यहाँ पर तो लोग दूर खड़े तमाशा देखते रहते हैं।"

इस पर वीणा सिर हिलाकर बोली, "मैं आपकी दिल्ली के बारे में कुछ नहीं जानती, पर मुझे तो मेरा बम्बई शहर बहुत प्यारा लगता है।"

उसके हाथ में एक किताब थी। अन्तिम वाक्य कहते हुए उसने किताब को सहलाते हुए अपनी गोद में रख लिया।

वीणा क्या जाने कि हर शहर की ऊपरी परत भले कितनी ही सुन्दर और सुहावनी क्यों न हो, उसके नीचे की परतों में दर्द लहरें लेता है। दर्द और बेचैनी, आपा-धापी और छीना-झपटी, भूख, बेरोजगारी। लोग जीवन को दाँतों से पकड़े जूझ रहे होते हैं। पर अगर लोग जवानी की कसम तक नहीं खाते तो इसलिए कि जवानी को ये निचली परतें नजर ही नहीं आतीं। जवानी दुनिया-भर के गुनाह माफ कर देती है। वह जीने में इतनी मस्त होती है कि रास्ते में आनेवाले रोड़े-पत्थर उसे नजर ही नहीं आते। वह उन पर से जैसे कूदकर निकल जाती है।

"मैंने सुना है, दिल्ली में कुछ खो जाए तो कभी नहीं मिलता।" अब की बार वीणा ने साहस बटोरकर दिल्ली की आलोचना करते हुए कहा।

"क्या बम्बई में मिल जाती है?"

"हाँ, क्यों नहीं!" और उसने अपनी गोद में रखी किताब मेरे सामने बढ़ा दी।

"यह खो गई थी?" मैंने पूछा।

"हाँ।"

"और मिल गई?"

"हाँ।"

मैंने मुस्कुराते हुए कहा, "पर इसी बम्बई में मेरी जेब में से बटुआ निकल गया था, और इस सफाई से कि मुझे घर पहुँचकर पता चला।"

"पर मेरी किताब तो मिल गई।" उसने किताब को सहलाते हुए कहा।

"वाह जी, किताब की चोरी कौन करेगा?" मैंने उसके हाथ से किताब लेते हुए कहा। लाइब्रेरी की कोई किताब थी, फटी-पुरानी, वह भी दर्शनशास्त्र की।

"इसे कोई उठाकर क्या करेगा? इसे तुम अगर किसी चौराहे पर स्वयं रख आओ तो महीने-भर बाद भी वहीं पर से उठा लेना।"

"जी नहीं, यह बड़ी बिरल पुस्तक है, अब कहीं मिलती ही नहीं। हमारे पुस्तकालय में भी इसकी एक ही प्रति थी और वह भी मुझे हफ्ते-भर के लिए, बड़ी मिन्नत-समाजत करने के बाद दी गई थी। अगर खो जाती हो क्या होता?"

"किताबों में बिरल और सामान्य कुछ नहीं होता। किताब किताब होती है और चोर की नजर में कचरा होती है। अगर बस में मुझे दो चीजें साथ-साथ पड़ी मिलें, एक दस पैसे का सिक्का और दूसरी दस रुपए की किताब तो मैं सिक्का उठा लूँगा और किताब को फर्श पर फेंक दूँगा।"

"अगर मैं चोर होती तो मैं तो किताबों की ही चोरी करती।" वीणा ने हँसकर कहा।

"वीणा, एक बार बस में मेरा बैग खो गया। बैग में मेरा चश्मा और एक

किताब थी। मैंने उसे ढूँढ़ने में बड़ी दौड़-धूप की। बाद में मुझे किताब तो मिल गई, पर चश्मा और बैग नहीं मिले।''

''आपका बैग कंडक्टर ने ही उठाया होगा। दिल्ली का कंडक्टर था न!''

''घटना तो जरूर दिल्ली में ही घटी थी पर क्या मालूम, कंडक्टर बम्बई का रहा हो!''

''बम्बई के कंडक्टर पढ़े-लिखे लोग होते हैं, वे बैग नहीं उठाते।''

''वे क्या उठाते हैं?''

''वे कुछ नहीं उठाते। वे लोगों की मदद करते हैं।'' सहसा वीणा गम्भीर हो गई मानो यह बात मजाक में न कही गई हो।

कुछ देर तक तो वह भावुकता में खोई रही, फिर कहने लगी, ''जुहू में मैं रोज की तरह बस में बैठी। मेरा कॉलेज चिम्बूर में है। लगभग एक घंटा लगता है। रास्ते में मुझे बान्द्रा में बस बदलनी पड़ती है। जुहू की बस जब बान्द्रा पहुँची तो चिम्बूरवाली बस वहाँ पहले से खड़ी थी, और छूटनेवाली थी, बल्कि मेरे देखते ही देखते सरकने लगी थी। लपककर दूसरी बस में चढ़ गई। बस में तो बैठ गई पर क्या देखती हूँ, मेरी किताब मेरे पास नहीं है। वहीं बस में कहीं रह गई थी। मेरा थैला मेरे पास था, उसमें मेरा छाता भी था, मेरा लंच बॉक्स भी था पर किताब नहीं थी।''

''बस, बम्बई और दिल्ली में यही अन्तर है,'' मैंने जोड़ा, ''वहाँ पर किताब तुम्हें मिल जाती, पर थैला नहीं मिलता।''

''मेरी तो रुलाई फूट पड़ी। हफ्ते-भर के लिए मुझे किताब मिली थी, अब क्या होगा? बस छूट गई थी और मेरे लिए वापस जा पाना नामुमकिन था। सारा रास्ता मैं रोती रही। मेरी समझ में नहीं आ रहा था कि मैं क्या करूँ। लौट भी जाती तो वह बस मुझे कहाँ मिलती! मुझे रह-रहकर एक ही खयाल आता था कि अब मेरा विश्वास कोई नहीं करेगा। सभी समझेंगे कि एक बिरल किताब को मैंने उड़ा लिया है। बांद्रा में ही वह गोदाम है, जहाँ गुमशुदा चीजें रखी जाती हैं। मैंने फैसला किया कि दूसरे दिन की छुट्टी लूँगी और कॉलेज जाने के बजाय उस गोदाम में जाऊँगी। क्या मालूम, किताब मिल ही जाए!

''खोई हुई किताब न मिले, यह कैसे हो सकता है? पर उसे गोदाम तक कौन पहुँचाएगा?

''मैं कॉलेज में पहुँची। लाइब्रेरियन के पास गई। उसने घूरकर मेरी ओर देखा और बोला, 'मिस वीणा, आपकी और किताबें तो कभी नहीं खोतीं, यही कैसे खो गई?'

''मैं डायरेक्टर के पास गई तो उसने भी अविश्वास की जलती-सी नजर से मुझे देखा, 'मैं कुछ नहीं कर सकता।...तुम्हें पेनाल्टी का मालूम है न!'

''शाम हुई। दिन की क्लासें खत्म हुईं और मैं खोई-खोई-सी कॉलेज के बाहर

जाने लगी। इस वक्त अगर मुमकिन हुआ तो मैं रास्ते में गोदाम में से होकर जाऊँगी। क्या मालूम, किसी नेकदिल आदमी को मुझ पर दया आ गई हो और उसनै किताब वहाँ पहुँचा दी हो!

''कॉलेज की ऊँची दीवार के बाहर ही बसस्टॉप था। और बान्द्रा जानेवाली बस खड़ी थी। मैंने उस ओर कदम बढ़ा दिये।

''मैं फाटक में से निकल ही रही थी, जब एक आदमी दूसरी ओर से मेरी ओर बढ़कर आया।

'' 'यह किताब आपकी है?' उसने कहा और मुझे जैसे बिजली छू गई। मुझे इस तरह से खोई हुई पुस्तक मिल जाएगी, इसकी सपने में भी आशा नहीं थी। मैं पुलक-पुलक उठी।

'' 'मैं आप ही के इन्तजार में खड़ा हूँ। आप इसे बस में भूल गई थीं।' उसने कहा। जानते हो, वह कौन था? वह बस कंडक्टर था। अभी भी वर्दी पहने हुए था। मेरी पुस्तक लौटाने खुद चला आया था।''

मैंने फिर चुटकी लेते हुए कहा, ''क्यों नहीं आता, तुम्हारी किताब जो थी!''

''वह कहने लगा, 'पहले मैंने सोचा, इसे लॉस्ट प्रॉपर्टी ऑफिस में पहुँचा दूँ, पर फिर...' ''

''उसने जान-बूझकर उड़ा ली होगी, ताकि इसी बहाने तुमसे जान-पहचान बढ़ा सके। तुम रोज जुहू से बस में आती हो न, उसने कई बार तुम्हें देखा होगा।''

''मैंने उसे धन्यवाद कहा और बार-बार अपनी कृतज्ञता प्रकट की। फिर जब मैं बस-स्टाप की ओर जाने लगी तो वह मेरे साथ-साथ हो लिया।''

''देखा! मैंने कहा था न! बम्बई के कंडक्टर और दिल्ली के कंडक्टर, सब एक ही थैली के चट्टे-बट्टे हैं।''

''हाय, नहीं,'' वीणा बोली, ''वह मेरे साथ-साथ चला आया, और जानते हो, उसने मुझसे क्या पूछा? कहने लगा, 'क्या मुखर्जी साहब अभी भी कॉलेज में पढ़ाते हैं?'

''मैं ठिठक गई, 'तुम उन्हें जानते हो? मैं उन्हीं से तो पढ़ती हूँ। यह उन्हीं के विषय की किताब है।'

'' 'वह अभी रिटायर नहीं हुए? बहुत अच्छा पढ़ाते हैं।'

''मैं बस के पास जा पहुँची। मेरी बस छूटनेवाली थी। मुझे अभी भी तनिक खटका था कि वह भी बस पर चढ़ आएगा। मैंने हैंडल पर हाथ रखा और पायदान पर चढ़ गई। मैंने पलटकर देखा तो वह वहीं नीचे खड़ा था। वह बड़ा भावुक-सा हो रहा था और बार-बार पीछे कॉलेज की इमारत की ओर देख रहा था।

'' 'मुखर्जी साहब इस समय कॉलेज में होंगे?'

'' 'हाँ, अभी वहीं पर हैं।'

'' 'मैं उनसे मिलकर आऊँगा। वह मेरे अध्यापक रह चुके हैं।' फिर मेरे हाथ में किताब देखकर मुस्कुरा दिया, 'यही किताब किसी जमाने में मैंने भी पढ़ी थी...' कहते-कहते उसकी आवाज काँप गई।

''बस चल पड़ी। मैंने हाथ हिलाकर उससे विदा ली और पिछली सीट पर जाकर बैठ गई। मैंने मुड़कर पीछे की ओर देखा तो बस कंडक्टर कॉलेज के फाटक के पास ही खड़ा डोल रहा था, मानो फैसला नहीं कर पा रहा हो कि अन्दर जाए या नहीं जाए, बस कंडक्टर की अपनी वर्दी के कारण सकुचा रहा हो!...''

❂❂❂